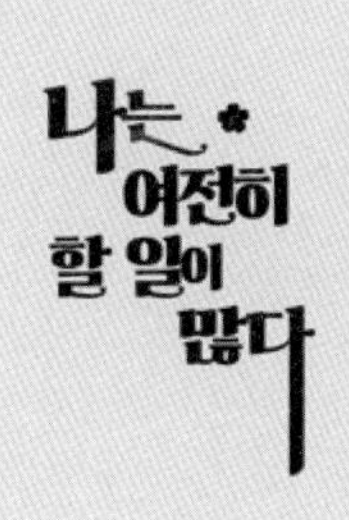

나는
여전히
할 일이
많다

나는 여전히 할 일이 많다

1판 1쇄 발행 2026년 2월 25일

지은이　임민자
발행인　이선우
발행처　도서출판 선우미디어
　　　등록 | 1997. 8. 7 제305-2014-000020
　　　02643 서울시 동대문구 장한로 12길 40, 101동 203호
　　　☎ 2272-3351, 3352 팩스: 2272-5540
　　　sunwoome@daum.net greenessay20@naver.com
　　　Printed in Korea ⓒ 2026. 임민자

15,000원

※ 잘못된 책은 바꿔드립니다.
※ 저작권법에 따라 무단 전재와 복제를 금합니다.

ISBN 978-89-5658-815-5 03810

나는 여전히 할 일이 많다

임민자 수필집

선우미디어 *sunwoomedia*

세 번째 수필집 발간을 축하하며

정춘근 시인

우선 세 번째 수필집 출판을 축하드린다.

우리 문단에는 등단 이후 창작하지 않는 사람들이 늘어나고 있고 또 첫 번째 작품집을 발간하지 못하는 경우가 너무 많다. 이렇게 된 이유는 습작 기간 치열했던 의욕을 쉽게 잃어버리기 때문이다. 우여곡절 끝에 첫 작품집을 발간한 작가들도 이후 지속적으로 글을 안 쓰는 경우가 비일비재하다. 그래서 문단에서는 '세상에 작가는 많지만 집(작품집)이 없는 경우가 많다.'라고 한탄하고 있기도 하다. 적어도 세 번째 작품집을 발간하는 것은 그동안 등단할 당시의 초심初心을 잊지 않았음을 반증하는 것이라 할 수 있다. 작가로서 분명한 책임감으로 부단하게 작품 활동을 했다는 증거이기도 하다.

돌아보면 임민자 수필가의 창작 이력은 남다른 열정이 결실을 맺는 과정이었다.

치열한 습작 준비 과정을 거쳐 『한국수필』을 통해 수필가로 등단하였고 첫 수필집 ≪박하꽃 사랑≫, 두 번째 수필집 ≪보물 상자≫가 세종도서 우수도서로 선정되는 결과가 있었다. 일생에 1번도 뽑히기 어려

운 우수도서에 연달아 선정된 것은 작품이 뛰어났음을 엿볼 수 있게
한다. 또한 '강원작가상' '제8회 한국수필독서문학 대상'을 수상한 것은
결코 우연이 아니라 그동안 얼마나 큰 노력을 했었는지 알 수 있게 만든
다.

이번에 발간되는 수필집은 또 어떤 결과를 가져다줄지 벌써부터 기
대를 하게 한다. 책을 받아 든 독자들이 가슴으로 읽으면서 감동하는
모습을 상상하게도 한다. 21세기가 SNS 시대이면서 인공지능이 지배
하는 세상이라고는 하지만 작가가 진심을 다해서 쓴 작품은 이길 수
없다는 것을 증명하는 수필집이 되었으면 하는 바람이다.

마지막으로 이번 세 번째 작품집이 그동안의 성과를 뛰어넘는 결실
이 있기를 기원한다. 책도 많이 팔려서 세상 종이 가격이 폭등하는 중
국 고사에 나오는 낙양지가가 현실이 되었으면 한다. 대한민국을 대표
하는 수필가로 도약했으면 하는 바람으로 다시 한번 축하를 드린다.

2026년 2월

작가의 말

두 번째 작품집 ≪보물 창고≫ 출판기념회 때 약속했다. 대학 졸업할 때 세 번째 작품집을 출간하겠다고. 투병하는 처지였으니 셋째는 유고작이 될지 모른다는 생각이 뇌리에서 떠나지 않았다. 그런 나의 간절함이 하늘에 닿았는지 숱한 역경을 헤치고 드디어 종착역에 도착했다. 나 자신에게 수고했다고 토닥여 주고 싶다.

올봄에 오랜 투병 생활에서 벗어났고 꿈에 그리던 대학 졸업사진도 찍었다. 뜻밖의 행운을 안겨준 '독서 문학상', 상금까지 두둑이 받았다. 상금으로 사랑하는 가족, 지인들과 따뜻한 밥 한 끼를 나누는 기쁨도 누렸다. 시상식에 참석한 손녀에게 용돈, 며느리에게는 백화점 상품권을 주었다. 이보다 더한 즐거움이 어디에 있겠는가.

지난 시간 돌이켜보니 깊은 산 속에서 새벽을 여는 창작활동은 몸과 마음을 정화해 주었다. 상처로 얼룩졌던 지난날들, 마음 깊은 곳에서 숨죽여 있다가 글의 씨앗으로 새롭게 태어나기도 했다.

제2 수필집을 출간하고 육 년이라는 시간이 흐르는 동안 유일한 손자가 탄생했다. 그러다 보니 여덟 명의 손주를 소재로 한 작품이 여러

편 수록한 것은 나의 손주들이 먼 훗날 할머니와 함께했던 추억을 한 번쯤 기억해 주겠지, 하는 작은 소망이다. 글 속의 주인공이 되어 준 이웃과 친구들, 언제나 내게 휘찬 응원의 박수를 부내주는 이들이다.

나의 삼 형제와 며느리들, 눈에 넣어도 안 아플 서연, 서진, 보경, 도경, 규리, 누리, 두리, 루빈이가 세상에서 가장 돈독한 형제애를 나누며 살아갈 것이라는 바람도 해본다.

작가의 길을 걷게 해준 정춘근 시인님과 철원 문우들, 해설로 제 작품을 빛나게 해준 최원현 전 한국수필가협회 이사장님, 한국수필작가회 회원들, 출간되는 작품집마다 생명력을 불어넣어 주는 선우미디어 임직원 등 모두에게 감사드린다. 늘 나의 든든한 후원자이자 기둥, 건강하여서 오래오래 나를 지켜달라고 말하고 싶다.

앞으로 남은 시간 활기찬 삶을 가꾸며 새로운 도전을 꿈꾸는 작가로 살 것을 약속한다.

이 모든 분께 고개 숙여 깊이 감사드립니다.

2026년 입춘 무렵

임민자 올림

차례

3부 신호등

1부

✿

꿈을 향한 날갯짓

마지막 시험

엉덩이가 짓무르도록 꼬박 일주일을 책상 앞에 붙어 있었다. 바깥출입은 물론 집안일까지 손을 놓았다. 남편이 고시 공부하냐며 농담도 했지만, 이건 완전한 나만의 도전이며 꿈을 이루는 기대치였다.

고3 마지막 졸업시험을 보고 있으려니 지난 일들이 주마등처럼 떠올랐다. 친구의 권유로 늦깎이 중학생이 되었으나 모든 게 낯설었다. 첫 시험 시간에 선생님이 손바닥만 한 노란 종이를 나누어 주었다. 가슴은 벌렁거리고 얼굴은 점점 뜨겁게 달아올랐다. 벌게진 얼굴을 두 손으로 감싸 안고 열을 식히느라 정신이 없었다.

늦깎이 학생들이 난생처음 보는 시험을 두려워하는 걸 알고 있다는 듯 선생님은 어린 학생 다루듯 천천히 알아듣기 쉽게 설명했다. 노란 네모난 작은 칸에 정답이라고 생각하는 숫자를 체크하면 된다고 했다. 말은 쉬워도 막상 내가 하려니 손이 벌벌 떨렸다. 그것도 모자라 돋보기 너머로 작은 칸들이 어른거려 실수를 연발했다.

이게 어디 나뿐일까. 여기저기 번쩍번쩍 손이 올라가면 선생님은 화이트를 가지고 학생들 사이를 부리나케 뛰어다녔다. 심호흡을 크게 하면서 떨리는 손을 반대 손으로 꼭 잡고 한 칸씩 채워 나가던 적이 엊그제 같은데 어느새 고교 졸업이라니. 시험 볼 때는 컴퓨터용 사인펜이 따로 있다는 걸 나는 학교 입학 후 처음 알았다.

중학교 때는 일 년에 두 번 시험을 보았는데 고등학생이 되니 시험을 네 번이나 보았다. 거기다 수행평가까지 치러야 하니 적응하기가 힘들었다. 또 중학생 때 없던 학력상까지 있었다. 오래전 자식들이 내 품에 안겨주며 뿌듯해하던 학력상을 받으려면 더 열심히 공부할 수밖에 없다는 걸 깨달았다. 비록 지금 내게 부모는 안 계시지만 그 시절 또래 학생으로 돌아가고 싶었다.

시험을 앞두고 혼자만의 비법을 터득했다. 두 주 동안 차근차근 예상 문제를 풀었다. 기억력은 전당포에 잡힌 것인지 그도 이니면 까마귀 고기를 먹은 것인지 읽고 풀고 나서 뒤돌아서면 모든 게 깜깜했다. 암기력은 백지에 가까운지라 도저히 이대로는 시험을 볼 수 없었다. 그래서 다른 방법을 찾았다. 수백 번을 눈도장 찍어가며 읽고 손가락이 뻣뻣해지도록 필사를 했다. 썼다가 지우기도 반복했다. 그렇게 노력하니 효과가 조금씩 나타나기 시작했다. 젊었을 때 지금처럼 공부했더라면 지금쯤 아마 '사' 자는 떼놓은 당상인 것을…. 피식 웃음이 나온다.

자신감을 가지고 고등학교 첫 시험을 봤다. 노력한 결과에는 약간 미흡하긴 해도 난생처음 학력상을 받는 영광을 누렸다. 일하면서 공부하는 학우들이 안타까워 내가 밤새 요점 정리한 문제지를 나누어 주었다. 시험을 마치고 나면 그들이 크게 도움이 되었다면서 고마워했다.

"언니의 요점 정리 문제지 덕에 시험을 잘 봤어."

학우들의 그 한마디는 뿌듯함과 자신감의 용기가 되었다. 이번에도 학우들에게 고3 마지막 시험이라며 파이팅을 외쳐 주었다. 학교생활

중 가장 보람 있던 일은 열 명 넘는 학우들에게 시험 볼 때마다 요점 정리한 것을 나누어 준 일이다. 나만 잘하는 것보다 학우들과 다 함께 나누는 기쁨도 우정이 배가 되어 돌아왔다.

마지막 시험 날, 숨통을 조이는 마스크를 오후 내내 쓰고 있었다. 정신이 혼미해졌다. 쉬는 시간마다 화장실에 가서 마스크를 벗고 심호흡을 맘껏 하면서 정신을 가다듬었다. 오후 시간이 되자 머릿속에 차곡차곡 채웠던 문제들이 자꾸만 뒤엉켰다. 보온병에 싸 온 커피와 물을 마셔가며 마지막 문제까지 신중을 기하며 풀었다. 시험을 망쳤다 해도 끝까지 질주했다는 성취감으로 마음이 후련했다. 졸업을 앞두고 정들었던 학우들과 교정을 떠난다는 게 섭섭하고 아쉬워 가슴으로 찬 바람이 불었다.

끝은 다시 시작하는 출발선이다. 앞으로 건강이 나의 동반자가 되어 준다면 또 다른 도전을 향해 열심히 힘차게 뛰어 보리라.

꿈을 싣고 떠나는 황혼역

하루에도 수십 번 포기하고 싶었다.

못 배운 한을 풀어보고 싶어 방송통신중·고등학교에 다니며 피나는 노력을 기울였다. 변덕 많은 날씨처럼 나의 삶에도 편한 날만 있었을까. 때때로 급습하는 고통과 시련, 힘든 일에 좌절하기보다는 털고 일어나야 꿈을 이룰 수 있다는 신념으로 버텼다.

두 번의 유방암 수술과 방사선·항암치료까지 그야말로 고통의 연속이었다. 완치 판정을 받기까지 투병 생활 십여 년은 절망과 희망이 어지럽게 오가며 나를 압박한 세월이었다. 독한 약에 취하고, 통증으로 잠을 못 이루기 부지기수였다. 그래도 누렇게 뜬 몰골로 2주에 한 번씩 학교만은 꼭 가겠다고 꼭두새벽부터 설쳤다. 교실에 들어서면 학우들이 걱정스러운 눈빛으로 '몸은 괜찮냐'며 다가와 묻곤 했다. 밤새 통증으로 시달렸어도 나약한 모습을 보여주기 싫어 일부러 명랑한 척 미소로 화답한 그 세월이었다.

정신은 내가 정한 인생 항로를 따라가고 있었지만, 허약한 육체는 비실비실 비척대고 있었다. 그러면서도 안 그런 척 시치미 뚝 떼고 같이 수업 듣고, 시험이 다가오면 두 주간은 책상을 떠나지 않고 공부에 매진했다. 가끔 시험을 망친 적도 있었으나 최선을 다했으니 후회는 없었다. 공부에 재미를 붙이다 보니 욕심도 생겼다. 건강을 걱정하는 주위 사람들이 적당히 하라며 만류했지만, 나는 내 꿈을 향해 달려가고 싶었다. 다행히 대학 졸업을 앞두고 완치 판정을 받았다. 절망을 이겨낸 쾌거는 또 다른 희망의 불씨를 피웠다.

대학 원서를 쓰기 전 나는 자식들에게 조심스레 말을 건넸다.

"엄마는 너희 셋을 대학까지 보내주었으니, 이제는 너희들이 엄마의 학비를 대줘야 할 것 같구나."

자식들은 이구동성으로 이왕에 시작한 학구열이니 마음껏 피워보라며 정규대학까지 지원하라고 했다. 잠깐 귀가 솔깃했으나 비싼 등록금도 걱정되고 자신감도 모자라 아무래도 내 실력으로는 부족할 것 같아 안 되겠다고 고개를 젓자, 아이들은 응원가를 부르듯 너나없이 우르르 한 마디씩 쏟아냈다.

"엄마, 실력이 딸려 졸업 못 하면 내가 학교 운동장에 잔디라도 깔아주고 졸업시켜 줄게요."

막내는 농담 섞인 말로 나를 부추겼지만, 사실 나에게는 또 다른 꿍꿍이가 있었다. 학교생활이 벅차면 언제든지 그만둘 생각이었다. 하지만 평생 꿈에 그리던 대학 문턱은 꼭 밟아보고 싶었다.

들어가긴 쉬워도 졸업하기 어렵다는 '방송통신대학', 국문학과에 원서를 냈다. 의욕만 가지고 시작한 대학 생활은 절대로 만만치가 않았다. 괜한 걱정이 안개처럼 슬금슬금 피어나기 시작했다. 근래에 졸업했다는 선배에게 물어봐도 우물쭈물할 뿐 시원한 방향을 제시해 주지 않았다. 학교 홈페이지를 열어 여기저기 뒤지다가 전화번호를 발견하고는 잠시 갈등에 망설이다가 번호를 눌렀다.

"여보세요. 국문학과 회장님이시죠?"

나는 다짜고짜 학교를 그만두고 싶다고 했다. 회장은 그런 내가 황당했을까, 그 이유를 천천히 말해보라고 했다. 아무것도 모르는 신입생인데 학교생활도, 공부도 어찌해야 할지 아무것도 모르겠다고 했다. 그는 내 말을 다 듣고 나더니, 초등학교에 갓 입학한 아이를 대하듯 학교생활에 대해 차근차근 친절하게 설명해 주었다. 회장의 친절한 안내에 민망하고 겸연쩍어 슬그머니 나이 탓으로 돌렸다.

"그 나이는 우리 학교에서 어린아이여요."

나는 새로운 사실에 놀랐다. 거기다 회장이 나하고 갑장이란 밀에 귀가 솔깃해 바짝 매달렸다. 마치 고향 까마귀를 만난 듯 이런저런 궁금한 학교생활과 학생회 스터디 운영에 관해 체면도 없이 전화로 물어도 보고 듣기도 했다. 그는 '학생회 스터디' 대표를 연결해 주었는데 대표도 나와 동갑내기였다. 뜻밖에 든든한 동아줄이라도 생긴 듯 자신감이 충만해졌다.

나이가 같다고 하니 어딘지 모르게 마음이 통했다. 부족한 부분은 서로서로 채워가겠다는 대표의 말에 힘이 불끈 솟았다. 그날부터 대표와 친구삼기로 하고 학교생활을 하나씩 배워 나갔다. 시도 때도 없이 전화해도 그는 언제나 밝은 목소리였다. 더러 모르는 게 있으면 선배나 학교에 문의해서라도 내게 알려 주곤 했다. 후에 그 친구와 만나서 대화를 나누다 보니, 그도 방송통신고등학교 졸업생이었다. 겉모습에서 풍기는 차분한 성품도 좋아 보였고, 무엇보다 학우들을 위해 앞장서 일하고자 하는 열의에 가득 차 있었다.

대학에서 처음 접하는 과제는 도무지 갈피를 잡을 수가 없었다. 오래도록 얽매지 않고 자유로운 글을 썼기에, 정해진 기간에 여섯 과목을 제출해야 하는 중압감 때문인지 그만 덜컥 병이 나고 말았다. 손녀들을 돌보면서 제때 과제를 제출 못 할까 봐 신경을 바짝 세운 탓이기도 했다. 건강을 해친다고 가족과 지인들은 휴학계를 내라고 조심스레 말을 건네왔다. 그 말에 솔깃해 그만 포기하고 싶은 갈등이 스멀스멀 올라왔다.

"형님, 공부하기 힘들 때 언제든지 찾아 주세요."라고 말해 주는 든든한 동생과 새로 사귄 학우들 덕에 그나마 일 학년 고개를 무사히 넘겼다. 노력한 데 비해 적은 액수지만 장학금도 탔다. 또한 잘한 일도 없는 것 같은데 추천까지 받아 '공로상'까지 탔다. 이 학년이 되면서 마음의 여유가 생겼다. 미리 바쁜 일을 해 놓고 '학습하기' 계획표도 만들었다. 이따금 난관에 부딪히곤 했는데 그럴 때는 휴학계를 낼까, 포기를 할까 갈등이 밀려왔다.

고등학교 때 선생님이 "높을 고(高)보다 큰대(大)자가 더 어렵고 만만치 않을 거예요. 그런데 참고 견디다 보면 꿈을 이룰 수 있을 겁니다."라던 그 말씀을 대학 공부를 하면서 알 것도 같았다.

포기하고 싶을 때마다 두 눈을 꼭 감고 나 자신에게 최면을 건다. '나는야, 나는야! 대학생이다.'

소박한 도시락

뒤늦게 대학을 다니면서 시험 기간에는 도서관에서 하루를 보냈다. 젊은이들 속에 끼어서 공부하노라면 시간 가는 줄 몰랐다.

배가 출출해질 즘이면 남편이 도시락을 가져왔다. 간단히 김밥을 사 오기도 하지만 집밥을 퍼 오기도 하는데 스티로폼 상자에 도시락과 두 서너 가지 반찬을 담아 왔다. 집에서는 손도 안 가던 반찬인데 남편과 야외에서 먹는 맛은 꿀맛이다. 요즘은 채소가 풍성한 계절이라 상추와 쌈장, 김치까지 싸 올 때도 있다.

어느 날 남편이 싸 온 도시락을 맛있게 먹으면서도 식수를 빠트렸다고 투덜댔더니 이제는 꼬박꼬박 물과 후식으로 먹을 과일도 챙겨왔다. 하늘을 한 번씩 올려다보면서 쌈을 싸서 입에 넣는다. 신선한 공기와 맑은 하늘을 양념으로 곁들이니 이것보다 더 기막힐 맛은 어디에 있겠는가.

도시락을 펴 놓을 때마다 울컥울컥 지나간 시절이 올라오곤 한다. 그토록 공부를 못한 한이 황혼길에서 하나씩 이뤄지고 있다. 나는 도시락을 들고 학교 간 적이 없었다. 초등학교 고학년 때는 집과 거리가 가까워서 헐레벌떡 뛰어와 점심을 먹기도 했었다. 중학생 때는 십여

리 넘는 학교에 도시락을 가져가야 했다. 그러나 엄마가 없는 집에서 도시락을 싸가는 건 상상할 수 없는 일이었다.

쫓기는 아침 시간에 세 동생 챙겨서 학교 보내고 출근하는 아버지 식사 준비하기도 버거운 일이었다. 늦잠 자는 날엔 아침도 못 먹고 학교에 갔다. 학교 근처에 작은 점방이 있지만 넉넉지 못한 형편에 용돈이 그리 흔하지 않았다. 어쩌다 용돈이 생기면 빵 한 개와 물로 배를 채웠다. 또한 방과 후에는 십 원에 백 개 주는 건빵으로 철길 따라가면서 주머니에서 한 개씩 꺼내 입으로 녹여가며 허기를 채웠다.

점심시간이면 친구들의 도시락에서 풍겨 나오는 신김치와 매콤한 고추장 냄새, 시꺼먼 보리밥을 먹느라 요란한 교실을 나와서 그늘에 앉아 꼬르륵대는 배를 움켜 안고 서러움에 눈물을 흘렸던 적이 몇 날이었던가. 그 아픔들이 가슴에 멍울로 차곡차곡 쌓였다. 가정불화로 가출한 엄마를 원망하며 일기장에 토해내면서 견뎌낸 세월이었다.

전쟁고아인 남편에게도 도시락에는 뼈아픈 사연들이 굽이굽이 서려 있다. 보육원에서 나오는 멀건 옥수수죽으로 끼니를 때우며 학교에 다녔다. 수업은 뒷전이고 쉬는 시간만 기다렸다. 짧은 시간에 준비해간 수저로 화장실 가는 친구들 도시락을 열어 한 숟가락씩 훔쳐 먹었다. 나쁜 짓인 줄 알면서도 굶주림에서 벗어날 수 있는 유일한 방법이었다. 방과 후에는 보육원 형제들과 남의 밭에 들어가 감자, 옥수수, 수박, 참외, 가을철에는 고구마, 무, 콩까지 서리하여 배고픔을 달랬다. 밭 주인에게 들키는 날에는 어둑어둑해질 때까지 흠씬 맞았다. 얼얼한 몸으로 터덜터덜 보육원에 도착하기 무섭게 형들은 창고로 몰아넣었다.

엉덩이가 터지도록 매를 맞고 저녁까지 굶기는 벌까지 받았다. 그때가 제일 서러웠던 남편은 돌아가신 부모와 이북에 있는 형제를 그리워하며 밤새도록 눈이 벌겋도록 울었다고 했다.

남편의 고통에 비하면 나의 지난 세월은 아무것도 아니었다. 남편은 그 시절을 떠올리며 도시락을 훔쳐 먹던 친구들에게 미안해하고, 정성껏 가꾼 농산물을 망쳐 버린 주인에게 늦게나마 마음속으로 용서를 빌고 있다. 얼룩진 상처로 가득했던 철부지 시절을 회상하며 남편은 씁쓸하게 웃었다.

뒤늦은 나이에 남편과 못 배운 한을 풀면서 수업에 참석할 때마다 도시락은 빼놓지 않았다. 2주에 한 번씩 새벽에 일어나 남편 도시락과 내 것까지 챙기면서 늘 마음은 소풍 가는 기분이었다. 여러 개의 도시락을 준비해 점심을 못 가져온 학우들과 나누어 먹는 재미는 쏠쏠했다. 그뿐이 아니었다. 떡이나 과일 부침개를 후식으로 내놓고 맛있게 먹는 학우들 모습만 봐도 내 배가 더 불렀다.

꽁보리밥이라도 엄마의 정성이 듬뿍 담긴 도시락을 원했던 사춘기 시절, 내 손으로 반세기를 훌쩍 넘어 가슴에 맺힌 한을 풀 수 있었다. 돌이켜 생각해 보면 투병 중인 몸으로 학교 도시락을 매번 준비했던 내 의지는 아마도 어린 시절 상처를 씻기 위한 몸부림이었을 것이다.

세상에서 가장 맛있는 밥, 도서관 벤치에 남편과 마주 앉아 먹는 도시락이 별미 중 별미이다.

인생 문장과 책

≪보물 창고≫ 속에는 제 삶이 담겨 있습니다.

한 편의 글마다 주인공도 있습니다. 오 년 동안 뼈저리게 겪었던 투병 생활과 이웃들과 나눈 소소한 감동 이야기입니다. 직업 군인이었던 남편과 제대한 병사들의 추억 보따리가 있고, 미래의 제 가족과 손녀들에게 나누어 줄 선물이 ≪보물 창고≫에 가득합니다.

문학의 씨앗은 어머니로부터 싹 트기 시작했습니다.

사춘기 시절, 부모님의 가정불화로 어머니는 견디지 못하고 가출을 일삼았습니다. 그래서 동생들을 돌보기 위해 학업을 포기해야만 했습니다.

일찍이 남편을 만나 자식을 키우면서도 언제나 가슴 깊은 곳에는 문학소녀의 꿈만은 접을 수 없었습니다. 불혹 나이에 우연히 시인을 만나 글쓰기를 배우면서 새로운 세상이 보이기 시작했습니다. 원망과 미움으로 똘똘 뭉쳤던 응어리를 토해내면서 어머니를 용서하게 되었습니다. 그리고 절망의 끝자락으로 내몰았던 남편을 서서히 포기하면서 마음속 평온이 찾아오기 시작했습니다.

미친 듯 습작을 하다 보면 뿌옇게 밝아 오는 새벽을 맞이한 적도 많았습니다. 밤새 쓴 글들을 다시 읽고는 다 찢어 버리고 싶었던 적도 있었습니다. 혼자만의 갈등을 수없이 겪으면서 또 다른 시련이 엄습해 왔습니다. 두 번의 유방암 수술과 방사선 치료, 지독한 항암을 견디는 중에 우울증이 찾아왔고 그 절망감에 삶을 포기하고 싶기도 했습니다.

인생 최대 고비를 맞았을 때 약의 노예가 되고 싶지 않았습니다. 자신과 타협을 했습니다. 목표가 없는 삶은 무의미하다는 결론을 내렸습니다. 그동안 한이 되었던 학업을 친구의 권유로 '방송통신중학교'에 첫발을 내디뎠습니다. 두려움 반 설렘 반으로 2주에 한 번씩 만나는 학우들과 풋풋한 시절로 되돌아가는 제 모습을 발견했습니다.

어머니가 손수 싸준 도시락을 한 번도 먹어 본 적 없는 사춘기 시절이 아련히 떠올랐습니다. 교실 밖에 나와 꼬르륵대는 배를 움켜잡고 나무 그늘에 멍하니 앉아서 시작종 울리기만 기다렸던 날들이었습니다. 가슴에 옹이처럼 박힌 아픔을 치유할 기회가 오십여 년 만에 찾아온 것이었습니다.

새벽에 일어나 내 도시락은 물론 바빠서 못 싸 오는 학우들 것까지 챙겼습니다. 점심시간에 먹는 도시락은 내 꿈을 이룰 수 있어 늘 가슴이 벅찼습니다.

투병 생활하면서도 중학교를 졸업하고 고등학교에 진학한 지 엊그제 같은데 어느새 졸업반입니다. 못 배운 한으로 부모를 원망하던 여동생까지 제 끈을 잡게 하여 고등학교에 진학시켰습니다. 다음 생에 부모님 만나면 칭찬받을 것 같습니다.

지금 저는 대학을 꿈꾸는 수험생입니다. 대학 졸업하는 칠순에 세 번째 책을 출판할 예정입니다.

남들은 말합니다. "힘든 공부를 왜 하나?"고.

저는 고통이 찾아올 때마다 신께 기도했습니다. "칠십까지만 살게 해 주십시오."라고. 대학 졸업장을 받는 순간에 '나는 꿈을 이루었다.'도 외칠 것 같습니다. 그다음 사는 건 덤으로 준 신의 선물일 겁니다.

육십 중반 넘긴 제 삶이 녹록지 않은 날들이 많았지만 '어머니'라는 굴레가 버틸 힘이었지요. 젊음을 다시 준다 해도 지금이 제 인생의 황금기입니다. 비록 내일을 기약할 수 없는 몸이지만….

(2020년. 4분기 문학나눔도서 선정작)

나는 여전히 할 일이 많다

남의 일인 줄만 알았다. 건강검진을 받을 때마다 재검하라는 통지를 받고 빠짐없이 병원을 찾아가 재검사했다. 하필 그날 건강검진 받고 오던 날 내복 상의가 붉은색으로 얼룩져 있었다. 혹시나 음식을 먹다 흘린 것이 속옷까지 배어든 줄 알았다.

나는 세 아이를 모유로만 키웠고, 아기들이 유독 왼쪽 젖으로 배를 채웠기에 비교적 안심하고 살았다. 언제부턴가 왼쪽 가슴을 누르기만 해도 유두에서 붉은 액체가 뚝뚝 떨어졌다. 가슴이 덜컥 내려앉았다.

의사 선생님은 유선이 노화되어 생긴 병인 것 같다고 했다. 의사가 이르는 대로 수술하고 조직검사를 했다. 조직검사 결과 '상피내암'이라는 병명이 나왔다. 한 번도 들어본 적 없는 병명이었다. 의사는 암으로 가기 직전이라고 했다.

방사선 치료를 33번 받도록 몸으로 느끼는 고통은 별로 없었다. 다만 방사선 받은 부분이 검은 얼룩으로 남았다. 그런데 우울증이 찾아왔다. 몸도 마음도 손끝 하나 꼼짝하기 싫었고 눈물만 자꾸 흘러내렸다. 높은 건물에 올라가 창문으로 아래를 내려다보면 뛰어내리고 싶은 충동이 일어났다. 뛰어내리면 옆구리에서 날개가 돋아 허공을 훨훨 날 것만 같았다. 내 눈에 비친 세상은 모두가 암울한 것뿐이었고, 신경은 날카로워져 매사 짜증이 났다.

우울증 병세가 점점 심각해짐에도 상담을 받고 약을 먹어야 한다는 생각보다 정신과에 가면 내 삶에 오점을 남겨질 것 같다는 두려움이 나를 가로막았다. 마음은 점점 황폐해졌고 마음대로 되지 않은 몸뚱이가 버겁게 느껴지고 까부라져 종일 누워있었다. 이러다 죽는 건 아닌지 극심한 혼란이 가중되면서 머릿속이 온통 수세미가 되었다.

무언가를 해야만 우울증에서 벗어날 수 있을 것 같았다. 아는 언니를 따라 스포츠 댄스를 배우러 갔다. 음악에 맞춰 빙글빙글 돌아가는 활기찬 발놀림에도 아무런 감흥을 느낄 수 없었다. 음악과 사람들 소리로 시끄러운 이곳을 빨리 나가고만 싶었다. 두 번 가고는 춤 배우는 걸 포기했다.

혼자 힘으로는 우울증을 도저히 감당할 수 없어 병원을 찾았다. 상담을 받고 처방전 약을 먹었다. 암흑처럼 보이던 세상이 한 겹씩 벗겨지면서 들뜬 영혼이 정화되는 안정감이 찾아왔다. 지금 생각해도 그때 적기에 병원을 찾아 치료받은 건 참 잘한 일이었다.

4개월 우울증 치료를 받으면서 친구의 권유로 오래전부터 꿈꾸어 오던 공부를 하기로 했다. 방송통신중학교에 입학하면서 우울증 약도 끊었다. 2주에 한 번, 도시락을 싸 들고 한 시간 넘는 학교에 가면서도 힘든 줄을 몰랐다. 배움의 열망으로 가득 찬 사람들과 어우러져 수업하는 시간이 눈 깜빡할 새 지나갔다. 1학년을 마치고 나니 학교생활에 솔솔 재미가 붙었다. 또 시련은 소리도 없이 내 곁을 맴돌고 있었다. 방사선 치료를 33번이나 받았는데 1년 만에 다른 부위로 암이 전이되었다는 말은 청천벽력이었다. 육십여 년 내 삶은 지긋지긋하리만큼 버거움의 연속이었다. 이제 삼 형제 모두 결혼시키고 여생을 귀여운 손녀들 재롱 보면서 웃을 날만 기대했다. 그런 내게 하늘은 아직도 내릴 형벌이 남아 있었던 것일까.

이제부터 나를 위해 살겠노라고 나름 계획도 세우고 꿈에 부풀어 있었건만, 모든 게 와르르 무너지는 좌절감이 나를 엄습했다.

집으로 오는 차 안에서 곁에 앉은 사람의 시선에도 아랑곳하지 않고 하염없이 눈물이 흘러내렸다. 아무런 통증도 없었는데 암이라니…, 아무래도 의사가 오진한 것 같다는 생각이 자꾸만 들었다.

자식들이 돌아가며 전화를 해냈나. 한숨만 푹푹 쉬는 큰애와 둘째에게 나는 어린 아기 떼쓰듯 "이제 수술은 하지 않고 이대로 살다 가겠다."라며 막무가내 고집을 부렸다.

"엄마가 없으면 우리는 어떻게 해…."

막내가 전화를 걸어와 같은 말을 되풀이하면서 울먹이다 말끝을 흐리곤 했다. 막내의 그 말이 내 가슴을 후벼팠다. 나 혼자 텅 빈 허공에 매달려 있는 줄 알았는데 그게 아니었다. 내 젖가슴을 오래도록 파고들었던 막내의 애절한 목소리가 나를 흔들고 있었다.

내 품을 떠난 자식들은 제 가정을 이루면서 점점 멀어져 가는 듯했다. 서운한 일들이 있을 때도 '자식 키우면 다 그런 거지.' 체념하며 마음을 비웠고, '저들도 가족이 생겼으니 잘 살도록 날개를 달아줘야지.' 다짐도 했다. 그게 자연적 흐름이려니 생각하다가도 마음자리 어딘가에 커다란 구멍이 뚫린 것처럼 시시때때로 겨울 찬바람이 휙휙 드나들곤 했다.

다시 수술 날짜를 잡았다. 자식들이 번갈아 가면서 휴가를 내어 병간호를 자청했다. 수술 후에도 12번의 항암치료가 시작되었는데 회색 커버를 씌워 놓은 링거를 내 혈관에 꽂아놓곤 했다.

사람은 누구나 불행은 자신의 것이 아니라며 부정한다. 그러나 삶은 우리로 하여금 기꺼이 고통을 선택하게 만들어 어쩔 수 없이 그 모순과 손잡고 살게 한다. 현실이 언제나 그렇듯 아무 예감도 없이 내게도 그 고통의 시간이 찾아왔다. 처음엔 멋모르고 맞던 항암 주사가 점점 횟수가 더해지면서 온몸으로 고통이 스며들었다. '상처는 상처를 위로받을 수밖에 없는 것처럼 아픔과 맞서기보다 살살 어르고 달래 친구 삼아 살아야 한다.'는 지인의 말이 문득 생각났다.

치료받을 때마다 숨을 쉬면 매캐한 냄새가 울컥울컥 내장을 뒤집었다. 항암 주사보다도 더 지독한 향은 아이스커피였다. 평소에 먹지 않던 아이스커피로 메슥거림을 달래곤 했다. 곁들여 새콤달콤한 사과와 귤을 먹었다. 그리고 항암 맞는 지루한 시간에는 평소 좋아하는 음악에 취해 있었다.

항암치료를 받으면서도 학교는 빠지지 않고 다녔다. 나를 생각하는 학우들의 진심 어린 걱정과 주변 지인들의 염려에 절반쯤 치료를 받다 보니 어느덧 12월이 되었다.

치료받고 오는 날에는 가까이 사는 언니나 동생들이 지친 입맛을 돋우는 음식을 차려놓고 갔다. 손수 만든 도토리묵을 시원한 동치미 국물에 말아 먹으면 메슥거린 속이 가라앉곤 했다. 그들의 정성이 고마워 억지로라도 음식을 잘 먹으려고 했다. 그 덕에 병원에서 처방해 주는 메슥거림을 달래주는 약은 초반에 두 번 먹는 것으로 끝냈다.

감사한 것이 또 있었다. 머리카락이 빠지지 않았고 손톱만 까맣게 변했다. 또 하나, 나에게 고통을 딛고 일어날 수 있는 행운이 찾아왔다. 취미생활로 시작했던 문학이 병을 이기는 힘이 되었다. 방사선 받고 우울증으로 시달릴 때, 불면증으로 잠 못 든다고 받아 온 약을 안 먹고 스스로 눈이 감길 때까지 창작하는 것으로 버텼다.

글을 쓰는 건 오래전부터 꿈꿔오던 일이기도 했다. 회갑 기념으로 첫 수필집을 내기 위해 끊임없이 글을 썼다. 2011년도에 등단하고 4년 만에 첫 수필집을 냈다. 그 책이 2016년도 연말에 크리스마스 선물처럼 '세종문학나눔'의 우수도서로 선정되있다. 소식을 받고도 나는 꿈인지 생시인지 믿을 수가 없었다. 글을 쓰면서도 늘 자신이 없었기 때문이다. 배움이 부족한데다가 시골에 묻혀 사는 촌부에게는 과분한 행운이기도 했다. 한동안 축하 인사를 받느라 정신이 없었다. 덕분에 남은 항암은 힘든 줄 모르고 지나갔다.

누군가는 유방암은 재발이 잘 된다고 했다. 하지만 나는 두렵지 않았다. 밤마다 약의 부작용으로 뼈마디가 녹아내리는 듯 고통이 찾아오고, 손 마디 마디가 팅팅 부어 구부려지지 않아도 새벽까지 컴퓨터 자판을 두드리며 글도 쓰고 학교 숙제도 했다. 그 시간만큼은 모든 걸 잊을 수 있었다.

작년에 의정부 호원고등학교에 입학했다. 시험 때면 최선을 다해 공부했고 그 결과 어린 시절에도 받은 적 없는 학력상을 받았다. 그리고 강원도 문인협회 작가상도 받았다. 그때 받은 상금을 보람 있는 곳에 후원했다.

내 삶이 내일 마감될지 몰라도 나는 오늘도 새로운 꿈을 꾸며 산다. 두 번째 수필집을 내었으니 이제 세 번째 수필집도 낼 계획이다.

나는 오늘도 신에게 기도한다. '칠십까지만 살게 해 주십시오.'라고. 신이 내 명줄을 늘려 줄 것이라는 기대도 해본다. 나는 아직 할 일이 많으니까.

마르지 않는 샘물

-나는 수필을 어떻게 쓰고 있나

삭막했던 삶이 수필을 쓰면서 달라지기 시작했다. 하루를 무료하게 보내며 낮잠을 일삼던 내게 도전할 의욕이 불붙으면서 시간을 쪼개 쓰는 버릇이 생겼다. 새벽에 습관처럼 눈이 번쩍 뜨이면 무조건 컴퓨터 방으로 향했다. 중년기에 접어든 허무 의식과 무력감에서 헤어날 수 있게 된 것도 백지를 채워가는 일이었고 잠재된 감정을 더듬이로 뒤져내어 문장을 한 소절씩 이어가는 즐거움은 내 삶의 행복한 기적이었다.

불혹의 나이에 겁 없이 글을 쓰겠다고 첫발을 내디디던 그 날이 떠올랐다. 할 말은 태산 같은데 무얼 어떻게 써야 할지 갈피를 못 잡고 있었다. 사물에 대한 사유나 성찰도 부족하고, 인문학적 지식도 깜깜인 내가 글을 쓰겠다고 덤벼들었으니, 뒤늦은 후회가 물밀듯 밀려왔다.

어려서부터 책을 좋아해서 닥치는 대로 읽었다. 특히 소설에 한 번 빠지면 꼬박 밤을 새웠다. 책에 몰두해 읽다 보면 더러는 소설 속 비련의 주인공이 된 것처럼 그 감정에 사로잡혀 우울해지기도 하고, 어떤 날은 환상의 날개를 달고 날아오르다가도 현실의 내 모습을 보면 허무하기 짝이 없었다. 힘들었던 사춘기를 독서로 달래며 소망이니 희망이니 하는 것들을 키우기 시작했다. 책에 목말랐던 시절에는 내 방 가득

책을 채우는 게 소원이었다. 그 꿈은 육십을 훨씬 넘어서야 이루어졌다,

삶의 반란이랄까. 글을 쓰면서 우물 안 개구리처럼 살았던 내 삶을 확 바꾸어 놓았다. 아내와 엄마의 틀에서만 존재하던 나의 신선한 반항을 작가 탄생으로 바꿨다. 그때부터 전쟁터로 전진하는 용감한 병사처럼 나는 거침없이 글을 써대며 황홀보다 찬란한 변화를 꿈꾸었다. 그동안 가정이란 울타리 속에서만 맴돌던 나의 삶은 또 다른 기대를 품고 전진하기 시작했다.

반평생을 내 가슴안에 묻고 지냈던 서러운 역경과 슬픈 한숨을 과감히 글로 담아냈다. 부끄러운 줄 모르고 썼던 글은 누더기를 한 겹씩 벗듯 질긴 정감의 이야기로 이으려 했다. 원망으로 똘똘 뭉쳐 있던 상처도 스스로 성찰하고 치유 받으면서 아픈 기억 한 가지씩 소독약을 바르듯 지워갔다. 혼신의 열정을 담아 글을 쓰다 보니 별것 아닌 것에도 대단한 가치를 발견하게 되었고, 상관없는 주변까지 보이기 시작했다. 평소 겉모습만 훑어보고 글로 표현하려니 직접 겪지 않고서는 한 자도 쓸 수 없었다. 여러 날을 고심하다 방법을 찾아냈다. 현장 체험만이 최상의 수업이었다.

농번기에는 하루 일당을 받고 삼밭이나 밭농사 일을 다녔다. 일하면서 겪는 농민들의 애환이나 수확의 뿌듯함을 덩달아 느끼면서 뭔가 영감이 떠올랐다. 가끔 시내 분식집 주방에서 알바도 했다. 자정이 가깝도록 설거지하면서 사십여 가지나 되는 메뉴를 손님이 주문하면 신속하게 해내는 것도 신기했다. 이렇듯 평소 가슴에 품고 있던 궁금증도 풀고 요리 만드는데도 자신감이 생겼다. 더불어 얻은 보너스로는 맛있

게 요리하는 비결까지 배웠다.

그뿐만이 아니다. 생사의 갈림길에서 삶의 끝자락을 잡고 몸부림치는 암 환우의 도우미 역할도 맡았다. 엄마 품을 떠나지 못하는 어린 남매, 손때 묻은 반짝반짝한 살림을 두고 떠나야 하는 젊은 여인의 안타까운 죽음이 무서워 중도에 그만두고 말았다. 또 다가올 내 노년을 대비해 자식들에게 짐이 될까 싶어 은근히 걱정되어 시작한 일이 요양사였다. 현장에서 노인을 간병하는 일은 정신적으로나 육체적으로 내가 감당하기엔 버거웠다. 그곳에서 병들고 소외된 노인들과 나눈 소소한 이야기는 한 편의 소중한 글감이 되면서, 나 자신 어떻게 살아야 할지 값신 깨달음을 얻기도 했다.

삶의 다양한 현장 체험을 하면서 많은 걸 깨달았다. 세상 모든 고통을 나만 안고 사는 줄 알았다. 일제 치하에 나라 잃고, 전쟁을 겪고, 가난하고 고단한 삶을 이고 지고 사느라 늘그막의 인생을 대비하지 못하고 비극의 눈물을 흘리는 노인들을 보면서 내 삶의 고통은 대비할 것도 못 되었다.

어르신들을 돌보는 요양사 생활을 하면서 내 나름 결심한 것이 있었다. 가난한 세월 탓에 못 배운 걸 한탄하던 미래의 내 그림자가 보였다. 더 늦기 전에 반평생 학벌에 주눅 들었던 공부를 계속하고 싶었다. 가끔 건강이 나를 흔들었지만, 나는 독기를 품고 버텼다.

동시대에 태어난 학우들과 배움의 터전에서 2주에 한 번 만나는 즐거움은 명약을 마신 듯 활기찬 보람을 채웠다. 그러면서 그 속에서도 무한한 글감들이 터져 나왔다. 소재는 무궁무진했지만 성찰이 부족해서일까, 글쓰기가 점점 어렵고 조심스러워진다.

읽고 쓰는 시간이 이어지면서 노심초사했던 일들이 하나둘 벗겨지기 시작했다. 소재가 고갈될까 싶은 어리석은 생각을 힘차게 밀어내고 자세히 들여다보니 꽃잎에 맺힌 이슬 한 방울도, 달리는 차창에 스치는 가로수까지도, 소재와 매치가 되어 되살아났다.

내가 겪은 체험은 아무리 퍼내도 줄지 않는 샘물이었다. 내가 퍼낸 맑은 샘물로 쓴 글이 누군가에게 공감이 가고 감동을 줄 수 있다면, 글 쓰는 자체가 고행일지라도 나는 글쟁이로 영원히 살아가고 싶다.

그날을 기약하며

한동안 자다가도 벌떡 일어나곤 했다.

늘 학업에 목말랐던 꿈, 언제나 유효한데 환경이 늘 내 발목을 잡아당겼다. 언제쯤이나 내 이 간절한 꿈을 이룰 수 있을까. 벼르고 벼른 단호한 결심으로 시작한 대학 생활이었다.

변화무쌍한 날씨처럼 내 삶도 내 의지와 상관없는 일이 벌어지고 말았다. 재발한 암 선고는 그토록 꿈꿔왔던 나의 희망을 좌절시키고 절망과 갈등의 격전장으로 내 육신을 몰아붙였다. 수술하고 항암치료를 받는 동안 마음은 장마철 먹구름이 되었다가 구름 속을 비집고 나온 밝은 햇살이 되기도 했다.

반년간의 항암 주사를 맞으면서도 학업에 대한 의지는 버릴 수 없었다. 아니 그 꿈마저 요절해 버린다면 태어난 가치와 삶의 의미마저 잃게 될 것 같았기 때문이었다.

그런데 모정만큼 단단한 사랑이 또 어디 있으랴. 내 몸을 태워서라도 자식을 위해서라면 불 속인들 두려울까. 세상 자식 이기는 부모가 없다 하듯 자식이 살기 힘들다고 도움을 청했을 때 부모 된 처지에서 차마 거절할 수 없었다. 공부야 휴학했다 다시 복학하면 된다는 것으로 위안을 삼았다. 수강 신청 기간이라고 문자가 뜰 때마다 가슴이 벌렁댔다. 며칠 마음의 갈등을 일으켰지만 결국엔 휴학계를 냈다.

막내아들은 자식을 4명이나 낳았다. 코로나로 수출길이 어려워지자, 며느리까지 두 팔을 걷어붙였다. 한 푼이라도 아끼겠다고 있던 직원을 내보내고 며느리가 출근해 일하기로 했다. 문제는 집안 살림과 네 아이의 육아를 맡아 줄 사람이 필요했다. 몇 군데 사람을 알아봤지만, 아이가 넷이라는 말에 모두가 고개를 저었다. 결국 그 무거운 짐은 내게로 왔고 나는 어미로서 자식의 울타리가 될 수밖에. 오죽하면 건강치 못한 어미한테 매달리겠는가 싶어 쾌히 승낙했다.

그날부터 내 시간을 아껴 써야 했다. 한 주가 눈 깜빡할 새 지나갔다. 이 십여 년 다니던 문학 강좌도 손을 놓다시피 했고, 동아리 학습도 한 번 참석하는 것으로 마무리했다. 휴일까지 내줄 수 없어 아들 부부와 의논했다. 주중은 서울 아들네서 보내고 주말은 내 시간을 활용하기로 약속했다.

시간을 쪼개어 큰아들 농사도 도와줘야 했다. 그나마 나를 지탱할 수 있는 건 아기 잠자는 틈이나 새벽을 이용해 글 쓰는 일이었다. 그것마저 손을 놓으면 맥이 끊어질세라 안간힘을 다했다. 나에게 있어 글 쓸 때만은 등불 같은 희망이었으며 봄 햇살 같은 정신을 채워가는 시간이었다.

꿈으로 소망하던 공부를 잠시 멈추기는 했지만, 귀여운 '인 꽃' 속에 묻혀 지낸 날은 하루의 피로마저 씻긴 듯 몸과 마음이 흐뭇하고 든든하고 뿌듯했다. 막내 부부에게 휴학계를 낸 사실을 숨겼다. 어미의 꿈을 빼앗은 것 같은 죄의식이랄까, 행여라도 자식이 알면 너무 송구해 할까 싶어 내색을 안 했다. 가끔 힘에 부쳐 몸이 아파도 자식 모르게 병원을 다녀왔다. 어차피 아픈 건 내가 치러야 할 몫인데 자식 마음을 불편하게 하기가 싫었다. 아이들을 일 년만 키워 달라고 했지만, 기약은 한 줌의 미풍에 사라진 지 이태가 훌쩍 넘어갔지만, 아직은 이렇다 할 어떤 약속도 없었다.

책장을 가득 채운 교과서에 눈길이 갈 때면 나도 모르게 가슴에 뜨거운 열정이 뭉클뭉클 차올랐다.

코로나로 비대면 화상으로 수업을 하면서 교수님이나 학우들과 만났다. 학교의 크고 작은 행사도 가급적 자제하고 봄 소풍 때도 간단한 식사 정도로 끝내고 찻집에서 본인 수개두 했다. 성북동 길상사를 비롯해 문화예술 길을 학우들과 탐방하면서 많은 이야기를 했다. 짧은 만남이었지만 학생이라는 신분이 활기찬 젊음을 되찾아 준 것처럼 몸도 마음도 청춘의 길 위를 걷는 느낌이다.

가끔 동기들이 언제 복학하냐고 묻는다. 기약할 수 없지만, 중퇴한 학생으로 머물게 되면 어쩌나 걱정되기도 한다. 그렇다고 좌절하지 않는다. 나는 아직도 할 일이 많다. 세 번째 수필집 출판을 앞두고 열심히 글을 쓰고 있다. 지쳐있는 내게 힘을 실어 주는 친구도 있고, 지인들도 있다. 나를 아끼시는 H선생님이 가끔 전화도 해준다.

"아이 넷보다 큰 선물은 세상 어디에도 없어."

어린아이 달래듯 조곤조곤 위로하는 말씀은 건강한 삶을 부추기는 귀한 선물 같은 반가운 목소리이다. 답답했던 마음이 한순간 아이스크림처럼 사르르 녹아내린다. 다시 날갯짓할 그 날을 기약하며…

(2023. 2.)

꿈을 향한 날갯짓

수강 신청을 앞두고 망설였다. 한 달 전부터 원인 모르게 왼쪽 어깨가 콕콕 쑤셨다. 칠순 기념으로 자식들과의 해외여행 날짜가 다가오는데 휴일이 겹쳐서 병원에 갈 수가 없었다. 할 수 없이 허리 아플 때 처방받은 약을 가지고 여정에 올랐다.

바다 여행이 인상적이었다.

제법 큰 여객선 창문 밖으로 보던 바다의 물빛, 아들들은 에메랄드빛 바다(푸꾸옥 호핑)에서 스노클링할 기대로 흥분해 있었다. 나는 아들들에게 통증을 숨기고 온 여행이었기에 아픈 모습을 들키지 않으려고 일행과 멀리 떨어져 앉았다. 그때 창밖을 내다보는 내 시야에 날개가 큰 갈매기 한 마리가 들어왔었다. 아! 한흑구(韓黑鷗, 1909~1979) 선생은 유학길에 올라 일본 요코하마에서 하와이로 가는 배를 탔었다. 그런데 검은 갈매기 한 마리가 일주일이나 쉬지 않고 쫓아와서 조국 잃고 방랑하던 자신의 모습 같다고 생각, 흑구(검은 갈매기)를 필명 삼아 본명 세광보다도 더 많이 알려졌다는 생각을 하다가 배에서 내렸다. 예쁘다는 바다 밑 관광도 포기하고 저녁에 나온 그곳 생선으로 만든 산해진미도 내겐 그림의 떡이었다.

밤만 되면 통증이 밀물처럼 몰려와 진통제를 추가해 먹었다. 약 기운만 떨어지면 통증이 계속되었다. 즐거운 여행을 망칠까 봐 나는 자식들이 눈치채지 않도록 하루하루 마사지로 버텼다.

어찌어찌 겨우 여행을 마치고 집에 돌아와 가까운 병원부터 찾았다. 엑스레이를 찍어 본 결과 목디스크인 듯하지만, 정확한 판단은 MRI를 찍어봐야 알겠다고 했다. 약을 먹고 물리치료까지 받았지만, 통증은 점점 심해졌다. 그동안 내 아픈 이력을 차곡차곡 쌓아 놓은 병원으로 MRI 예약을 했다.

한 달 넘도록 고통으로 밤잠을 설쳤다. 혹시 큰 병이 아닐까 하는 염려가 순간순간 일었다. 정형이과 익사가 운영하는 유튜브를 찾아보았다. 어깨 통증이 계속되면 다른 병을 의심해야 한다고 했다. 암을 앓았던 유경험자는 '폐나 방광으로 전이가 될 가능성도 있다'는 말에 나는 지레 겁을 먹었다. 유방 수술을 두 번이나 받은 전력이 있으니 나에게도 해당될는지도 모를 일이었다.

시련이 또 찾아오려는 것일까. 두 번째 투병 생활하면서 신께 간절히 빌었다. '칠십까지만 살게 해주십시오'라고. 신은 그런 나를 가엾게 여겼는지 칠십 고개로 슬쩍 밀어놓아 주었다.

항암치료의 후유증은 너무나도 컸다. '인제 그만 아프게 해 주십시오.' 수천 번 빌면서 버텨냈다. 설상가상으로 찾아온 우울증을 치료하다가 어느 날 정신이 번쩍 들었다. 하루하루가 소중한데 헛되게 보내고 있다는 생각이 스쳤다. 나는 사춘기 때 가정 형편으로 포기한 공부가 간절히 하고 싶어졌다. 용기를 내어 반세기 만에 방송통신중학교에 입학했다. 사춘기 때 해보지 못한 공부를 시험을 앞두면 밤을 새워가며 공부했다. 졸업할 때 서너 개의 상과 상품권을 받아 참석한 막내아들에게 안겨 주었다.

중학교, 고등학교를 졸업하고 방송통신대학교 국문학과에 입학했다. 대학생이 되어 향학열에 불타는데 뜻밖에 장애물이 기다리고 있을 줄이야. 코로나로 인하여 막내아들 사업이 어려워져서 직원을 내보내고 며느리가 대신 회사에 출근했다. 백일 지난 아기와 세 살배기 손녀, 초등학생까지, 손주 넷을 내가 돌보아야 했으니 학업을 지속할 수는 없었다. 엎친 데 덮친 격으로 건강 이상으로 급기야 입원하는 바람에 결국은 휴학계를 냈다.

"학우님, 오늘 등록금 내는 마지막 날인데 하셨나요?"
등록금 마감일이 되자 갑자기 자신이 없어 체념하려는데 전화벨이 울렸다.

삼 학년 내내 길잡이가 되어 주었던 학습관 대표이자, 한날한시에 태어난 특별한 학우의 전화였다. 건강 때문에 등록을 미루는 나를 위로하며 내년에 함께 졸업하자며 용기를 북돋아 주었던 그녀였다. 그 한마디가 내 등을 힘껏 떠밀었다.

며칠을 갈등하다 수강 신청을 했다. 등록을 마치고 나니 한편으로 시원하면서도 걱정이 앞섰다. 신은 첫 번째 약속은 지켜주었는데, 이제 더 이상 부탁할 염치가 없었다.

드디어 삶의 역경을 헤치고 이제 졸업반이다. 신은 나에게 보너스 삶이 마감되었다고 거두어 갈 것인지, 아니면 할 일이 남아 있는 내게 한 번 더 기회를 줄는지 나는 믿고 기다리는 중이다. 태연한 척 병원

가는 날을 기다리고 있지만, 내면에서는 천당과 지옥을 오간다. 특히나 그런 나를 애잔한 눈빛으로 바라보는 가족들을 생각하면 오래 살고 싶은 욕망이 꿈틀댄다.

남은 삶을 겸손하게 살라고 신은 내게 또 한 번의 시험을 하는 듯했다. 만약 신이 한 번 더 내게 기회를 준다면 졸업 기념으로 책도 내고, 배우고 싶은 영어에 도전하고 싶었다. 한 가지 더 욕심을 부리자면 핏덩이 때 키웠던 여섯 번째 손녀가 결혼하기까지 내 목숨을 연장해 준다면 멋진 냉장고를 사주고 홀가분하게 떠나고 싶었다.

내가 욕심부린다고 타박할지, 아니면 소박한 꿈을 흔쾌히 들어줄지, 그것은 오직 신만이 할 수 있는 선택이며 권한이 아닌가. 나는 이번에도 반드시 이겨 낼 수 있다고 나 자신을 향해 소리친다. 운명이 다하는 순간까지 나는 꿈을 향해 달려갈 것이라고.

한흑구 선생에게 검은 갈매기의 날갯짓이 힘과 인내를 주었듯이 베트남 바다에서 만난 갈매기의 날갯짓이 나의 수강 신청을 부추긴 듯하다.

나를 찾아가는 길

책과 돋보기를 주섬주섬 가방에 챙겼다. 한 손에는 파란 소쿠리를 들고 집을 나섰다.

이곳으로 이사 오면서 시내와 거리가 멀어 불편했다. 다행인 것은 오십 미터 거리에 목욕탕이 있는데 그곳엔 수영장도 있고 찜질방도 있다. 그야말로 '일석 삼조'를 즐길 수 있는 호사로운 곳이다.

삼복더위에 이사해 함박눈이 펑펑 쏟아지던 날, 나는 엉금엉금 기다시피 하여 목욕탕에 첫발을 내디뎠다. 지하 계단이 어찌나 미끄러운지 넘어질세라 손잡이를 꼭 잡고 내려갔다. 지하에는 다른 세상이 기다리고 있었다. 오픈한 지 얼마 안 된 목욕탕은 깨끗하고 넓었다. 몇 년 만에 누리는 자유이던가,

내 인생의 버팀목이던 고향 언니를 코로나로 잃고 목욕탕 발길을 뚝 끊었다. 언니와 자주 다니던 곳은 물도 좋고 찜질도 할 수 있고 야외 풍경 또한 절경이었다. 그런데 속절없이 언니를 떠나보내고 나는 목욕탕 가까이만 가도 샘 솟는 눈물을 주체할 수 없어 발길을 돌리곤 했다. 나는 언니를 떠나보내듯 어렵게 이곳을 택한 것이다.

간단히 샤워를 끝내고 찜질방으로 들어갔다. 널찍한 실내 공간이 한

적했다. 이곳저곳 둘러보며 편히 쉴 수 있는 곳을 기웃거렸다. 눈에 확 띄는 곳이 있었다. 편백 나무로 꾸며 놓은 야트막한 이층이었다. 앉은뱅이책상과 의자가 마치 나를 기다리고 있는 것 같아 계단 위로 성큼성큼 올라갔다.

바쁘다는 핑계로 읽지 못했던 장호 동생의 수필집을 꺼내 들었다. 아무리 가까운 사이라도 겉모습만 봤다. 시만 쓰던 장호 동생이 어느 날부터 수필을 쓰겠다고 했다. 시로는 마음을 담아낼 수 없어 답답했던 모양이었다. 그도 환갑이 넘도록 녹록지 않은 삶으로 힘든 굴곡들이 많았다. 나는 누구보다 그의 아픔을 알기에 울다 웃기를 반복하며 읽었다. 책 한 권을 집중하며 읽어본 시 얼마던가.

그의 책을 읽다가 눈이 피로하고 등짝이 서늘해지면 잠깐씩 찜질방으로 들어갔다. 후끈 달아오른 열기가 식어가는 몸을 데워주고 까끌까끌한 눈을 적셔주었다. 두어 차례 반복하다 보면 배꼽시계가 요동을 쳤다.

진열대에는 삶은 달걀과 컵라면이 식욕을 자극했다. 주인 여자는 컵에 펄펄 끓는 물을 부어 주었다.

"손님, 책 읽는 모습이 넘 멋져요."

손으로 엄지척을 해주며 먹음직스러운 김치까지 듬뿍 담아 주었다. 혼자만이 즐길 수 있는 시간이 누군가에게도 부러움의 대상이 되었다는 게 뿌듯했다.

그즈음 나는 몸과 마음은 이미 지쳐있었다. 아무리 맛있는 음식을 먹고 비싼 옷을 걸쳐도 구멍 뚫린 허한 마음을 채울 수가 없었다. 나 혼자 즐길 만한 장소가 절실했는데 찜질방 미니 이층을 발견한 것이었다. 집에 있을 때는 금요일 오전으로 정해 놓고 다니면서 두 주에 책 한 권을 읽었다. 이번 주는 어떤 책을 고를지 벌써 설렘으로 가득했다. 나만을 위한 소소한 일들이 즐거움으로 채워지다니, 좀 더 빨리 이곳을 찾아올 걸, 그동안 허송으로 보낸 지난 시간이 아쉬워졌다.

내 삶의 긴 여정, 여기까지 오는 동안 번뇌와 갈등으로 헤매며 살았던 듯싶다. 한 치의 여유라도 생기면 그걸 사치라고 생각했다. 내가 아니면 지구가 돌지 못하는 것처럼 어리석음과 불안으로 지낸 칠십 평생 인생이었다. 지나놓고 보니 나라는 존재는 온데간데없고 허허벌판 빈들에 서성이고 있었다.

이제는 나만의 아지트에서 읽고 싶은 책으로 부족한 마음의 양식을 채워갈 것이다. 허허로운 가슴은 찜질방에서 파는 국수나 만두, 라면, 김치 한쪽으로 채워가리라. 다음 주부터는 가본 적 없는 수영장을 노크해 볼까나, 깊숙이 넣어둔 수영복을 찾아 바구니에 넣었다. 비록 봐줄 수 없는 몸매지만 용기를 내봐야지.

오늘은 쓰다만 글을 마무리하려고 나의 아지트로 향했다. 노릇노릇 구운 달걀이 나를 유혹했다. 참 나를 찾아가는 발길은 소풍 가는 어린 아이처럼 즐겁고 신이 난다.

아낌없이 쓰는 보너스

황혼을 바라보는 나이가 되니 언덕에서 굴러내리듯 하루가 정신없이 지나간다. 그렇다고 특별히 남을 것도 없는 인생을 생각하면 쓸쓸하고 허전함에 가끔은 멍하니 생각에 잠길 때가 있다.

'과연 이것이 내가 원하는 삶인가.'라고 나를 향해 물어본다. 하지만 해답은 없다. 내 의지와 상관없이 내가 해야 할 일들은 맛집 앞에 줄 선 사람들의 마음처럼 초조하게 기다리고 있다.

젊은 날 노년을 어떻게 보낼 것인지 고민을 했다. 첫째 지루하게 보내지 말고 취미생활을 만들 것, 둘째 자식에게 손 내밀지 말 것, 셋째 노후를 위해 보험을 준비할 것 등 정해 놓고 사십 대부터 준비했다.

사십 대 후반에 시작한 건 사춘기 시절부터 꿈꾸어 온 소망이었다. 핑크빛 꿈에 부풀어 시작은 했지만 문학의 세계는 들어갈수록 어려웠다. 그래도 문학은 내게 노년의 외로움을 달래줄 나의 유일한 친구였다. 글 쓰는 데 자신감이 점점 떨어갈 무렵 나에게 새로운 용기가 생겨났다. 못 배운 한을 풀고 싶었다. 육십 대에 중·고등학교 과정을 마치고 대학 졸업이 눈앞에 있다.

늦게 시작한 문학과 학업, 이 둘 덕에 나는 지루할 틈 없이 살아가는 최고의 취미생활을 누렸다.

남편이 오랜 군 생활을 한 덕에 매월 연금을 타고 자식들도 제 길을 가고 있다. 나이가 들면 주머니를 열어 놓아야 대우를 받는다고 했던가. 젊은 시절에는 그 말뜻을 이해 못 했다. 손주들이 여럿이다 보니 챙길 일이 많아졌다. 태어나서부터 백일, 돌, 학교 입학, 졸업, 대학등록금까지, 할머니 노릇하기가 쉽지 않다. 여덟 손주를 한자리에서 볼 때면 큰 재산가가 된 듯 재벌 부럽지 않다.

사십 대부터 준비한 보험은 미래를 밝혀주는 등불이 되어 내 인생에서 노후를 지켜주는 든든한 동반자 역할을 해줬다. 그땐 보험 설계사의 끊임없는 설득에 마지못해 가입하기도 했고, TV 광고를 무심코 보다가 현혹되어 보험을 들었다. 물론 자식들이 매달 주는 용돈을 헛되게 쓰지 않기 위해서이기도 했다.

오십 대 이후 몸속에 잠자고 있던 병들이 하나, 둘 고개를 들면서 반란을 일으켰다. 그때부터 종합병원이 되어 고장 난 자동차처럼 병원을 내 집처럼 드나들었다. 비가 와도 끝까지 지켜줄 보험이라는 믿음이 있어 든든했다.

젊은 날 세워놓은 세 가지 목표가 완벽하지는 않았지만 나는 어느 정도는 이루었다고 생각한다. 즐기며 살아야 할 노년의 삶이 매일매일 할 일로 꽉 채워져 있다. 할 일을 적은 메모판에는 지울 것도 미룰 수도 없는 것들이다. 대부분이 자식들 일이어서 버거울 때는 투정을 부리면

"엄마, 제대하고 이사 오면 농사일 내가 다 할게요."

"엄마, 막내가 초등학교 들어갈 때까지만 키워주세요."

큰아들과 막내가 당당하게 간청하듯 내게 하는 말이었다.

‘이놈들아, 니 엄마는 나이를 안 먹느냐?’

자식들은 엄마가 항상 젊었다고 착각하고 있는 것 같다. 내가 이승을 떠날 날이 언제일지 몰라도 남은 삶을 여유롭게 살고 싶어진다. 시간에 쫓기지 않고 글도 쓰고, 학교에 다니며 즐겁게 살고 싶은 것이다.

그래도 자식들에게 내가 필요하다면 ‘언제든지…’ 속절없이 마음이 흔들린다. 내 손길이 닿으면 해결사가 다녀간 듯 만사형통이 되니까.

큰아들네 밭일하느라 손마디가 구부러져도 나는 내가 일구어 놓은 황무지가 옥토로 변해 있는 걸 보면 처진 두 어깨에 힘이 불끈 솟는다. 한 달에 일주일씩 막내아들 집에 가는 날이 가까워지면 또 설렘으로 가득하다. 막내아들의 네 손주, 하루하루 오이처럼 쑥쑥 자라는 즐거움에 내 나이조차 잊으니 효손들이다.

이제 자식들도 불혹의 나이가 되었다. 넓은 가슴의 자식들을 안고 아기처럼 토닥인다.

‘그래, 나는 아직 너희들에게 전생의 빚이 남아 있는가 보다.’

내가 세웠던 인생 목표 세 가지가 이루어진 것만도 나는 복 받은 사람이다. 투병하면서 고통이 엄습할 때면 신께 칠십까지만 살게 해달라고 매달렸는데, 올부터는 덤으로 받은 내 삶을 앞으로 더 자식을 위해 아낌없이 쓰겠다고 다짐한다.

미역국

병원에서 밤만 되면 식은땀이 줄줄 흐르면서 으슬으슬 떨렸다. 그럴 때마다 뜨끈한 미역국 생각이 간절했다. 아이 셋 낳고 질리도록 먹었던 미역국인데 그걸 먹으면 입맛이 돌 것 같으며 입덧하듯 눈앞에 아른댔다.

자정이 가까운데도 눈은 말똥말똥, 입안 가득 감도는 미역국 생각에 침만 꿀꺽 삼켰다. 누구에게 부탁할까, 곰곰이 생각했다. 남편에게 끓여 오라고 하자니 원하는 맛을 낼 것 같지 않았다. 문득 머릿속에 그 언니가 떠올랐다. 그녀도 허리가 시원치 않지만 그 미역국을 먹으면 병석에서 털고 일어날 것 같았다. 염치 불고하고 '미역국 먹고 싶어'라는 문자를 보냈다. 언니가 곧바로 '네'라는 답을 도착했다.

무슨 부탁이든 서슴없이 들어주는 언니, 문학 행사 때나 풀매기 봉사할 때도 언니가 가져오는 음식은 다 감칠맛이 있었다. 요란하게 지지고 볶지 않아도 그녀의 손끝에서 나오는 맛은 누구도 흉내 낼 수 없는 구수한 맛이었다. 어린 시절 방학 때 할머니가 만들어준 바로 그 맛이었다.

이튿날 병실에 나온 아침은 몇 숟가락만 뜨고 점심때 미역국 먹을 생각에 마음이 부풀었다. 언니가 점심시간에 맞춰 미역국과 아싹아싹

씹히는 짠 무, 심심하게 볶은 나물을 한 보따리를 풀어놓았다. 순간 어찌나 입맛이 당기던지, 냄새만으로도 눈이 번쩍 뜨였다. 언니는 미역국이 식었다며 레인지에 따끈하게 데워주었다. 나는 며칠 굶은 사람처럼 허겁지겁 국과 반찬을 내 앞으로 끌어당겨 먹고 있었다. 언니가 걱정스러운 듯 천천히 먹으라며 여러 차례 당부했다. 산해진미라 한들 비교될 수 없는 최고의 맛에 나는 당기는 대로 먹었다. 내가 바라고 원했던 그야말로 바로 그 맛, 최고의 음식이었다. 매끄러운 미역국이 목젖을 타고 내려가자 따끔따끔했던 목도 한결 부드러워졌다. 허한 배가 꽉 채워지자 뿌옇던 눈도 밝아진 듯 세상이 환해 보였다.

첫아이 낳고 남편이 미역국을 끓여주었다. 산바라지를 해줄 사람이 없으니 남편이 손수 해줄 수밖에 없는 형편이었다. 부대장이 산모에게 좋다며 돼지 족발을 선물로 보내왔는데 그 시절 돼지족발은 먹기 힘든 귀한 음식이었다. 남편이 장작불로 푹푹 끓인 미역국을 차려 왔으나 먹으려는 순간 역한 냄새로 도저히 먹을 수가 없었다. 남편은 경험 많은 선배들에게 들은 대로 돼지 족발을 삶은 물에 미역국을 끓인 것이었다. "이 미역국을 먹어야 젖이 많이 나온다."면서 많이 먹으라고 내게 성화를 댔다. 아기를 생각해서 코를 막고 억지로 삼킨 미역국 덕인지 신기하게도 젖이 남아돌아 매일 짜서 버렸다.

해산한 후유증으로 가만히 누워 역겨운 미역국만 먹어야 하는 나와는 반대로 남편은 "내가 잘 먹어야 산바라지를 잘할 수 있다."면서 식힌 꼬들꼬들한 족발과 미끌미끌한 미역 줄기를 한 대접과 먹음직스러운 김치까지 곁들여서 나 보란 듯 와삭와삭 먹어댔다. 나에게 미안했던지 "산모가 딱딱한 음식을 먹으면 이가 망가지고, 매운 김치를 먹으면 아가가 응가할 때 좋지 않아."라고 했었다.

　병실에서 따끈한 미역국으로 빈속을 가득 채웠던 그 날밤, 나는 언니의 포근한 온기를 느끼며 깊은 꿈속으로 빠져들었다. 환절기에 입맛은 뚝 떨어지고 밤잠 설치는 날, 들기름을 넣고 뽀얗게 우려낸 언니표 미역국이 간절하다.

별난 인연

이런 인연은 처음이다. 일 년 휴학했다가 복학하면서 동기가 삼 학년 학습관을 연결해 주었다. 졸업한 선배들이 요일을 정해 놓고 후배를 위해 봉사하는 곳이었다. 집이 먼 나는 오후 수업은 참석할 수 없는 형편이었다.

첫 수업이 시작되기 전 학습관 팀장에게서 전화가 왔다. 그녀의 톡톡 튀는 목소리에는 젊음이 흘러넘쳤다. 묻는 말을 차근차근 설명해 주는 그녀의 친절은 마치 오랜 지기처럼 편안했다. 신세 질 일이 많을 것 같아 가깝게 지내고 싶어졌다.

"나이가 어떻게 돼요.?"

"양띠…."

목소리만 듣고 띠동갑인 줄 알았는데 갑장(甲長)이라니…. 그녀가 주절주절 털어놓는 말에는 더 놀라운 일이 많았다.

태어난 달이 12월로 이틀을 남겨놓고 억울한 한 살을 먹게 되었는데 부모님이 그런 그녀가 안타까워서 나이를 줄여 호적에 올렸다고 했다.

"어머나, 우리 부모도 그랬는데."

동병상련이 궁금해 사설탐정이라도 된 듯 전화기에 귀를 바짝 대고 묻고 물었다. '세상에 이런 일이'에 나올 수도 있겠다 싶었다. 동갑에다 생년월일, 태어난 시간도 같은 아침이었다. 퍼즐을 맞추듯 이야기를 맞추어 가다 보니 흡사 쌍둥이가 등장하는 드라마 속 이야기를 상상해 보기도 했다. 너무나 신기해 연결해 준 동기에게 말했더니 그녀 역시 내 생각과 흡사했다.

"혹, 너희 아버지가 쌍둥이를 낳아 둘 중 한 사람을 다른 사람에게 보낸 게 아닐까?"

그런 말을 하며 우리는 한참을 깔깔 웃었다. 아버지가 이미 돌아가셨으니 확인할 수도 없고 어쨌든 특별한 인연이 분명했다. 그녀와 태어난 날과 시까지 엇비슷했으나 팔자는 극과 극이었다.

그녀는 다복한 가정의 장녀로 태어나 사내 동생들과 우애도 깊고 부모의 사랑을 듬뿍 받으며 성장했다. 보릿고개 그 어려운 시절에도 고등학교를 졸업하고 대학시험까지 보았다니, 내게는 꿈 같은 삶처럼 보였다. 그런데 대학 입학을 앞두고 갑자기 집안 형편이 어려워져서 부모님을 대신해 동생들 공부 뒷바라지하느라 자신의 꿈을 접었다고 했다. 그녀는 격랑 없는 잔잔한 바다에서와 같은 삶을 살았다. 결혼 적령기에 근사한 남편을 만났다. 자녀도 딸 둘에 아들 하나를 둔, 요즘 말하는 일등 엄마였다. 아들은 외교관으로 해외로 나가 있고, 딸들은 가까이 살면서 손주들 재롱 보는 재미가 쏠쏠하다고 했다. 뒤늦은 나이에 꿈을 이뤄보려고 방송대 국문학과를 지망했단다.

긴 시간 통화하면서 다른 사람들에게 느끼지 못했던 감정이 마음으로 스며들었다. 학습관을 이끌어 가면서 학우들을 챙기고 배려하는 마음은 감히 따라갈 수 없을 것 같았다. 아마도 살아온 환경에서 배어 나온 듯 그녀에게서 모성 본능이 느껴졌다.

그녀의 삶과는 달리 나는 어려서부터 가난에 찌들어 살았고, 정에 굶주렸고, 어떡하면 지옥 같은 집을 하루빨리 벗어날 수 있을지, 갈등과 번민으로 지냈다. 그런 이유로 나는 일찍 결혼 쪽으로 몰고 갔는지도 모른다. 결혼하면 꽃길을 걸을 줄 알았는데, 또 다른 역경이 나를 기다리고 있었다. 비바람 몰아치듯 인생의 거센 항로를 따라가다 보니, 한날한시에 태어난 그녀와 황혼 길에서 만날 줄이야. 남다른 감회가 밀려왔다.

얼마 전 국문학과 각 학습관 학우들과 서울 지역 동아리팀이 1박 2일 여행을 갔다. 나는 그날 처음으로 그녀를 보았다. 그녀와는 자주 만난 사이처럼 전혀 낯설지 않았다. 숙소에서 학우들과 나란히 누워 밤이 깊어 가는 줄 모르고 이야기꽃을 피웠다.

가까이에서 바라본 그녀는 때 묻지 않은 순수함과 겸손함이 몸에 배어 있었다. 혹시나 입양된 사이가 아닐까 했지만, 전혀 다른 성향과 나에게는 찾을 수 없는 여유로움으로 그녀가 돋보였다.

'쌍둥이로 태어나도 팔자는 다르다.'는 말이 사실인가. 아마도 그녀와 나는 전생에 쌍둥이였는데 삼신할머니가 실수한 듯싶었다. 한 가지 더 신기한 일이 있었는데 내 수필집을 읽은 그녀가 전화했다.

"고향이 논산이라면서요.?"

그녀가 태어난 외갓집이 우리 집 가까운 마을이었다. 두 어머니가 비슷한 시간에 산통을 겪었다니, 우연치고는 기막힐 우연이다. 부모님 생존 때 그녀와 만났더라면 재미있는 일이 많았을 것 같은 아쉬움이 남았다.

　전화기 선을 따라온 그녀의 밝은 웃음소리가 우울했던 내 마음을 화사한 꽃으로 피어나게 했다.

작은 거인

"언니, 글 쓰신다면서요?"

불쑥 건네는 그녀 말에 당황했다. 내가 글을 쓴다는 걸 아는 친구들은 학교에서 몇 명뿐이다. 나이 먹어 똑같이 배우는 입징에서 다른 사람들이 알면 나 자신의 학교생활이 불편할 것 같아 숨기고 있었기 때문이다. 그녀는 요즈음에서야 알게 되었다고 했다.

학교에서 그녀의 작은 몸짓이 유달리 눈에 띄었다. 그녀는 등이 볼록한 장애아였다. 1학년 때는 복도에서 스치기만 했던 그녀와 2학년 때 한 반이 되었다. 새 학기가 시작되면서 학급 회의가 열렸다. 반장은 학급을 위한 여러 가지 안건을 내놓았다. 그중에서 학우들 경조사 문제를 내놓자 맨 앞줄에서 있던 그녀가 벌떡 일어났다.

"경조사 문제를 학교에서까지 연결할 필요가 없다고 생각합니다."

그녀의 카랑카랑한 목소리에 교실은 한동안 침묵이 흘렀다. 나는 그녀와 반대 의견을 내놓았다. 학교에서 만난 소중한 인연들을 언급하면서, 경조사 문제는 자율적으로 했으면 좋겠다고 했다. 그녀는 내 말이 끝나자 미안한 생각이 들었는지 자신의 발언이 잘못되었다며 바로 인정을 했다. 한 학기를 다 마치도록 그녀와 말 한마디 나눈 적 없었다.

가끔 화장실에서 마주치면 눈인사만 할 정도였다.

졸업을 앞두고 함박눈이 펑펑 내리던 날, 교실 문 앞에서 기웃거리던 그녀가 나와 눈이 마주치자 손짓했다. 한 번도 웃는 모습을 본 적 없었는데 활짝 웃고 있었다. '뭔 일이지' 궁금해졌다. 그녀는 복도에서 내 손을 잡고 자신도 시를 취미로 쓴다고 했다. 갑작스러운 말에 전기에 감전이라도 된 듯 그녀와 꼭 잡은 손끝이 찌릿찌릿해 왔다. 그녀와 나는 수업 종이 울릴 때까지 글에 대한 공감하는 부분들이 보물처럼 터져 나왔다. 성만 다를 뿐 이름이 똑같은 그녀와 못다 한 이야기는 전화로 하기로 약속했다.

평소 내 눈에 비친 그녀는 항상 새침했다. 그녀가 가슴속에 꼭꼭 숨겨 두었던 사연을 하나씩 털어놓을 때마다 내 눈시울을 뜨거워졌다. 장애를 가졌어도 그녀는 언제나 당당했고 든든한 남편과 남매를 둔 엄마였다. 먼 거리를 손수 자동차를 몰며 하루도 빠짐없이 학교에 다녔고 학업성적도 우수했다. 그녀는 졸업식장에 몇몇 안 되는 학생들 틈에 끼어 삼 년 개근상을 받는 성실함을 보였다. 두 주에 한 번씩 학교에 다니고, 평일에는 작은 가게를 운영하는 남편을 도왔다. 양파껍질 벗기듯 그녀의 삶을 알 때마다 진한 감동이 쏴~ 밀려왔다.

가끔 학교에서 써 온 글을 보여주면서 사춘기 소녀처럼 배시시 웃었다. 쑥스러워하는 그녀 어깨를 토닥거리며 미진한 부분이 발견되면 내 의견을 보태기도 했다. 그녀의 글 속에는 부모님에 관한 애틋함이 있었다. 장애가 있는 그녀가 홀어머니 밑에서 구김살 없이 자랄 수 있었던 건 바로 가족들의 따뜻한 보살핌이었다. 어머니에게 여러 자식 중 제일 아픈 자식이었을 그녀, 층만 다를 뿐 엄마와 형제들이 한아파트에 살고 있었다. 눈만 뜨면 엄마는 문 앞에서 그녀를 불렀다고 했다.

"막내야, 막내야."

그렇게 부르던 다정한 엄마가 어느 날 갑자기 돌아가셨다. 돌아가신 후에도 그녀 귀에 '막내야' 부르는 환청이 문밖에서 계속 들렸다. 쫓아 나가 문을 열면 가슴에 서늘한 바람만 파고들었다. 그녀는 엄마 잃은 가슴앓이에 우울증까지 겹쳐 한동안 힘들었다고 했다.

그녀 남편은 시집을 단 한 권만 내주겠다고 늘 입버릇처럼 말한단다. 열심히 글을 쓰는 그녀에게 나는 가끔 책을 선물했다. 책을 손에 쥐면 어린아이처럼 싱글벙글하는 그녀, 나도 덩달아 마음이 뿌듯해졌다.

봄 햇살 가득한 교정에서 그녀가 마음의 선물이라며 봄 향기 품품 나는 머플러를 내밀었다. 작고 가냘픈 몸으로 자신의 삶을 거인처럼 가꾸는 그녀, 보석처럼 빛나는 두 손을 꼭 잡아 주었다.

다음에는 삶의 애환과 희망이 넘치는 그녀만의 시집을 선물로 받고 싶어진다.

(2018. 4.)

여고생 일지

육십이 넘어 고등학생이 되었다. 즐거움으로 가득할 것 같은 여고생, 열일곱 살 소녀마냥 마음이 설렜다. 입학식 날 교정에 첫발을 내디디며 눈에 비친 학교가 마냥 신기했다.

1970년대 학교와는 천양지차였다. 놀라운 것은 장애인을 위한 승강기가 있어 다리 아픈 학우들이 편리하게 이용할 수 있고 교실 바로 앞에 화장실이 있었다. 비위생적이었던 예전 화장실 근처는 분뇨 냄새가 역했다. 아무리 청소해도 코를 막고 볼일을 재빨리 보곤 했다. 시대에 맞게 변모한 수세식 화장실은 늘 깨끗했고 화장지도 비치되어 있었다. 세면대도 여러 개 있어서 점심 식사 후에는 학우들이 양치질까지 할 수 있었다.

수업 시간은 어떠한가, 교사들은 대형 화면에 교재를 담아 왔다. 교과목에 맞춰 사진과 그림을 보여주고, 과학 시간이나 특별활동 때는 신비한 영상 속으로 빠져들게도 했다. 분필 가루가 풀풀 날리던 칠판은 사라지고 자동 시스템이 갖춰져 있다. 스위치만 누르면 슬금슬금 움직이며 물로 말끔히 씻어내렸다.

초등학교 시절 뙤약볕 아래서 운동회를 했다. 지금은 온냉방 시설이

완비된 넓은 실내강당에서 운동회가 열린다. 거기다 갖가지 운동기구
가 설치되어 있어 종목별 대회를 치르는 데에 한 점 불편함이 없었다.
탁구대, 배드민턴, 농구대는 물론 행사에 쓸 수 있는 앰프 시설과 의자,
단체로 영화를 볼 수 있는 대형 스크린까지 갖춰져 있었다. 그야말로
놀라움의 연속이었다.

최상의 시설을 갖춘 곳에서 체육대회가 열렸다. 학년별로 앉아 익살
스러운 모양새와 화려한 의상으로 응원하는 모습이 일반 정규학교 학
생들과 다름없었다. 각종 경기마다 선수들은 학급의 명예를 걸고 젖
먹던 힘까지 발휘해 열정을 쏟아냈다. 나는 운동을 좋아하지만 경기에
는 참석할 수 없었다. 3년 내내 투병 중이었기 때문이다. 뒷전에 앉아
손바닥이 불이 나도록 열심히 응원했다. 그렇게나마 학우들과 어울려
즐길 수 있다는 것만도 행복이었다. 시합을 마친 학우들은 열기로 붉게
물든 얼굴을 응원가를 부르며 식히곤 했다. 우승한 학급은 승리의 깃발
을 번쩍 흔들면서 모두가 한 몸처럼 열광했다.

“살살하세요. 다치면 큰일나요.”

용광로처럼 뜨겁게 달아오르는 우리를 향해 선생님들의 염려하는 목
소리가 들렸다. 학생들 절반이 오십 대 넘었으니 선생님들은 항상 염려
를 입에 달았다. 비록 몸은 늙어가도 마음만은 모두가 꿈 많은 여고생
이었다.

의정부 공원으로 소풍 가는 날도 실컷 웃고 떠들었다. 학우들 모두
삼삼오오 짝을 지어 산행에 나섰다. 병원에서 막 퇴원한 남학생과 투병
중인 몇몇 학우들과 그늘에 돗자리를 깔고 앉았다. 남학생 학우가 몰래
가져온 막걸리를 가득 따라 놓은 채, 넉살 좋은 입담에 귀를 쫑긋 세웠

다. 아내 몰래 했던 연애담을 스릴 넘치게 들려주었다. 꼬리가 길면 밟힌다고, 결국 아내에게 들켜 죽다 살아난 이야기에 모두가 포복절도 했다.

잊지 못할 추억들로 가득한 고교 시절, 코로나로 인해 자주 만날 수 없어 아쉬움이 크다. 수학여행 꿈도 접어야 했고, 졸업식장에 입고 갈 교복도 준비했지만, 코로나가 두려워 그 소소한 꿈마저 포기해야만 했 다. 졸업식장에 들어가지 못하고 반별로 시간을 정해 놓고 운동장으로 향했다.

눈물로 얼룩진 졸업식, 줄을 서서 담임선생님에게서 노란 봉투를 하 나씩 받은 것으로 끝이 났다. 참으로 쓸쓸한 졸업식 광경이었다. 한풀 이를 한 것 같은 뿌듯함이랄까. 어린 시절 상 받는 아이들을 부러운 시선으로 바라보았는데 내 나이 육십 중반을 넘어 '공부란 이런 것이로 구나'를 깨우쳐갈 때마다 각종 상이 내 손에 쥐어졌다.

졸업한 지 서너 해가 지났는데도 잊지 못할 추억으로 되살아난다. 꿈 많은 여고생의 그 모습이.

자연에 순응하며 살기

"자연의 신비함에 감탄할 때가 많아요."

"젊어서는 몰랐던 것들이 나이가 들면서 눈에 보이기 시작해요."

황혼을 바라보는 두 사람은 차창 밖으로 스치는 울긋불긋한 가로수를 보며 말을 이어갔다. 그는 생명력이 있어도 제자리만 지키는 것을 손으로 하나씩 꼽았다. 겨울 동안 숨죽이고 있다가 살랑살랑 부는 바람에 살며시 고개 내미는 어린 생명부터 말했다. 가을바람 타고 길가에 떨어진 낙엽, 앙상한 가로수도 봄이 오면 새 옷으로 단장을 한다. 비바람에 뿌리가 뽑히지 않거나 인간이 훼손하지 않으면 몇천 년 역사를 지켜보는 파수꾼이 되기도 한다.

움직이고 뛰어다닐 수 있는 인간은 말을 하고 동물들은 소리로 표현하기도 한다. 그러나 시간이 지나면 노화가 되어 결국 한 줌의 흙으로 돌아간다. 어쩌면 하찮은 풀잎보다 못한 삶이 우리의 서글픈 모습이라고 그와 나는 공감하고 있었다. 우리의 삶을 자연에 비유하는 그의 눈가가 촉촉이 젖어 들었다.

아무리 잘나고 가진 것이 많다 한들 돈으로 살 수 없는 것이 무엇인지 그는 곰곰이 생각하고 있었다. 되돌릴 수 없는 세월과 건강은 금은 보화로도 바꿀 수 없다며 화려했던 시절이 허무하다며 긴 한숨을 내쉬었다. 또한 황혼 길목에 서성이는 자기 삶이 아쉬움만 커간다고 말했다.

나 역시 육십 대 후반까지 숨 가쁘게 살아왔다. 알차게 삶을 가꾸지 못하고 고통과 후회가 인생의 반을 차지했다. 그는 또다시 묻고 있었다.

"젊은 날로 돌아간다면….''

나는 세차게 도리질을 했다. 떠올리기조차 몸서리쳤다. 지금 이대로가 나에게는 최고의 삶이다. 비록 몸은 망가져 너덜너덜하지만, 걸어서 병원도 다니고, 내 손으로 물건도 사며 친구들과 어울려 놀러 다닌다. 다니면서 맛있는 음식도 골라서 맘껏 먹을 수 있는데, 무얼 더 바라겠는가.

가끔은 혼자만의 생각에 빠져 우울할 때도 있다. 인간이기에 걱정 근심이 떠날 날이 없다. 한편으로는 나이도 잊은 채 도전하고 얻는 성취감이 있기에 아직은 살 만하지 않은가, 그는 조잘거리는 나를 애잔한 눈빛으로 바라보고 있었다.

하루라도 손에서 일을 놓으면 그는 불안하고 잡념이 생긴다고 했다. 그는 이십여 년 손수 펜션을 짓고 관리하는 일에 매달렸다. 일에서 벗어 날쯤인데 산속에 터를 잡은 사람들의 집을 네 채나 손수 지었다.

기계도 팔십 년 가까이 사용하면 수십 번을 고치다 결국에는 고물로 버리는데 그의 몸은 무쇠보다 더 강한 듯했다. 그러나 끝내 버티지 못하고 하나, 둘 망가져 갔다. 허리와 무릎 수술, 최근에는 심장에 스탠드를 삽입하게 되었다. 그는 지금도 자신이 아니면 안 된다는 생각으로 매사에 적극적이다.

가끔 그에게 고향의 소식이 들려왔다. 개구쟁이 친구들이나 이웃 사람들이 홀연히 이승을 떠났다는 소식에 태산도 움직일 것 같은 그도 죽음 앞에서는 숙연해졌다.

마을 사람들의 한여름 그늘막이 되어 주던 고목도, 길가의 가로수도 내년을 기약하고 있지 않은가. 하물며 만물의 영장이라고 자부하는 인간은 내년을 내다볼 수 없는 현실이 안타까울 뿐이라며 씁쓸한 미소를 건넨다.

1년이라도 세상을 덜 산 내게 그에게 위로의 말을 해준다.

"젊은 날에는 하루를 귀한 줄 모르고 살았어요. 황혼이 되어서야 지나온 시간이 보석처럼 소중하다는 걸 깨달아요. 지금의 삶이 무의미하지 않으려면 하찮은 목표라도 정해 놓고 한 해를 보냅시다. 그래야 조금이라도 생활의 의욕이 솟아요."라는 내 말에 그는 껄껄댔다.

언젠가부터 목표를 정해 놓고 산다. 남들은 늦은 나이라고 비웃을지 몰라도 신년 초만 되면 한 해 동안 나만을 위한 계획을 세워놓고 있다. 건강을 지키려고 만 보 걷기, 세 번째 수필집 출간을 위해 차근차근 준비 중이다.

가끔은 막내네 손녀들 재롱에 맘껏 웃기도 한다. 어쩌면 그것들이 노후의 소소한 재미가 아닐까 한다. 그와 나는 사는 날까지 자연에 순응하면 후회는 없을 거라, 결론을 내리며 허허댔다.

(2022. 2.)

글이 사람을 만든다

고집불통이라며 나 때문에 주위 사람들이 힘들어했다.

어머니는 나는 어려서부터 고집이 남달랐다고 했다. 한 번 울음보가 터지면 땅바닥이든 어디든 털퍼덕 주저앉아 양다리를 쭉 뻗고 두 눈을 꼭 감고 하염없이 울어댔단다. 고집을 꺾을 요량으로 어머니가 매를 들어도 그치기는커녕 그 자리에 꼼짝하지 않고 더 크게 우는 바람에 오히려 매를 든 어머니가 지쳐서 한숨만 몰아쉬며 가슴을 처대곤 했단다. 그럴 때 약아빠진 언니와 동생들은 줄행랑을 쳐서 매를 피했지만, 나는 꼼짝 않고 고스란히 매를 벌어 어머니의 화를 더욱 돋우었다. 연한 배처럼 싹싹한 다른 자식들과 달리 고집불통인 나로 인해 부모님은 늘 노심초사 걱정이 많았다.

사춘기에 접어들면서 내 고집은 한층 더했다. 불우한 가정환경 탓에 세운 실낱같은 자존심이었을까. 누구에게라도 굽히면 살아갈 의욕마저 잃어버릴 것만 같았다.

결혼하고, 아이들 키울 때도 내 말이 곧 법이었다. 한 번 정한 일은 손해 볼망정 끝까지 밀고 나갔다. 내 나름대로 심사숙고해 내린 결정이라며 명령하듯 그대로 따르라고 고집을 부렸다. 그런대로 내 말을 잘

따라 주던 가족들이 점점 불만의 목소리가 높아졌다. 나는 내 생각대로 따라 주지 않으면 대화 단절까지 감행했다.

사사로운 문제로 어쩌다 남편과 큰소릴 내고 나면 대화는 물론 눈길도 주지 않았다. 남편 역시 내 고집을 꺾어보려고 버텨보지만, 보름이 지나도 풀어질 기색이 보이지 않으니 답답한 남편이 먼저 우물을 판 후에야 나도 슬며시 풀었다. 그런데 내가 잘하기만 했겠는가. 스스로 생각해도 심한 면도 없지 않았다. 사실 그놈의 고집이 언제나 나를 망가트리고 있었으니….

유년 시절 어머니의 잦은 가출로 어려서부터 동생들을 챙기는 버릇이 있었다. 나를 부모로 알고 지내던 동생들이 머리가 커지더니 엇나가기 시작하고 내게 여러 번 마음의 상처를 안겨 주었다. 나는 그걸 괘씸히 여겨 몇 년을 왕래조차 안 했다. 동생들이 사과하려 해도 내가 마음의 문을 열지 않았다.

언젠가 술에 취한 외삼촌이 돌아가신 아버지를 험담하는 말에 가슴에 억눌려 있던 화가 폭발하고 말았다. 가장 존경하고 사랑하는 내 아버지를 무시하는 말에 자식된 도리로도 참아내기가 힘들어 외삼촌에게 큰소리로 대들었다. 돌이켜 생각해 보면 외삼촌에게 대든 것은 나의 크나큰 잘못이었다. 그 일로 몇 년간 외삼촌과 외면하고 지냈다. 외삼촌은 주사가 심했다. 평소와는 달리 약주가 과할 때면 험한 말을 해대는 바람에 외숙모는 물론 일가친척들조차 외삼촌을 슬슬 피했다.

어느 날 외삼촌이 나를 찾아왔다.

"돌아가신 부모님께도 내가 안 빌었는데, 난생처음 너에게 사과하마…."

병색이 짙은 행색으로 찾아와 내게 고개를 조아리는 외삼촌을 보며 나 역시 죄송하단 말을 하고 싶었지만 그게 목구멍에 걸려 도무지 뱉어 낼 수가 없었다.

나는 고집이 있긴 해도 주위 사람들과 다투거나 힘들게 하지는 않는 편이다. 그런데 한 번 빗나가면 쉽게 풀리지 않는 외골수인 그런 내가 나도 싫다. 내 마음 내 뜻대로 되지 않으니 나도 힘들다. 타고난 성격이라 하루아침에 바꿀 수도 없는 노릇이라 나로서도 답답할 수밖에. 거기다 사교성마저 빵점이어서 처음 만나는 사람에게는 낯가림이 있어 쉽게 다가가지도 못한다. 그러나 한 번 맺은 인연은 남녀 가리지 않고 질긴 끈처럼 이어간다.

고집과 아집으로 똘똘 뭉친 내가 변하기 시작한 건 아마도 글을 쓰면서부터인 것 같다. 어차피 글 속 주인공은 내가 되지만, 글에 등장하는 인물은 그 주인공의 처지에서 바라보면서 쓴다. 어떨 땐 딸이 없어도 친정엄마가 되고, 원망으로 똘똘 뭉친 내 어머니의 처지가 되어 어머니를 용서하고 원고지에 눈물방울을 흘리기도 한다.

글의 소재는 내 경험에만 있는 것이 아니다. 더러는 힘들게 사는 이웃들의 삶을 소재로 글로 엮기도 하고 이런저런 인연으로 만난 사람들의 다양한 삶 속을 누비며 그들의 희로애락이 담긴 이야깃거리를 흔들어 깨우기도 한다. 누군가의 애틋한 사랑 이야기를 쓰다 보면 꽃다운 내 가슴 아픈 일들이 떠올라 가슴앓이하고 인연으로 만난 사람의 절절한 사연에 빠져 울적해질 때도 있다. 이렇듯 심한 감정의 기복을 느끼면서 나의 고집불통, 옹고집의 잘못을 깨닫고 성찰하면서 내가 달라지는 걸 확실히 알게 되는 것 같다.

인생의 반을 훌쩍 넘기고서야 나를 비우는 일이 많아진다. 부딪혀 깨지는 것보다 피하는 방법이 한결 편안하다. 마음에 담아두지 않고 훌훌 털어 버리고 사는 것도 어쩌면 나 자신을 위해서인지도 모른다.

고집을 내세웠던 지난날이 옳은 일도 있지만, 내 고집으로 인해 상처받은 사람들에게 속죄하는 마음이다. 지금은 내 말이 우선이 아닌 상대 말을 먼저 존중해주려고 노력한다. 같은 말도 기분 상하지 않을 정도만 조언할 뿐이다.

부모님도 두 손 들었던 고집불통, 인생의 황혼기가 돼서야 글의 힘으로 새로운 나로 거듭나고 있다.

태풍 불던 날

태풍 '힌남노'가 일본을 거쳐 우리나라에 상륙한다고 TV에서는 온종일 재난방송을 하고 있었다. 의정부행 버스에 몸을 싣고 가는 내내 차창 밖으로 쏟아지는 빗줄기에 심란했다.

가방 안에는 커다란 멜론이 묵직하게 들어 있다. 친구가 보내줬는데 손녀가 좋아하니 안 넣을 수 없었다. 더하여 어깨를 짓누르는 노트북과 잡다한 소지품까지 챙겼으니 이 우중에 큰 짐이었다. 젊을 때는 무거운 짐보따리를 들고도 꽤 먼 거리를 씩씩하게 다녔는데 이제는 계단을 오르내리기도 힘들다.

예전에는 철원에서 수유리행 직행버스가 있어 편리했다. 그때는 막내네 집까지는 버스에서 내려 4호선 전철을 타든지 택시 잡기도 수월했다. 그런데 수십 년 다니던 노선버스가 슬그머니 사라지고 종착역이 의정부로 바뀌었다. 그래서 의정부에서 내려 수유리 막내네 집까지는 택시를 이용했는데 쾌청한 날에도 의정부에서 승차 거부를 자주 당했었다. 오늘같이 억수로 비가 퍼붓는데 택시가 있을지 두려웠다. 그래도 내일 새벽에 출근할 아들 내외와의 약속을 저버릴 수 없는 일이었다.

의정부 종점에서 내려 우산을 쓰고 건너편 도로로 갔다. 태풍 영향을 받아 비바람이 몰아치는데 큰 짐이 있으니 큰 우산 대신 접이식 우산을 가져왔다. 등에 멘 노트북 가방과 손에 든 보따리만 겨우 가려주는 우산에 바지가 금세 흠뻑 젖어버렸다.

택시 정류장에 도착하여 손님을 기다리는 택시 창문을 두드렸다. 문을 빠끔히 열고 쳐다보는 기사에게 "서울 ○○초등학교 근처요?"라고 외쳤지만, 기사는 고개를 흔들었다. 수 분째 정차해 있으면서 태워 주지 않는 기사가 야속하다. 지나가는 택시도 손을 들어봤지만 마찬가지였다. 빗속에서 승차 거부를 한 시간 넘게 당해 보기는 처음이었다. 무거운 짐에 비는 사정없이 뿌려대고 집으로 도로 가고 싶은 마음이 굴뚝같았다. 거절당할 걸 뻔히 알면서도 혹시나 하는 미련을 못 버리고 택시가 내 앞에 정차하면 반가움에 창문을 두드리곤 했다. 돌아오는 대답은 한결같았다.

"도대체 서울 가는 택시는 어디에 있어요?"라고 기사에게 소리쳐 물어봤다. 걸어서 쭉 가다 보면 마트가 보이고, 그 앞에 서울 가는 택시가 있을 거라 했다. 기사의 말 대로 무작정 걸었다. 비 맞은 생쥐가 따로 없었다. 사람들에게 물어물어 1킬로는 족히 걸은 듯했다. 신발에서는 질척질척, 멜론 든 가방이고 뭐고 소지품까지 폭포수처럼 내리쏟는 다리 밑에 던져버리고 싶었다.

마트 앞 인도에 무거운 짐 가방을 내려놓았다. 생쥐 꼴인 나를 힐긋힐긋 쳐다보는 시선들, 그런 나 자신이 갑자기 처량해서일까 비인지 눈물인지 자꾸 흘러내렸다. 우산을 들고 사뿐사뿐 횡단보도를 건너는 사람들이 오늘따라 부러웠다.

'빈 차' 불빛이 켜진 택시를 향해 손짓했다. 천천히 다가오는 택시

유리창에 '의정부'라고 쓰여 있었다. '틀렸구나.' 싶었지만 창문을 살짝 내리는 기사에게 힘없이 물었다. 선뜻 대답 못 하고 망설망설하던 기사는 '타라'는 신호를 보냈다. 마치 은인을 만난 듯 연신 고맙다는 말만 되풀이하며 무거운 몸을 실었다.

마스크를 써서 나이는 가늠할 수 없지만 반듯한 이마를 보아 사십 대쯤 보였다. 승차 거부하는 택시들이 궁금해서 기사에게 담당 지역을 벗어날 수 없냐고 물었다. 비바람이 거센데 서울에 갔다가 빈 택시로 돌아오게 되면 시간을 많이 빼앗긴다는 대답이었다. 그런데 그 기사는 비를 맞고 서 있는 나에게서 자신의 부모님 생각이 나서 나를 태웠단다. 그 기사의 말에 잠시나마 속상했던 마음이 사그라졌다.

더구나 개인택시도 아닌 사납금을 내는 회사 택시 기사였다. 순간 진한 감동이 밀려왔다. 의정부 '선진운수'의 이○○ 기사님 같은 선량한 기사님이라면 비바람 불고 태풍이 몰아쳐도 어디든 가줄 것 같았다.

서울까지 도착하는 동안 가족들이 번갈아 가며 안부 전화를 했다. 전화 받을 때마다 태워 주신 기사님의 고마움을 가족에게 전했다. 그는 당연히 해야 할 일이라고 겸손의 말까지 아끼지 않았다. 택시를 타고 가면서 고마움을 어떻게 전할지 생각했다. 막히는 시간대를 다행히 피해 왔다고 도리어 기사는 뿌듯해했다.

두 어깨를 짓눌렀던 짐 가방이 기사님의 친절로 한결 가벼워졌다. 또한 기세가 등등했던 '힌남노'를 헤치며 들고 온 멜론을 넘겨받은 손녀가 환한 달덩어리가 되었다.

손녀의 미소로 그날의 고단했던 피로가 싹 날아간 듯했다.

(2022. 9.)

2부

❀

고백의 시간

고백의 시간

베트남 여행지에서다. 무료한 저녁 시간을 보내기 위해 우리는 둘러앉아 진실 게임을 하기로 했다. 부모든 형제든 서운했던 감정을 솔직히 털어놓기로 했다. 온 가족이 둘러앉아 처음엔 서로 눈치만 살폈다. 장난기 많고 딸 같은 둘째가 웃음을 머금고 작심한 듯 한 마디 툭 던졌다.

"아버지! 사과하세요."

그 말에 남편은 어안이 벙벙한지 둘째를 빤히 쳐다봤다.

"아버지는 제가 어릴 때 사람들에게 정이 안 가는 자식이라고 했잖아요."

남편은 절대 그런 적 없다고 펄쩍 뛰었다. 나 역시 꿈에라도 상상해 본 적 없었다. 남편을 빼다 닮아 붕어빵인 둘째는 다른 형제에 비교해 체격이 왜소했었다. 흰 피부에 쌍꺼풀진 눈, 원피스를 입혀 놓으면 여지없는 깜찍한 딸이었다. 욕심도 없고 형제간에도 늘 양보하는 둘째를 남편은 기특하게 여겼었는데 무심코 뱉은 그 한마디가 지금까지 상처로 남아 있다니, 우리는 이구동성 한목소리로 외쳤다.

"사과해, 사과해…."

그런 적 없다고 부인하는 남편을 몰아붙이듯 거들었다.

"아무리 자식이지만 아버지로부터 받은 상처라면 사과하세요."

내 말에 남편은 고개를 갸우뚱거리며 고민하더니 결국 백기를 들 듯 입을 열었다.

"아빠가 몰랐어, 미안해 아들."

"진심으로 사과하시니 용서할게요."

두 부자의 화해 무드에 우리는 다 같이 손뼉을 치며 와르르 웃었다.

이번에는 막내가 말을 꺼냈다. 혹시나 계모처럼 굴었던 나에게 화살이 오는 게 아닌지 가슴이 두근거렸다. 그런데 예상치 않은 말이 튀어나왔다. 두 형 사이에 있었던 일이라며 반전의 분위기를 띄웠다. 큰형이 둘째 형 나니는 방문 잎에 압정을 뿌려 놓은 사건이었다.

약삭빠른 둘째보다 야물지 못했던 큰아들은 늘 동생에게 당하는 처지였다. 더구나 초등학교 때부터 서울로 유학 생활을 한 큰애는 방학 때만 집에 왔다. 그래서인지 둘째와 막내는 나이 차가 있는데도 사이가 좋았고, 큰아들은 물에 겉도는 기름처럼 돌았다. 심성이 워낙 고운 데다가 겁까지 많아 동생들이 괴롭혀도 함부로 굴거나 때리지도 못했다.

두 동생에게 당하기만 한 큰아들이 참다못해 둘째를 골탕 먹이기로 작정하고 기회를 엿보았다. 둘째가 방에 들어간 사이 문 앞에 압정을 놓고 숨었다. 생각 없이 문을 연 둘째는 '악' 소리와 함께 펄펄 뛰며 범인을 찾아냈다. 동생의 비명에 벌벌 떨며 숨어 있던 큰애는 어둠이 내린 후에야 슬그머니 방문을 열고 들어왔다고 했다.

형제의 난 사연을 막내가 마무리하자, 둘째는 약이 바짝 올라 몽둥이를 들고 형을 찾아다닌 이야기를 숨 가쁘게 늘어놓았다.

우리 부부는 금시초문이었지만 황당한 일이었다.

"사과해, 사과해…."

우리 부부가 합세하듯 외치자 큰아들은 겸연쩍은 듯 고개를 숙였다.

"미안해, 동상."

"용서해 줄게, 다시는 그러지 마."

통쾌하다며 둘째가 손을 번쩍 들었다. 우리는 덩달아 배를 움켜쥐고 웃었다.

고백의 시간을 끝내고도 우리 부부가 몰랐던 형제간에 있었던 일이 하나, 둘 밝혀지기 시작했다. 대학 다닐 때 둘째는 등록금 소매치기를 당했었다고 했다. 대학생이 둘이나 되는 집의 형편을 생각해 차마 말할 염치가 없었다. 고민 끝에 형이 떠올라 도움을 청했다. 하사로 갓 임관한 큰아들은 거액의 등록금을 마련하기 위해 대출을 받은 건지 모아 둔 돈이 있었는지 지금까지 입을 꾹 다물고 있었다. 형제간 의리로 서로 보듬고 감싸준 혈육의 정, 우리 부부는 그런 아들들을 보는 것만으로도 가슴이 뿌듯해졌다. 서운했던 묵은 감정을 '미안하다'라는 말로 털어 버리고 이제부터라도 서로 상처 주지 말자고 모두 마음을 합했다.

"아빠 엄마가 더 젊었을 적에 많이 모시고 여행 다녀야 했는데 그러지 못했네요. 앞으로 자주 여행시켜 드릴게요."라며 큰아들이 형제들을 대신하여 사과하는 말에 알게 모르게 쌓인 그동안의 서운함이 달콤한 아이스크림처럼 녹아내렸다.

오늘 밤은 아무래도 내가 먼저 고백해야 할 것 같다. 준비해 간 화투로 자식들 주머니를 몽땅 털겠다고….

(2025. 1.)

든든한 간병인 보험

나에게는 입원할 때면 달려오는 세 간병인이 있다. 오래전 힘든 생활에서도 세 계좌나 들어놓은 덕이다. 물론 보험료가 부담되긴 했지만 두 계좌를 반평생 넘게 부었고 남은 한 계좌노 들어놓은 지 사십 년이 훌쩍 넘었다. 이 간병인 보험 덕분에 입원해도 걱정이 없다.

그런데 나의 전용 간병인은 간호만 하는 게 아니라 옛날 앨범을 넘기듯 나를 젊은 시절로 되돌리는 재주까지도 있는 것 같다.

간병인 혜택을 받기 시작한 것은 내가 불혹이 되었을 때부터였다. 그 시절엔 전문 간병인이 드물었다. 입원하면 간병은 대개 환자의 배우자나 가족들의 몫이었다. 아들만 셋인 나는 도움 받을 길이 없으니 매번 남편이 맡았는데 젊어서부터 잔병치레로 골골했던 남편이 환자인 나보다 보호자 침대에서 앓는 소리를 더했다. 그럴 때마다 나는 딸 못 낳은 팔자를 한탄하곤 했다.

어느 날 문득 오래전에 들어놓았던 간병인 보험이 생각났다. 만기가 되었을 간병인 보험을 입원할 때마다 호출한다. 언제든 흔쾌히 오는 간병인들. 그런데 간병인마다 서로 다른 성향을 보이고 있다.

첫째 간병인은 무조건적이었다. 직장에 얽매여 있는데도 나의 입원

날짜만 통보해 주면 미리 수술실 앞에서 대기하고 있다. 수술실로 들어갈 때마다 손을 꼭 잡아 주는 극진한 간병인 덕에 두려움도 이겨낼 수 있었다. 내가 마취에서 깨어나면 섬세한 손길로 타들어 가는 입술을 물수건으로 번갈아 적셔주며 따뜻한 수건으로 얼굴과 손발을 닦아주었다. 그 정성이 아프고 힘든 나를 잡아 주었고 삭막한 가슴에 온기를 불어넣어 주었다. 비몽사몽 눈 뜨면 내 팔과 다리를 주무르면서 꾸벅꾸벅 졸고 있었다. 그는 병원비 걱정 안 하고 몸으로라도 때울 수 있으니 도리어 내게 고맙다고 한다.

두 번째 간병인은 문병 온 첫째가 급한 볼일이 생길 때 부탁해 놓은 사람이다. 그는 토끼 눈을 닮아선지 늘 피곤해 보였다. 오자마자 몇 마디 이야기를 나누고는 보호자 침대에서 피로를 풀 듯 누워있다. 나는 웅크리고 잠든 그가 딱해서 내 담요를 슬며시 덮어주곤 한다.

애잔하게만 보이는 둘째 간병인은 작년 여름에 베트남에 출장 갔다 와서는 목디스크 시술을 받았다. 내 남편이 입원할 때 목에 깁스를 한 채 병원에 따라가겠다고 우겼다. 성치 못한 몸이라며 주위에서 만류해도 그 고집을 꺾을 수가 없었다. 장거리를 운전하고 달려와서는 무거운 침대를 끌고 다니며 검사실 밖에서 대기하면서 그 자신의 진심을 토해내는 우직한 간병인이다.

"울 아부지 대신 내가 아플 수만 있다면…."

평소에 말은 없는 둘째 간병인이었지만 그의 절절한 효심에 나는 그만 그의 등을 토닥여 주었다.

세 번째 간병인은 입가에 저절로 미소가 번지게 하는 사람이다. 싱글벙글 미소를 지으면서 늘 병실에 들어서는 해바라기 간병인이다. 내가 아무리 심각한 수술을 받았어도 내 앞에서는 별일도 아니라는 듯 웃고 떠들어 서운할 때도 있었다. 환자의 이불을 걷어 젖히고 수술한 부분까지 만져가며 코믹한 연기도 한다. 그래서 상처 부위가 들썩이도록 웃게 했다. 혼을 쏙 빼놓고는 입맛 당기는 음식이나 필요한 게 뭔지 물어본다. 내가 말이 없으면 휙 밖으로 나가 내가 평소에 먹어보지 못한 열대 과일을 사 오고, 더운 여름엔 선풍기까지 사 들고 왔다.

세 번째 간병인은 어려서부터 통이 커서 나에게 꾸중도 많이 들었는데, 아직도 그 버릇을 못 고쳤다. 그는 사업가로 변신해 동남아 각국을 누비고 다니는 사업가 간병인이다.

나는 남겨 줄 재산도 없는데 간병인 보험은 늘어놓았너니 너무나 든든하다. 그런데 이즈음 주인 말에 순종하던 간병인들이 반란을 일으키고 있었다.

"두 분 건강 잘 챙기세요. 치매나 몸을 못 움직이면 바로 시설로 보낼 겁니다."

망치로 세차게 머리를 내리치는 기분이었다. 그들의 말에 화가 난 내가 쏘아붙였다.

"걱정하지 말아요, 당신들 신세 안 질 테니까."

벌침처럼 쏘아대는 나를 진정시키려고 간병인들은 용돈으로 애교를 떨었다. 첫째 간병인은 덧붙여 친구가 부모 치매로 가족이 고통받는 이야기를 해주면서 나를 다독였다. 부모에게 건강한 삶을 누리라고 꺼낸 말이지만 왠지 서글펐다.

"오늘 병원 다녀왔어요?"

첫째 간병인이 물었다.

　　"시설에 안 가려고 열심히 병원도 가고, 다리 성할 때 여행 가려고
준비도 하고 있다."
　　큰소리치는 어미에게 껄껄대는 세 간병인, 든든한 아들들의 진심이
무엇인지 말은 안 해도 전해진다.
　　나는 간병인을 셋이나 둔 부자다.

그리움의 향기

가래떡과 감자를 익힌 후 버터를 녹여 구웠다. 입안에 고소한 맛이 확 퍼지면서 옛적 일이 떠올라 목이 메었다. 그때가 언제이던가? 혀는 맛을 기억하는데 생각은 가물가물 명확하지 않다. 나이가 들수록 음식 맛에서 그리움을 곱씹으며 살아가는 것도 보고 싶을 때 꺼내 보는 사진첩의 풍경처럼 마음 한편에 쌓아둔 그리움의 또 다른 냄새가 아닐까.

아버지가 사십 대 때 나는 중학생, 동생들은 초등학생이었다. 어머니는 가정불화로 집을 자주 비우는 날이 많았다. 그래서 아버지가 자식들 끼니까지 도맡아야 했다. 아버지가 가장 잘하는 건 카레였다. 방학 때나 휴일에는 잠깐 집에 들러 비빔국수를 만들어주기도 했다. 비빔국수라 해도 양념도 없이 고추장과 설탕으로 버무린 국수였지만 내가 먹어본 요리 중 최고의 별미였다.

십 리를 걸어 통학하며 살림하는 나를 아버지는 언제나 측은한 눈으로 바라보았다. 어느 날 빨랫비누만 한 누르스름한 물건과 몽고 간장 한 병을 사 들고 오셨다. 아버지는 김치도 없는 밥상에 간편하게 한 끼를 해결할 방법을 생각해 낸 것 같았다.

호기심 어린 눈으로 바라보는 자식들을 밥상 앞에 빙 둘러앉으라고 했다. 양은솥에 방금 지은 따끈따끈 밥을 배식하듯 넓은 국 대접에 각기 퍼담고는 빨랫비누처럼 생긴 물건을 도마에 올려놓고 기름이 배어 있는 네모난 종이를 벗겼다. 그걸 칼로 삐뚤빼뚤 썰어 제일 먼저 큰 조각 하나를 내 밥그릇 위에 올려놓았다. 동생들은 언니만 주나 싶은지 입을 삐쭉댔다.

"이것은 서양 사람이 빵과 함께 먹는 빠다라는 거란다."

코끝을 간질이는 고소한 냄새에 모두가 침을 꿀꺽 삼켰다. 버터가 스르르 녹으면서 노리끼리해진 밥 위에다 몽고 간장 한 스푼을 넣고 싹싹 비볐다. 짜디짠 집 간장만 먹다가 달짝지근한 몽고 간장은 그야말로 꿀맛이었다. 거기다 버터까지 넣은 비빔밥이 입 안에서 살살 녹는 그 환상의 맛에 취해 우리는 밥 한 톨 남김없이 그릇을 싹싹 비웠다.

"그렇게 맛있니? 하지만 많이 먹으면 탈이 나니 요만큼만 먹는 거다."

그 말씀이 왜 그리도 야속하게 들리던지, 어머니 없는 서러움까지 밀려왔다. 어머니 손길이 부족한 자식들이 기름진 음식을 허겁지겁 먹는 모습을 씁쓸히 바라보던 아버지가 지금도 내 가슴속에 아련히 남아 있다.

그 뒤 아버지는 버터를 자주 사 오셨다. 간장 한 가지만 있으면 간편하고 먹을 수 있었다. 맛은 있었으나 대신 설거지하는 나로서는 고역스럽기 짝이 없었다. 그릇이 미끄덩거려 물을 끓여 설거지해야 했다. 지금처럼 세제가 풍부한 시절이 아니었다. 수세미에 모래까지 묻혀 설거지하는 번거로움이라니. 그래도 아버지가 우리에게 신세계 맛을 알게 해준 버터의 고소함은 반세기가 훌쩍 지난 지금까지도 잊히지 않고 떠오르곤 한다.

복더위로 몸과 마음이 축 처져 있다가 문득 머릿속으로 시나브로 스쳐 지나가는 기억 하나, 기름진 식품이라 냉장고 깊숙이 묵혀 둔 버터가 생각났다. 옛날 아버지가 밥 위에 올려 준 그 맛의 그리움을 맛보고 싶었다. 코끝으로 감도는 고소한 향기에서 아버지의 훈향이 느껴졌다.

이번에는 뜨거운 밥보다 가래떡과 삶아 놓은 감자를 구워보고 싶었다. 프라이팬에 버터 한 조각을 넣었다. 지글지글 끓는 고소한 냄새가 노릇노릇 구워진 가래떡과 감자에 스멀스멀 스며들었다. 그 맛은 어디서도 찾을 수 없는데. 텅 빈 가슴에 사무치게 파고드는 그리움의 향기만 눈가에 그렁그렁 맺혔다.

글의 힘

외과 병원 유리창을 향해 사람들이 서성이고 있었다. 뭘까, 호기심에 가까이 가서 들여다보니 오늘 내가 예약한 의사 선생님 사진이 걸려있었다. '우수 교수'로 선정된 사진 속 선생님은 편안한 듯 빙그레 웃고 있었다. 반가운 마음에 자세히 읽어보니 작년에 내가 병원 홈페이지에 올린 글이 실려있는 게 아닌가.

그분은 나를 두 번이나 수술해 준 외과 선생님이시다. 치료를 정성껏 해준 것은 물론이고 절망에 빠진 나에게 진심 어린 위로를 많이 해주던 분이다. 의사로서 권위적인 면은 없고 환자를 최대한 이해를 해주고 투정을 부려도 너그러운 웃음으로 받아 주었다.

선생님에 대한 믿음으로 반년에 한 번씩 정기검진 받으러 가는 것도 나들이쯤으로 여기면서 병원을 오 년이나 다녔다. 작년에 정기검진차 병원을 갔을 적에 의사 선생님은 반가운 얼굴로 나를 맞더니 '완치 판정'이라며 환자인 나보다 더 좋아했다.

어떡하면 이 고마움을 보답할 수 있을까 생각해 보았지만, 도무지 떠오르지 않았다. 예전 같았으면 따끈한 커피라도 진료실로 들고 갔을 터인데 작은 선물도 허용되지 않은 병원 규칙이 있으니 내 생각대로 할 수도 없었다.

그래서 겨우 생각해 낸 것이 내 글이 실린 동인지를 드렸다. 책으로는 아무래도 부족한 것 같아 병원 홈페이지에 들어가 살펴보았다. 거기에 '칭찬합시다'라는 코너가 있었다. 절호의 기회다 싶어 선생님에 대한 감사의 마음을 담은 글을 올렸다. 며칠이 지나 병원에서 내 글이 채택되었다고 문자가 왔다. 고마운 은혜를 조금이라도 갚은 듯 뿌듯함이 밀려왔다.

진료 날짜가 되어 병원에 갔다. 변함없이 반기는 의사 선생님의 해바라기 미소에 괜스레 마음이 심쿵 했다. 십여 년간을 정기 검사를 받았는데 결과는 너무도 깨끗하다며 이제 걱정 안 해도 될 것 같다는 말씀이다.

"저는 걱정 안 해요. 선생님을 믿거든요."

내가 올린 글을 읽었을 거라고 기대하며 눈치를 보았지만, 선생님은 평소와 다름없이 진료만 했다. 혹시 내 글이 부족해서 부러 내색을 안 하는가 싶어 걱정하는 마음이 일어났다.

기억이 잊힐 무렵 정기검진을 받으러 병원을 갔다. 진료실 들어가기 전 유리문에 선생님 사진이 대문짝만하게 걸려있었고, 그 밑에 개인 정보를 위해 가운데 자만 살짝 가린 이름이 적혀 있는데 분명 내 이름이었다. 시치미 뚝 떼고 내가 아닌 듯 글을 꼼꼼히 읽어보았다. 내가 쓴 글을 몇 달 만에 읽어보는데도 콧등이 시큰했다. 또한 '우수 교수'라는 명칭을 내가 선물한 것처럼 어깨가 으쓱해졌다. 진료받을 때마다 마음 한구석에 미안함으로 가득했는데 오늘에야 그 막힌 가슴이 펑 뚫리는 기분이었다.

　반년이 흐른 지금도 병원 접수대 현관문에 빙그레 웃고 있는 선생님의 사진을 보면서 나는 무언의 감사를 보낸다. 글의 힘을 빌려 평생 갚을 수 없는 빚을 조금이나마 갚은 것 같아 나 스스로 글쟁이가 되길 참 잘했다고 칭찬을 해주었다.

　건강을 잃고 절망의 늪에서 허덕일 때도 나는 글을 쓰면서 위로받고 나를 다독이곤 했다. 눈뜨는 새벽이면 아픈 몸을 일으켜 엉금엉금 기다시피 컴퓨터 방으로 들어갔다. 그때는 오로지 글을 써서 두 번째 수필집을 내는 게 살아있음의 나의 목표였다.

　열정의 덕분에 건강도 되찾고 대학 진학도 했다. 내 인생에 활력을 넘치게 해주는 글은 매력이 넘치는 나의 연인이기도 하다. 마지막 종착역까지 함께 할 수 있기를….

고향 가는 길

"아버지 어머니, 편안히 가세요."

반세기 하고도 강산을 두 번 훌쩍 넘긴 세월, 한 줌의 재로 고향으로 보내드렸다. 돌아서서 손등으로 눈을 훔지는 남편 모습에 덩달아 내 눈 끝도 매웠다.

1·4후퇴 때 시부모님은 자유를 찾아 고향을 등졌다. 피난 때 아장아장 걸었던 남편이 내년이면 팔순이다. 며칠이면 고향에 갈 수 있을 거라 믿었던 시부모님, 고래 등 같은 집과 철없는 남은 자식들을 부모님께 맡기고 떨어지지 않는 발걸음으로 피난길에 나섰다. 엄동설한에 어린 두 자식을 업고 걸리고 오는 중에 남편의 형이 병으로 죽었다. 부모님이 죽은 형을 돌무덤 해 놓고 눈물 바람 뿌리며 남쪽으로 왔다. 피난민 수용소에서 고향으로 돌아갈 날을 기다리던 시아버지가 돌아가셨다. 철조망이 가로막혀 갈 수 없다는 절망감에 시어머니마저 남편을 초등학교 입학시켜 놓고 눈을 감지 못한 채 떠나셨다.

나의 남편은 그렇게 아홉 살에 천애 고아가 되었다. 피붙이 하나 없던 남편은 그때부터 전쟁고아로 보육원에서 살아야만 했다.

전쟁이 끝나고 배고픔은 누구나 겪었던 시절, 외국 원조에 의지하던 보육원도 마찬가지였다. 한창 먹어야 할 시기에 멀건 옥수수죽으로 하루 두 끼만 때우려니 그 배고픔의 서러움은 말할 수 없었다고 남편은 말했다. 그뿐이 아니었다. 시도 때도 없는 보육원에서의 구타는 일상이었다.

모진 고통 속에서 성장한 남편은 스무 살도 되기 전 직업 군인의 길을 선택하였다. 비로소 배고픔에서는 벗어났으나 가슴 한쪽에는 결핍의 응어리가 늘 있었다. 부모님에 대한 희미한 기억의 잔상마저 점점 사라져 가고 있어 간절하게 뿌리를 찾고 싶어 했다. 나도 시부모님 유골이라도 가까이 두고 싶어 하는 남편의 간절한 소원을 들어주고 싶었다.

그래서 피난민 수용소가 있었던 주변 사람들을 수소문하기 시작했다. 천만다행으로 어머님을 아는 이웃분을 만날 수 있었다. 그분은 고아가 되어 떠나간 아이가 늘 궁금했는데, 가족까지 데리고 부모님 산소를 찾아온 남편의 손을 꼭 잡고 흔들었다. 어머님 돌아가신 후 보육원으로 갔다는 소문에 안타까웠다고 했다. 그분의 도움으로 비록 형체는 알아볼 수 없었지만, 부모님의 뼛골을 안고 철원으로 올 수 있었다.

앞이 확 트인 명당자리에 모셨다. 천애 고아였던 남편이 결혼하여 삼 형제를 낳고 그 며느리들과 여덟 명의 손주를 둔 대가족을 이루었다. 우리와 가까이 있으니 명절이나 제사 때는 푸짐한 음식과 꽃을 갖고 찾곤 한다.

남편은 산소 앞에만 가면 어린아이가 되었다. 마치 부모님이 생존해 있는 듯 새로운 가족이 생기면 소개를 했다. 또 가족 중에 아픈 사람이나 힘든 고비가 있으면 마치 부모님이 해결해주리라 믿는 듯했다. 남편의 오랜 소원은 손자를 보게 해달라는 것이었다. 신기하리만큼 남편의 그 평생소원 손자가 생겼으니 부모님이 들어준 것이라 여긴다.

이제는 부모님을 보내야 할 때가 온 것이다. 남편도 곧 팔순 고개를 넘는다. 우리가 건강할 때 고향으로 보내드려야 도리일 것 같았다.

윤달 있는 해 이장 절차를 밟아 화장했다. 비록 돌아가신 영혼이지만 고향 가는 길에 새 옷으로 입혀 드리고 싶었다. 물론 남편의 형 옷도 색동으로 장만했다. 아마도 시부모님은 자식이 마련해준 새 옷을 입으시고 고향 가는 길목 그 돌무덤을 찾았을 것이다. 아들의 영혼이나마 때때옷으로 갈아입히고 손을 꼭 잡고 고향 집 문턱을 넘었다는 상상만으로도 가슴이 벅차올랐다.

남편의 북녘 고향에는 큰형과 진적노 낳나고 했다. 시부모님은 비록 한 줌의 재가 되어 북녘으로 부는 바람 타고 철조망을 넘어가셨으리라 믿고 싶다. 남편은 시부모님의 막내아들이다. 형제 모두 고향 집을 지키지 못하더라도 영혼이나마 부모님을 반갑게 맞이할 것이라는 생각이 들었다.

이산의 비극을 안은 채 평생을 속앓이하며 살았던 남편, 혹시나 탈북민 중에 피붙이라도 만날 수 있을 거라는 기대로 살았다. 만나면 부모님 산소에 가서 맺힌 한을 풀어 드리려고 했다. 이제 남편에게 얼마 남지 않은 시간, 고향 가는 길을 포기한 듯하다. 민들레 씨처럼 부모님을 먼저 고향으로 날려 보내는 남편, 가시는 발자국마다 한의 눈물이 서리서리 맺혀 있을 것이다. 이 민족의 비극이 언제쯤 끝나려나. 애꿎은 구름 드리운 북녘 하늘을 바라본다.

(2025. 7.)

걱정하지 마세요

수술실 천장에 작은 글씨가 매달려 있었다. 아픔과 두려움에 떨던 그녀의 폐소공포증을 한꺼번에 날려 보낸 문구였다.

허리 수술과 시술까지 합쳐 네 번째 수술을 앞둔 그녀가 내게 병구완 해달라며 부탁했다. 나는 그녀와의 예전 일이 떠올라 처음엔 거절했지만, 환자가 불안에 떠는 이유를 알기에 어쩔 수 없이 승낙하고 말았다.

그녀에게는 한 가지 고민이 있었다. 수술도 두렵지만 검사하는 과정이 더 겁난다고 했다. 누구에게는 우습게 들릴지 모르지만 좁은 공간에 갇혀 있으면 바위에 눌려 있는 듯 숨통이 조여 오고 가슴이 답답하다고 했다.

오래전 일이다. 무릎 수술을 끝내고 그녀는 병실로 옮겨졌다. 마취가 서서히 풀리면서 통증이 오는지, 그녀는 이맛살을 찌푸리며 가슴이 답답하다며 하소연했다. 안색이 점점 창백해지고 급기야 의사와 간호사가 긴급 호출되어 응급처치하는 소동이 벌어진 후에야 겨우 안정을 되찾았다. 자정이 가까워질 무렵이었다. 그녀는 숨을 몰아쉬며 가슴이 답답한지 사방이 확 트인 일층 로비로 데리고 나가 달라고 졸랐다. 자정이 훨씬 넘은 시간에 큰 침대를 끌고 복도를 우왕좌왕하는 게 안타까운지 간호사가 내게 손짓했다. 그녀는 간호사실 앞으로 침대를 옮겨 달라고 했다. 그리고 숨을 쉴 수 없다고 또다시 하소연했다. 간호사가 그녀의 코에 산소 호흡기를 꼽고서야 스르르 눈을 감았다.

"사실은 심리적인 문제인 듯해서 전기를 꼽지 않았어요."

간호사의 뜻밖에 말이 황당했다.

이번 허리 수술은 오랫동안 고통에 시달려 온 터라 이를 악물고서라도 참을 것이라며 그녀는 결심한 듯 얼굴이 굳어 있었다. 나이 먹어 수술 잘못하면 치매가 올지도 모른다는 말이 아마도 그녀를 더 불안에 떨게 했는지도. 평소에 폐 기능이 약해 눈만 뜨면 호흡기를 끼워야 하는지라 나는 또 다른 걱정이 앞섰다. 서기다 집 짓는 공사를 벌인 것도 있고 혹시나 병원 일로 중단되는 사태가 벌어질까 봐 전전긍긍했다.

그녀는 수술 전날 밤, 많은 생각에 잠겨 있었다. 그러다가 문득 심각한 표정으로 말문을 열었다. 수술 도중 만약에 자신에게 불행한 사태가 벌어지면 자신을 대신해 자식들에게 말을 전해달라고 했다. 평소에 자식에게 재산을 한 푼도 물려주지 않겠다고 큰소리 뺑뺑 쳤던 그녀였다. 그렇게 완강했던 그녀도 막다른 골목에서는 결국 자식을 사랑하는 어머니였다. 남은 땅은 집짓기를 위한 것이고 모은 돈은 조목조목 적은 후 똑같이 나누어 가지라는 글을 적어 카톡으로 보내왔다. 문자를 받고부터 나는 갑자기 불안해지기 시작했다. 간병을 부탁했을 때 끝까지 거절 못 한 것이 내내 후회가 되었다.

밤새워 뒤척이던 그녀는 험난한 전쟁터로 끌려가듯 비장한 각오를 다지며 수술실로 들어갔다. 반나절이면 끝난다는 수술은 예정보다 두 시간이 넘어도 나오지 않았다. 그녀가 수술 전에 보냈던 문자가 내내 머릿속을 맴돌았다. 나는 안절부절못하고 간호사실만 들락거렸다. 다행히 링거를 주렁주렁 매달고 그녀가 침대로 들어오는 것을 보고서야 놀란 가슴을 쓸어내렸다. 마취가 풀리면서 그녀는 예전과 똑같은 증세가 나올까 봐 걱정이 앞선다고 했다. 이상하리만큼 그녀의 평온한 모습이 안정을 찾은 듯 보였다.

며칠이 지나 상처의 고통이 줄어들자 그녀는 조심스레 말문을 열었다. 수술실 들어가기 전까지는 별별 생각들이 머릿속에 떠올라 혼란을 부추겼다고 했다. 그날 수술실 들어가서 수술대에 누워있는데 천장에 쓰여 있는 한 문장이 눈에 들어왔다.

'걱정하지 마세요.'라고 큼직하게 쓰인 짧은 한 구절, 그 문장을 읽으면서 자꾸 입속으로 오물오물 뇌까리는 되었단다. 그런데 불안으로 떨리던 마음이 진정되고 포근해지면서 집도하는 의사들에 대해서도 신뢰가 생겨 편안해졌다고 했다.

그녀는 무사히 수술을 마치고 일상으로 돌아왔다. 가끔 수술대 천장의 '걱정하지 마세요.'라는 글을 떠올리며 자신의 남은 삶에 큰 명언이 될 거라고 했다. 그녀에게도 명언의 글이 있듯이, 내 글 한 줄에도 힘들고 지친 사람들에게 명약이 되었으면 하는 바람이다.

(2021. 7.)

엄마는 슬프다

이삿짐 정리를 하다가 빛바랜 일기장이 발견되었다. 펼쳐보니 누구 것인지 이름이 적혀 있지 않았다. 앞부분을 읽어보니 세 형제 중 한 아이의 일기였다. 중학생 때 쓴 듯했다. 깨알 같은 글씨에는 친구들 이야기, 학교생활, 일상의 소소한 일들이 꼼꼼히 적혀 있었다. 일기장을 덮으려다가 무심코 마지막 페이지에 적힌 '엄마는 슬프다'라는 글자가 눈에 확 들어왔다.

'웃는 얼굴을 본 적이 없다. 엄마는 매일 울고 있다. 아빠가 원망스럽다.'

짧은 글을 읽으면서 심장이 멎는 듯 숨이 막혔다. 자세히 들여다보니 큰아들이 쓴 일기가 분명했다. 지금은 인생 반평생을 훌쩍 넘긴 큰아들이건만, 사춘기 시절에 엄마의 고달픈 삶을 쓴 글이었다.

어린 자식들 앞에서 눈물만 보인 것 같아 미안한 마음이 앞선다. 잊고 살았던 지난날들이 문득 떠올랐다. 남편의 도박으로 가정이 풍비박산 직전이었다. 도박에 미쳐서 가정도 자식도 눈에 보이지 않을 때였다. 박봉을 쪼개 근근이 부은 적금까지 노름으로 다 날렸다. 나는 적금 만기 날짜에 맞춰 부푼 마음으로 은행 창구에 갔다가 직원의 말 한마디에 그만 자리에 털썩 주저앉고 말았다. 꿈인지 생시인지 정신이 혼미해지며 울음조차 나오지 않았다. 또 월급 통장까지 은행에 저당 잡혀 대출을 받아 탕진했다. 월급은 모두 압류당하고 우리 가족이 겨우 연명할 수 있는 기초 생계비만 내 손에 쥐어졌다.

암담한 삶 속에 모든 걸 포기하고 싶었던 적도 많았다. 어느 날엔가 남편이 아무런 연락도 없이 이틀째 소식이 끊어졌다. 이제나저제나 두 귀를 쫑긋하고 밤을 지새우는 나를 큰아들은 내 곁에서 말없이 있어 주었다. 어미의 심정을 헤아리고 있는 것을 보면서 수세미 같은 마음을 추스르곤 했다.

어느 날 분노가 치밀어 올랐다. 언제까지 이러고 살아야 하나? 맨발로 뛰쳐나와 창고로 들어갔다. 창고 문을 안으로 잠그고 선반에 놓인 농약병을 열었다. 내가 죽어야만 남편의 도박중독이 끝날 것만 같았다. 어느새 내 뒤를 따라왔는지 큰아들이 창고 문을 세차게 두드렸다.

"엄마, 엄마! 문 열어."

큰아들의 울부짖는 소리가 내 가슴에 대못으로 박혔다. 자식의 처절한 목소리가 귓전으로 날카롭게 파고들었다. 그제야 서서히 내 정신으로 돌아왔다.

'그래, 내가 참으면 우리 아이들은 웃을 수 있을 거야.'

창고 문을 나오면서 나는 큰아들의 눈물 범벅된 얼굴을 소매 끝으로 훔치는 아들을 꼭 껴안고는 봇물 터지듯 눈물 바람을 일으켰다.

그날 이후 나는 어떡하든 자식만은 지켜야 한다는 의무감이 생겼다. 나는 돈 되는 일이라면 몸을 아끼지 않았다. 개와 염소도 여러 마리 길렀고, 이웃집 품팔이와 공사장 막일까지 다녔다.

그 처절했던 삶의 그림자가 큰아들 일기장 속에 고스란히 담겨 있었다. 엄마 얼굴에 웃음을 찾아 주겠다는 큰아들, 사춘기 때 이미 철이 들어 있었다. 자신이 가야 할 길을 선택한 아들은 중학교 졸업을 앞두고 학비 전액이 면제되는 고등학교에 진학했다. 초, 중학교 내내 학교 성적 상위권을 한 번도 놓친 적 없는 큰아들, 고생하는 엄마와 동생들을 위해 대학 진학을 포기했다. 자식을 천 리 길이나 되는 학교에 보내 놓고 나는 눈물샘 마른 날 없이 하루하루를 보냈다.

큰아들이 학교에서 매주마다 보내주는 편지가 내 삶을 지탱해 주는 유일한 낙이었다. 컴컴한 암흑 속에서 아들 삼 형제의 든든한 울타리는 내 가슴에 희망의 불빛이었기에 버틸 수 있었다. 그 사식들을 끝까지 지켜 준 것도 내가 세상에 태어나 제일 잘한 일 중 하나이다.

오늘은 큰아들 밭에서 취나물 수확하는 날이다. 밭고랑에 마주 앉아 큰아들과 오순도순 나누는 얘기에 재미가 쏠쏠하다. 엄마를 영원히 웃게 해주겠다는 사춘기 시절의 언약이 여전히 유효한지 갑자기 묻고 싶어졌다.

그런데 벌써 강산을 서너 번 흘려보낸 지금, 그때를 아느냐 물어보고 싶지만 차마 입이 떨어지지 않는다.

너에게 쓰는 편지

아직도 눈물샘은 마르지 않았니? 상처투성이 가슴 안고 비척대며 어머니 산소 찾아가는 너의 뒷모습이 왜 그리도 처량해 보이는지. 어머니를 부둥켜안고 몸부림치며 통곡하는 너를 보며 이게 마지막 눈물이라고 말했지. 한 푼 값도 못 되는 자존심은 아직도 살아 있는 건지 애써 눈물을 감추려는 듯 하늘만 올려다보았지.

기억하니? 하루가 멀다고 부부 싸움하는 부모 밑에서 너는 일찍이 철이 들었지. 집 나간 어머니 대신 동생들 거두고 집안일까지 하면서 학교 다니느라 힘겨운 나머지 불만을 가득 품은 입이 항상 부어있었지. 어디에 간들 이만 못할까 싶어 도망갈 궁리에 방황하던 너에게 구원의 손길을 내민 국어 선생님이 있었지. 그 덕에 너는 문학을 꿈꾸는 소녀로 탈바꿈하게 되었지.

어린 시절 네가 제일 싫어했던 날을 나는 알고 있단다. 철모르는 아이들은 손가락 세며 명절을 기다리는데 너는 대문 흔드는 바람 소리만 들려도 집 나간 엄마가 들어오는 줄 알고 문틈으로 내다보며 가슴을 졸이고 기다렸지.

'울지마 바보야! 아직도 애증의 망상에 매여 있는 거야.'

명절날, 새벽서리 밟으며 큰집으로 가던 그때를 기억하니? 동생들의 뒷모습이 왜 그리도 남루하던지, 설빔은커녕 입던 옷이라도 빨아 단정하게 손질하여 입혀줄 것을, 자식 내팽개치고 집 나간 엄마가 그때만큼 미웠을까. 섧고 서러워 눈물 바람 뿌리던 일을 생각하면 지금도 가슴이 저리고 먹먹해져. 큰집 또래 조카들은 새 옷 입고 자랑하는 모습을 그저 멍하니 바라보며 네 가슴이 시퍼렇게 멍들었던 기억들….

뼈저린 사연이 많은 겨울을 유난히 싫어하는 이유를 너는 잘 알고 있지. 엄동설한에 차가운 물로 빨래하다가 시뻘겋게 굳어버린 여린 손을 아랫목에 깔아 놓은 이불속에 묻어 놓고 고개를 들지 못했던 너의 모습을 생각하면 지금도 마음이 짠하단다. 삭풍에 문풍지가 울던 밤, 해진 동생들 옷가지 꿰매며 너는 결심했지.

'절대, 절대로 부모처럼 살지 않겠다!'

부모 복 없는 팔자가 평생 좋기만 했을까. 평생을 남편의 앓는 소리를 지켜보며 산다는 것, 박복한 너의 삶이 되어 가슴마저 무뎌졌는지도 모르지.

속속들이 다 말할라치면 아물 수 없는 상처들이 툭툭 비집고 나와 삶이 더 힘들어질 것 같구나.

한 가지 네게 꼭 하고 전할 말이 있어…. 가장이라는 사람이 도박에 눈 뒤집혀 월급까지 은행에 저당 잡혔다는데 도대체 그 사람은 가족들 생계 걱정은 안중에 없었나 보지. 앞날이 보이지 않는 절망의 늪에서 헤매는 고통을 너는 견딜 수가 없었지. 도망갈 작정으로 무작정 가방 하나 챙겨 들고 현관문을 나섰지만, 아이들 때문에 결단을 못 내리고 주저주저하다가 결국 발길도 못 떼고 울 안으로 들어선 네가 그때는 정말 한심하고 밉고 싫었지.

　살길이 막막한 너는 구석진 광 안에 들어가 시퍼런 약병을 들고 마시려다가 그만 정신이 번쩍 들었지. 죽을 팔자는 아니었던 거지. 아비와 다투고 정신없이 뛰쳐나온 어미를 뒤따라온 큰아들 때문에 실패하고 말았지. 약병을 든 엄마를 보는 그 슬픈 눈빛, 아무리 못난 어미지만 자식 가슴에 못 박는 일은 차마 할 수가 없었지. 그 일이 있고 난 후 너는 어금니를 깨물며 악착같이 살기로 했지.

　겨우내 잠들었던 땅이 기지개를 켜는 봄이면 이웃집 품팔이로 나가 해 질 녘에야 신을 벗었고, 때론 공사 현장에 나가 어깨에 등짐을 지고 삼 층 옥상을 오르내리느라 시멘트 가루로 땀범벅이 된 얼룩진 얼굴…. 어린 것들하고 먹고 살려니 온몸이 숯덩이로 변한다 해도 부끄러움 모르고 닥치는 대로 일하며 살았지.

　그런 딸의 모습을 지켜보는 친정아버지의 심정이 어땠을까? 딸년의 험한 팔자에 아버지 가슴은 타들어 간 채 이승을 떠난 걸 너는 알고 있지…. 그만! 아버지를 생각하면 가슴이 찢어질 것 같아. 이제부터 이 모든 기억을 너의 머릿속에서 말끔히 지워버리려무나.

　눈물 밴 한숨 소리를 외치다 보니 어느덧 불혹의 나이가 되었구나. 너의 삶에는 계절도 없고 색깔도 없고 꿈도 없었다. 누군가는 계절을 맞고 색깔을 칠하고 아름다운 단꿈을 젖어 사는 인생들을 보며 너는 부러워 한없이 눈물만 흘렸지.

　그런데 네 인생에도 전환점이 찾아왔고 너는 그걸 기회로 포효하듯 닫힌 가슴을 열고 하얀 백지 위에 쏟아내기 시작했지. 그게 너의 희망이고 꿈이 되면서 용솟음치는 미래를 향해 달려 나갔지.

자야! 욕심이 넘치면 힘들다는 걸 너는 알아야 한단다. 네가 없으면 안 된다는 생각부터 버려라. 네 목숨만큼이나 아꼈던 질긴 인연들을 마음에서 훌훌 벗어 던지고 남은 세월은 너를 위해 살아가려무나. 제발이지, 너부터 사랑하고, 너부터 생각하고, 너부터 아껴라!

세월은 저 혼자 도망가는데 너는 언제까지 우두망찰 제자리걸음에 머물러 있을 것이냐? 기왕 들어선 길 한 번쯤은 절대적 용기가 필요한 것 같구나. 도전해 봐! 너의 소박한 꿈을 세상이 받아 줄지도 몰라.

산새가 우거진 한적한 곳에 아담한 글방을 마련하고 싶다고 했지? 밤새워 줄 뜨거운 영혼과 여생을 불태울 각오로 시작하다 보면 언젠가 반드시 네 꿈은 이루어질 것으로 믿는다.

인제 더는 속태우지 말고 네 엄마를 놓아줘. 산소 찾아가 평생 흘릴 눈물 다 쏟아냈으면 된 거잖아. 다시는 안 울기로 손가락 걸고 약속했잖아….

힘내라. 내 하나뿐인 친구야. 나옹선사의 가슴 적시는 이 말씀을 한 번 들어보려무나. 추운 겨울 끝에 파란 봄이 오듯 그만큼 고생하고 살았으니 새봄 같은 희망이 네게도 올는지 몰라. 선사의 가르침을 자꾸만 읊다 보면 너에게도 새로운 삶이 보일지도….

기가 센 여자

'예감'이 정확히 맞아떨어질 때가 있다.

낡은 대문을 열고 들어갔을 때 어떤 기분 나쁜 기운이 대문을 흔들듯 삐걱거렸다. 손길이 끊긴 지 오랜 마당에는 온갖 풀들이 무성하고 뒤뜰 담벼락 밑에는 토막 진 양초들이 흩어져 널려 있었다. 울긋불긋한 한지가 흙에 들쭉날쭉 묻힌 채 바람에 파르르 떨리고 휑한 듯 비어 있는 을씨년스럽기만 한 집, 딱 폐가의 분위기였다. 집 안에 보이지 않는 누군가가 숨어 있을 것 같은 생각에 목덜미가 쭈뼛했다.

담장을 어슬렁대던 고양이들이 낯선 나를 발견하고는 흘긋흘긋 경계의 눈빛을 보냈다. 더 기분이 나빴던 것은 처마 끝에 대롱대롱 매달린 수많은 거미집이 마치 전설의 고향에 나오는 세트장을 연상케 했다. 남편은 답답한 아파트는 싫다면서 텃밭도 있고, 앞마당이 널찍해서 좋다고 했다. 나는 눈에 거슬리고 신경이 쓰였으나 남편의 뜻대로 매매가 성사되었다.

집을 산뜻하게 단장해 놓고 이삿짐이 거의 정리될 무렵, 집 주변을 서성이던 이웃 여자가 다가와 묻지도 않은 말을 하려는데 그녀의 남편이 입을 가로막았다. 그래도 그녀는 입이 근질근질했는지 남편이 없는 틈을 타서 재빨리 이 집이 오래도록 방치된 사연을 주절주절 지껄여댔다.

집주인인 할머니가 자식과 심하게 다툰 후 자살했다. 할머니가 돌아가신 후 몇 해 동안 방치해놓은 집에 무당이 이사를 왔다. 그제야 뒤뜰에 버려진 물건들의 정체를 알게 되었다. 무당이 집터가 워낙 세다면서 터줏대감의 화를 달래주는 굿판을 여러 차례 벌였다. 그래도 기운이 세서 신령이 영감을 주지 못한다며 이사를 가버렸다. 또 어느 날에는 담장 위로 구렁이 두 마리가 걸쳐 있어 지나던 사람들이 혼비백산 119를 불렀다. 예로부터 구렁이는 집을 지키는 터줏대감이라고 했으니 이 또한 예삿일이 아니었다. 주인이 허망하게 떠난 집에 꼭꼭 숨어 있던 구렁이가 보란 듯 실제 사람 눈에 띄었다니 참으로 놀라운 일이었다.

이웃집 여자는 소름 끼치는 이야기만 골라서 해댔는데 이 집에서 처음 섬뜩했던 내 예감이 틀리지 않았던 것 같았다. 하지만 어쩌랴. 이사는 이미 왔고 나도 자칭 기가 센 사람이다. 그 어떤 험난한 일이라도 헤쳐나가면 그만이라는 당찬 결의를 다지고 나니 두려울 것도 없었다. 할머니가 생존해 있을 때 자신이 소중히 가꾼 집이 흉가로 변해가는 게 마음 아팠을지도, 하여 나를 불러들였나 싶기도 했다.

남편과 내가 각자 방을 정할 때 내가 큰방을 차지하기로 했다. 그런데 안방이 신당을 모셨던 곳이라는 걸 알았으니 남편에게 선심 쓰듯 그 방을 내주었다. 눈을 부릅뜬 탱화를 상상하면 기센 나도 잠을 못 이룰 게 분명했기 때문이다.

또 막힌 공간이 답답해서 나는 거실에서 잠을 잤다. 그런데 이상하리만큼 깊은 숙면에 들지 못하고 늘 피곤했다. 누워있으면 방바닥 밑에서 누가 등을 잡아당기는 듯 널브러져서 누워 있고만 싶었다. 남편은 수맥 전문가라도 된 양 양손에 기역으로 된 철재로 집안 곳곳을 다니며 수맥을 찾아 장판 밑에 은박지를 까는 등 이런저런 수선을 떨었지만 별 효과는 없었다. 사람을 좋아하는 남편은 나갔다 하면 한밤중이 돼서야 돌아왔다.

어느 날인가, 창문 쪽에서 난데없는 인기척이 일었다. 언뜻 바라보니 검은 그림자 같은 것이 휙 스쳐 지나갔다. 남편인 줄 알고 당신 왔느냐 물었다. 대답은 없고 정적만 흘렀다. 순간 온몸에 소름이 확 돋아올랐다. 가끔 이런 기운을 느낄 때마다 '할머니 예쁘게 가꾸면서 살게요.'라면서 마치 영혼이 듣고 있는 듯 혼잣말을 하면서 무섬증을 달래면서 콩닥대는 심장을 가라앉히곤 했다. 머리로 불어오는 으스스한 생각을 떨쳐버리려고 일부러 TV를 크게 틀어 놓았다.

그 후 나는 명절 때나 정월 대보름이면 장독대에 할머니 밥상을 차려 놓았다. 남들이 꺼리는 집에서 사는 팔 년 동안 나는 오 년을 암과 사투를 벌이는 힘겨운 시간이었다. 그렇다고 불행한 일만 있었던 건 아니다. 작가로서도 작은 명성을 얻는 행운을 누리기도 했으니….

남들이 말하는 기가 센 터를 누르고 내가 십 년 가까이 살았으니 나도 센 사람이지 싶다. 누가 밀어내듯 나는 자식들 일로 쫓아다니느라 집에 머무는 시간이 별로 없었다. 그나마 다행한 것은 남편이 부지런해 집안 곳곳을 풀 한 포기 없이 예쁘게 가꾸었다. 아마도 할머니 영혼이 집 안팎을 예쁘게 가꿔준 남편에게 큰 선물을 준 듯했다. 손녀만 일곱이던 우리에게 손자를 안겨 주었으니, 이런 선물이 세상천지 또 어디 있을까.

이사 가기 전날 밤, 남편에게 액땜하듯 막걸리 한 병을 집 안팎에 구석구석 뿌리게 했다. 그렇게 살다가 이사를 했다. 막상 떠나자니 아쉬움이 몰려왔다. 그래도 할머니가 나를 지켜준 것 같은 고마운 생각에 '할머니, 잘 살다 갑니다.'라고 인사를 하고는 떠나왔다.

이사 간다고 아쉬워하는 남편과 달리, 나는 모든 걸 털어 버린 듯 홀가분한 기분이 들었다. 이사하는 날, 발걸음으로 앞장서서 걷다가 뒤를 돌아보니 할머니 손짓이 보이는 듯했다.

(2023. 10.)

세상이 왜 이래

'엄마, 핸드폰이 망가져서 문자밖에 못 해요.'

며칠 전 베트남으로 출장 떠난 작은아들에게서 문자가 왔다. 마침 궁금하던 차에 여러 번 카톡을 보내도 답장이 없었는데 문자를 받으니 반가웠다.

이어서 문자가 왔다.

호텔에서 격리 중인데 부탁할 게 있다고 했다. 며느리도 있는데 나한테 부탁하는 걸 보니 피치 못할 사정일 거라고 짐작되었다. '상품권이 있는데 전화가 망가져 인터넷에 들어갈 수 없다.'라고 했다. 그러면서 보내준 사이트에 가입하고 내 주민등록증을 보내야 들어갈 수 있다고 했다.

그 문자에 나는 오로지 호텔에 갇혀 격리하고 있는 자식이 안타까워 혼이 반쯤 나갔다. 문자가 시키는 대로 따라 했다. 주민등록증을 사진 찍어 보내고, 사이트에 가입해 아이디까지 보냈다. 이어서 내 핸드폰에 원격으로 들어와 상품권을 사겠다며 수락을 요청했다.

순간 머리에 번개처럼 스치는 게 있었다. 오래전 내 컴퓨터를 아는 지인이 사운드를 손봐줄 때, 원격하는 손놀림을 보면서 깨달았다. 마음만 먹으면 저장해 놓은 문서나 사생활 침해까지 할 수 있다는 걸 그때 처음 알았다. 아무리 자식이지만 내 전화 속을 다 헤집고 다닌다는 게 왠지 께름직했다.

수락해 달라고 문자로 재촉하는 것이 이상하다 싶어 잠시 망설이다 떠오르는 사람이 있었다. 막내아들이었다. 내 말을 조용히 듣고 난 막내가 형하고 연락할 테니 기다리라고 했다. 베트남에 있는 아들은 수락해 달라는 문자를 계속 독촉하고 있었다.

"형하고 통화했다. 아무래도 스미싱 같다. 내게 온 문자를 찍어 보내요."라며 막내가 전화했다.

그 순간 얼굴이 화끈거리고 가슴이 벌렁거렸다. 막내는 문자 확인 후 곧바로 경찰서에 신고하라고 했다. 웬일인지 경찰서로 두 번을 전화했지만 받지 않았다. 허겁지겁 가까운 지서로 갔다. 문자를 확인한 경찰은 은행에 가서 통장부터 정지시키라고 했다. 내 통장에 돈은 별로 없었지만, 자식 집 짓는데 자재를 따로 관리하는 통장이 있었다.

은행까지 가는데 발이 땅에 붙은 듯 뛸 수가 없었다. 헐떡거리며 은행 창구 직원에게 사실을 말했다. 주위 시선도 아랑곳하지 않고 고객센터 번호를 받아 밖으로 나갔다. 갑자기 눈앞이 캄캄해 글자가 보이지 않았다. 통장 계좌를 알려줘야 확인할 수 있다고 고객센터 직원은 말했다. 통장이 지갑에 없었다. 망치로 한 방 얻어맞은 것처럼 머릿속이 띵했다. 잠시 마음을 가다듬었다. 핸드폰에 찍어 저장해둔 게 생각났다. 눈을 비벼가며 몇 번을 불러줘도 틀리다는 것이었다. 다급해진 나는 농협 직원을 밖으로 끌고 나와 부탁했다. 고객센터 직원의 침착한 목소리까지 야속하게 들렸다. 짧은 순간이 지루한 몇 시간처럼 느껴졌다. 손은 바들바들 떨리고 입은 바짝바짝 타들어 갔다. 직원이 확인해 주는 말이 믿기지 않아 묻고 또 물었다. 천만다행으로 돈은 그대로 있었다.

창구 직원은 조목조목 설명해 주었다. 원격 수락과 계좌번호, 비밀번호를 드러내지 않은 게 하늘이 도운 거라고 했다. 한숨을 돌리고 나니 또 다른 걱정거리가 있었다. 주민등록증을 찍어 준 것이다. 직원은 오늘 중으로 재발급받으라고 했다. 농협 직원이 구세주인 양 고개를 수십 번 숙이며 고마움을 전했다. 그 길로 읍사무소로 달려가 주민등록증 재발급 신청을 마치고 나니 하루해가 뉘엿뉘엿 지고 있었다.

오늘 하루 도깨비에 홀린 듯 뛰어다녔다. 설마 나 같은 사람에게까지 악마의 손길이 뻗치리라 상상을 못 했던 일이었다. 당하는 사람들 말을 들을 때마다 바보 같다고 생각했다.

소중한 부모나 자식을 이용하는 사기꾼들의 치밀하고 간악한 수법에는 누구나 이성을 잃을 수밖에 없을 것 같았다. 나중에 알고 보니 서울에 사는 친구도 나와 비슷한 보이스피싱을 당했다고 했다. 또 이웃에 살던 동생도 전화로 사기를 당했다가 어렵게 돌려받았다고 했다. 자식을 이용한 수법에 나 자신의 정보를 캐내 모르는 사이 유출되는 사기극이었다. 낯선 전화나 문자가 두려워 받지 않은 것도 이 같은 사기극 때문이다. 어쩌다가 이런 데 머리를 쓰고 사는지, 현실이 안타깝기만 하다. 이즈음 나훈아가 부르는 〈테스형〉이 가슴에 와닿는 것 같다.

'아, 정말. 세상이 왜 이래!'

뚝배기

책상에 낯선 갈색 노트가 보였다. 펼쳐보니 전화번호가 삐뚤삐뚤 쓰여 있었다. 뒷장을 넘기니 빽빽하게 써 내려간 글이 페이지 두 장을 채우고 다음 장은 반쯤 채워져 있었다.

큰아들이 얼마 전 세상을 떠난 장모님을 떠올리며 밤새 쓴 글이었다. 제목이 〈뚝배기〉, 퍼뜩 떠오르는 게 있었다. 며칠 전 큰아들이 장모님 유품을 정리하고 왔다.

"이 그릇에 계란찜 해주세요."

목이 꽉 잠긴 목소리로 못 보던 뚝배기를 불쑥 내밀었다. 큼직한 뚝배기는 손때가 묻어 반질반질했다. 그릇까지 주면서 계란찜을 해달라니 의아했다. 아들은 이 뚝배기엔 장모님의 끈끈한 정과 추억이 깃들어 있다고 했다. 유품을 정리하면서 뚝배기까지 버리면 장모님 손맛을 잃을까 두려웠다고도 했다.

며느리와 결혼을 결심하고 처가에 인사 갔을 때다. 장모님이 사위를 위해 상다리가 부러지도록 음식을 해 놓았는데 그중 특별히 신경 쓴 닭볶음을 신경 쓰신 듯했고 처음 방문한 사위가 닭요리에 손길이 가길 바라고 있었다고 했다. 기대와 달리 김치 볶음과 뚝배기 속 계란찜에 계속 손이 갔었다고 했다. 편식이 심한 사위의 식성을 몰랐던 장모님은 당황스러웠을 것이다.

그 후 딸을 통해 사위의 식성을 알게 된 장모님은 사위 온다는 소식만 들으면 즐겨 먹는 김치 볶음과 계란찜을 해 놓고 집 밖에 서서 기다렸다고 했다. 밥솥을 다 비우도록 눈에서 꿀이 뚝뚝 떨어졌던 장모님, 이제는 영원히 볼 수 없다는 현실이 가슴이 찢어지도록 아프다고 글에 썼다.

어느 날은 계란찜을 바닥이 보이도록 먹는 사위를 위해 계란 한 판을 요리해 준 적도 있다고 했다. 언제나 살포시 웃어 주던 장모님을 볼 수 없다는 허망함과 이제는 장모님표 계란찜을 먹을 수 없다는 아쉬움에 큰아들은 충격이 큰 것 같다.

큰아들은 장모님의 뚝배기뿐만 아니라 아까워서 상표도 떼지 않은 그릇, 간수를 뺀 귀한 소금도 항아리째 가져왔다. 그뿐이 아니었다. 냉장고와 김치냉장고, 밥솥까지 챙기고 싶다며 내 눈치를 살피는 아들 며느리에게 "손때 묻은 물건을 소중한 유산처럼 생각해라."고 했다.

부모가 세상을 뜨면 평소에 애지중지 쓰던 물건에 귀신이라도 붙었는지 쓰레기 버리듯 하는 자식들이 대부분이다. 요즘은 돈을 받고 유품 정리를 대행해 주는 곳이 있다. 태우지는 않고 재활용으로 쓰이는 듯했다. 아들 내외가 장모님 유품을 소중히 다루는 손길이 아마도 먼 훗날 내가 남기고 떠날 물건들을 어떻게 처리할는지 짐작되었다.

뚝배기에 담긴 장모님 손맛을 따라갈 수 없지만 애틋한 마음들이 대견스러웠다. '사위 사랑은 장모'라는 말을 딸이 없는 나는 큰아들을 통해 느낄 수 있었다.

그동안 안사돈을 만날 기회가 서너 번 있었다. 그때마다 내 손을 꼭 잡고 딸을 부탁하던 사부인의 굽은 손마디, 사부인의 사연을 듣고는 더 가슴이 뭉클했다.

젊어서 바깥사돈을 저세상으로 떠나보내고, 네 남매를 구김살 없이 키우기까지 말로 표현할 수 없는 고단한 삶이었다고 했었다. 늘 변하지 않는 질그릇처럼 여러 자식을 보듬고 평생을 자신을 돌보지 않았던 안사돈, 먹고 사는 일로 바빠 딸을 가르치지 못했다며 미안해하는 사돈의 겸손함에 고개가 숙어졌다. 자식들 키워놓고 살 만하니 당뇨병으로 인슐린 맞다가 끝내는 투석까지 하는 안타까움 속에서 이승을 떠나고 말았다.

오늘 아침은 큰아들이 가져온 뚝배기에 계란찜을 하기로 마음먹었다. 자식들 어릴 적에는 국그릇에 달걀을 풀어 소금만 약간 넣고 밥솥에 찌면 완성이 되었다. 맛있게 해주려고 뚝배기로 할 수 있는 계란찜 요리를 인터넷에서 이곳저곳을 찾았다. 뚝배기에 봉긋 솟아오른 먹음직스러운 계란찜을 상상하면서 조리법에 맞추어 차근차근 양념과 불 조절을 했다. 센 불에서 점점 약불로 뚜껑을 덮고 뜸 들이기까지, '아뿔싸' 어디서 잘못되었는지 뚜껑을 열고 보니 푹 꺼져 실망스러웠다. 장모님 계란찜보다는 형편없지만, 큰아들은 그리움을 삭여가며 뚝배기를 박박 긁고 있었다.

김장 나누기

지나가는 사람마다 시퍼렇게 독이 오른 배추에 눈독을 들였다. 길고 긴 장마로 예년보다 배추가 금값이 되었다. 장마철에는 치솟는 채솟값에 기가 죽어 텃밭에라도 열무 씨를 뿌렸지만, 잦은 비로 씨앗 값은 고사하고 다 녹아 한 번도 김치를 담아 먹지 못했다. 햇감자도 비가 많이 와 일조량이 부족한 탓에 올망졸망 겨우 갓난아기 주먹만 한 것들뿐이다. 그것이나마 자연이 준 선물이라 불평 한마디 못 하고 감지덕지 수확하고는 감자 캔 자리에 김장 배추를 심었다. 하루가 다르게 쑥쑥 자라는 배춧속을 눌러 보았다. 딱딱하게 영글어질수록 김장철이 다가오는 걸 알 수 있었다.

마음의 염원이 하늘에 닿았는지 우리 텃밭과 아들네 집에 심어놓은 배추까지 시퍼렇게 영글며 춤을 추듯 나풀거렸다. 지나가던 이웃들이 가던 발길을 멈추고 배추에 눈길을 주면 내가 마치 일등 농부라도 된 듯 어깨가 으쓱해졌다.

예전 같았으면 팔목을 걷어붙이고 하루 이틀 새에 김장을 다 했을 터였다. 세월 이기는 장사 없다 하듯 나도 나이를 속일 수 없는지 몸이 따라 주지 않았다. 마음만 젊을 뿐, 몸이 감당하기 힘들 것 같아 여러 번 나누어 담기로 했다. 이번이 마지막이라고 생각하면서 맘껏 담고 싶었다. 각오로 다져진 대로 김장 준비를 여러 날에 걸쳐 차근차근 담갔다. 고추에서부터 마늘까지 손질하는 시간도 만만치 않았다. 몇 해 전 바닷가 사는 동생 집에서 가져온 실치를 소금에 푹 삭혀 놓은 것을 푹푹 달여 놓았다. 분명 내 코로는 구수한 냄새가 진동하는데도 가족들은 진한 젓갈 냄새에 코를 흔들며 창문을 다 열어 놓고 호들갑을 떨었다. 젓갈을 좋아해선지 냄새만 나도 고향의 손맛 같은 게 느껴져 나도 모르게 입맛을 쩝쩝 다셨다.

김장을 시작하기 전 택배 부칠 곳을 메모장에 적었다. 김치 통에 이름을 적은 스티커도 부쳤다. 산더미처럼 창고에 쌓였던 김치 통이 하나, 둘씩 채워질 때마다 허리가 휘는 줄도 몰랐다. 이 집 저 집 이십여 개 가까이 택배를 부치고 나니 마치 부잣집으로 딸을 시집보낸 어미 마음같이 든든하고 뿌듯했다.

날씨가 갑자기 추워지자 조바심이 일어났다. 철원에서 김장을 마치고 아들네 집으로 향했다. 텃밭에 배추들이 목이 늘어지게 나를 기다리고 있을 다. 이곳에서 담는 김장은 집주인인 아들과 내년에 집 지을 일꾼들 김치였다. 집에서 가져간 양념으로 이틀에 걸쳐 김장을 끝냈다.

누군가는 나에게 몸도 성치 않은 사람이 그 많은 김장을 왜 하는지를 물었다. 세상에 태어나 남에게 덕을 베푼 일이 별로 없는 게 늘 마음의 빚처럼 남아 있었다. 그렇다고 신앙심을 갖고 하는 일도 아니었다. 오로지 시골에 살면서 작은 텃밭이 있기에 내가 가꾼 배추로 김장을 넉넉히 하여 동생과 자식들에게 주면서 시작된 일이었다. 거기다 가을철이면 이웃들까지 훈훈한 인심으로 배추를 갖다준 덕분에 여기저기 김장해서 보내줄 수 있었으니, 그분들의 정성에 보답하는 일이기도 했다.

그때부터 주변을 돌아보게 되었다. 한쪽 발을 의족에 기대어 붕어빵 장사하는 분과, 한쪽 팔을 의수한 친구에게도 김장을 보냈다. 여자 혼자 힘으로 자식 셋을 키우는 그녀도, 장애 아들을 청년이 되도록 보살피는 아는 동생도, 오래된 친구도, 나를 아껴주는 지인에게까지 내 손맛의 김장을 보내주었다. 내 인생에 만난 귀한 사람들은 적금 통장 같은 소중한 재산들이다.

강산이 두 번을 넘기는 동안 김장하고 나면 한 해의 삶을 마무리한 듯 마음이 가볍다. 쌓이는 인연만큼 해마다 보낼 곳이 늘어나면서 후원해 주는 사람도 생긴다. 젓갈 장사하는 친구, 멸치와 다시마를 보내는 선생님, 소금 보내주는 동생과 사돈까지 있다. 또 북어로 육수 내어 맛있는 김치 담으라고 한 보따리 보내는 친구들 정성에 힘을 얻기도 한다. 코로나로 지쳐있는 사람들에게 내가 담근 김치 한 통이 작은 위안이 되었으면 싶다. 가끔 몸이 따라 주지 않아 해마다 이번이 마지막 김장이 될지도 모른다고 생각하기도 한다. 그래도 김치 받고 좋아할 것을 생각하면 쌓였던 피로가 확 풀린다.

내년에도 배추가 풍년이 돼야 할 텐데….

님의 연가

숲속에서 들려오는 괴성에 퍼뜩 눈이 떠졌다. 귀를 쫑긋 세우면서 몇 초 간격으로 목이 터질 듯 지르는 저 소리의 주인공을 나름대로 상상해 본다.

늦가을은 짐승들의 발정기 시기라는데 고라니나 노루가 짝짓기하기 위해 상대를 부르는 걸까, 아니면 덫에 걸린 짐승이 살려달라는 외침일까, 나름 추측해 볼 따름이었다.

그런데 괴성을 일 년이 넘도록 듣게 되니 도무지 가늠할 수 없었다. 인적 드문 산속이어서 아들이 집을 비웠을 때는 무섭기까지 하여 문을 꼭꼭 잠그기도 했다.

이제는 시도 때도 없이 들려오는 괴성이 때로는 구슬프게 느껴지기도 했다. 분명 이웃집 건너 앞산에서 들려오는 소리인데 나 혼자서는 소리의 근원을 찾아 나설 용기가 나지 않았다. 낙엽이 푹푹 빠지는 산속에서 멧돼지를 만나면 피할 방법이 없지 않은가.

이제는 점점 내 귀에서 무뎌질 무렵, 밭에서 김을 매는데 이웃집 동생이 간식을 가지고 왔다. 마침 그 괴성이 어느 때보다 더욱 크게 들렸다.

"아이고, 저 소리에 우리 아들이 창문을 열고 못 자요."

동생의 말에 귀가 번쩍 뜨였다.

"지금 들리는 저 소리 알아?"

"아랫집 수탉이 우는 소리여요."

아랫집 수탉 소리라니? 수탉 울음소리라는 말에 어린 시절 할머니 집에 있는 기분이 들었다. 닭 주인은 이곳으로 이사 오면서 산이 바라보이는 쪽으로 닭장을 짓고 오골계와 병아리를 여러 마리 사다 넣었다. 암탉이 알을 쑥쑥 잘 낳아주고 아랫집에서 유정란이라며 이웃집에 두루 돌린 적이 있었다. 우리 큰아들도 청계란 한판을 선물 받았다.

"그런데 저 수탉은 목성형을 했나, 수탉 울음소리가 왜 저래?"라는 내 물음에 동생이 안타까운 사연이 말해 주었다.

그 댁은 얼마 전 남편이 병으로 세상을 떠났다. 힘들어하는 여인을 위해 친정 형제자매들이 방문하겠다고 연락을 했다. 남편이 있었으면 모처럼 오는 동생들을 토종닭으로 푸짐하게 상을 차려냈을 텐데…. 여인은 한 번도 잡아본 적 없지만, 형제들을 위해 큰 용기를 냈다.

고무장갑과 장화로 단단히 무장하고 닭장 문을 열었다. 닭이 잠든 틈을 이용했더라면 쉽게 잡았을 텐데, 그녀는 벌건 대낮에 닭장을 아수라장으로 만들었다. 닭 잡는 요령이 서투른 여인이 긴 막대를 마구 휘둘렀다. 잡히지 않으려고 요리조리 피해 다니던 닭들은 안간힘을 쓰며 파닥거렸다. 닭털이 날리고 뿌연 먼지가 안개처럼 덮인 듯했다. 긴 사투 끝에 암탉 두 마리를 움켜쥔 여인이 이마에 땀방울을 훔치며 나왔다. 수탉이 자신의 아내 암탉들이 잡혀가는 걸 고스란히 목격했으니 그 슬픔과 충격이 얼마나 컸겠는가. 그 후 목소리마저 변해 버린 것 같았다.

밤낮없이 울어대는 수탉이 안타까워 배추 잎사귀를 한 아름 가지고 갔다. 먹이를 보면 닭장 앞으로 우르르 몰릴 줄 알았다. 문을 열자 겁에 질린 닭들이 한쪽 구석으로 피하고 있었다. 반면 수탉은 깃털을 꼿꼿이 세워가며 곧 덤벼들 기세였다.

"이놈들아, 진정해 맛있는 것 주려고 그래."

한낱 짐승에 불과하지만 남은 가족을 지키려고 성난 깃털을 세우는 모습이 전쟁터에 나가는 장수를 연상케 해 고개가 저절로 끄덕여졌다. 한쪽 구석 얼룩진 상자에는 알을 품고 있는 암탉이 '꼬꼬 꼬꼬' 댔다. 또 한쪽 둥지에는 소복이 쌓인 달걀이 탐스러웠다. 요즘은 유정란 보기가 귀한데 알을 품고 있는 암탉이 신기했나. 이십여 일 지나면 이미 닭을 쫓아다니며 삐악대는 병아리를 볼 수 있을 것이다. 암탉은 새끼를 늘리고 수탉은 점점 불어나는 가족을 지키려고 자신의 몸을 불사하는 투지가 나약한 인간보다 더 강인해 보였다.

사연을 알고 난 후 시도 때도 없이 지르던 수탉의 괴성이 들리지 않으면 되레 궁금해지기까지 했다. 흥얼거리며 모이 주던 주인과 암탉을 찾는 애절함이 오늘도 가슴을 찡 울린다.

(2025. 6.)

어머니 향기

대롱대롱 매달린 누런 박하 잎을 따서 입속에 넣고 잘근잘근 씹어 보았다. 코끝이 쏴 하게 퍼지며 콧등이 찡했다.

"엄마! 그렇게 매워?"

"너도 먹어볼래?"

잎을 따서 입속에 넣어주자 역한지 아들은 얼른 뱉어 버렸다.

"싱싱한 잎을 말렸다가 겨울에 차로 끓여 먹어야겠다."

여러 손자 중 막내를 제일 좋아했던 어머니였다. 기회가 오면 화단에 심어놓은 박하꽃에 얽힌 사연을 막내에게 들려주고 싶었다.

"이 꽃은 오래전 할머니가 엄마에게 선물로 준 것이란다. 어디서 구했는지 빨간 플라스틱 그릇에 파릇파릇한 새싹을 한가득 채워 놓으셨더라."

"앞도 안 보이는 할머니가?"

막내는 믿을 수 없다는 듯 고개를 갸우뚱거렸다.

"그래! 너도 신기하지, 햇살 가득한 수돗가에 싱싱한 새싹을 얼마나 정성 들였는지 한눈으로 봐도 알 수 있었지."

막내와 이야기를 주고받다가 그 옛날 어머니가 떠올라 서글픔이 울컥 밀려왔다.

"앞을 볼 수 없으니, 지팡이에 의지하며 더듬거리며 새싹을 따던 할머니를 보니 가슴이 저리다 못해 괜히 분통이 터지더구나. 나도 모르게 퉁명스레 핀잔을 주었지. 지나놓고 보니 이토록 뼈가 저리도록 후회스러운 것을…."

환하게 웃던 막내는 내 이야기를 듣더니 구름 한 점 없는 하늘을 올려다보며 길게 한숨을 토해냈다.

"박하를 화단에 심어놓으면 여름 내내 뜰 안 가득히 향기가 넘치고, 잎은 말려서 겨울에 차로 끓여 먹으면 건강에 좋다더라."

할머니에 관한 일을 전하고 나니 가슴에 멍울이 벗겨진 듯 애틋한 그리움이 밀려왔다.

"할머니가 주고 싶어 하는 데도 대충 귓등으로 흘려보냈는데 어찌나 성화하던지, 마지못해 가져온 것을 화단 맨 구석에 심어놓았단다. 아, 글쎄 박하 향이 어찌나 진하던지, 생명력까지 끈질겨 여름 내내 화단 밭에 퍼지는 박하와 잡초를 걷어내느라 고생 좀 했지."

"골머리 앓던 박하를 이웃들에게도 나눠주었더니 마을 곳곳 화단 밭마다 박하투성이가 되어버렸단다."

막내는 슬며시 내 곁에 앉아 누렇게 떡잎 진 박하를 따서 손바닥에 올려놓고는 할머니 숨결을 맡는 듯 코끝을 킁킁댔다.

"그런데 사람은 참 간사해!"

"할머니가 돌아가신 그해 여름, 무심히 본 화단 귀퉁이에 실낱같이 핀 구박데기 박하꽃을 본 순간 가슴이 쿵 내려앉더구나. 그 꽃이 얼마나 소중하던지, 거름도 주고 물도 주면서 잘 자라는지 보살펴 주고 싶은 마음이 생기는 게야. 생각해 보니 할머니의 절절히 맺힌 서러움이 박하꽃으로 환생해 자식들 가슴에 향기를 심어주는구나 싶었지!"

조금만 입에 넣어도 진한 향기가 온몸을 감싸 안았다. 내년에는 더 잘 가꾸어 싱싱한 잎을 따서 말려 동생들에게도 나눠줄 것이라고 했다.

"살아생전에 우리 막내를 제일 아끼고 사랑했었는데. 돌아가신 지 여러 해 지난 지금에사 네게 할머니 마음을 전하는구나."

뱉었던 박하 잎을 다시 입에 넣고 막내는 음미하듯 눈을 지그시 감았다. 표정으로 보아 할머니의 그리움을 가슴에 담아 두고 있는 것 같았다.

막내는 걸음마를 할 때부터 할머니의 눈이 되었다. 화장실 시중에서부터 대문 밖까지 할머니 손을 잡고 다녔다. 아무리 어두운 밤이라도 할머니 심부름이면 한 마디 불평도 하지 않고 들어주던 막냇손자를 끔찍이도 좋아하셨다. 형들과 다툼이라도 하면 지팡이를 휘둘러 막내의 편이 되어 주었다.

할머니의 그림자처럼 수발을 들면서도 머리가 영리해 아는 것이 많았다. 숫자 공부에서부터 호랑이 담배 피우던 옛날이야기까지 심지어는 할머니 가슴에 묻은 사연도 막내는 이미 다 알고 있었다. 할머니 영향이 컸던 막내는 학교 다닐 때 수학 실력이 월등했다. 거기에 문장력까지 뛰어나 백일장 수상도 여러 번 했다. 내가 뒤늦게 공부하면서 모르는 게 있으면 막내에게 물어보면 엄마의 부족한 상상력을 키워주는 길잡이가 되어 주곤 했다.

할머니 돌아가실 때도 자식인 나보다 막내가 끝까지 할머니 곁에 붙어 있어 임종을 지켰다.

막내는 할머니에게 넘치도록 받은 사랑을 제대로 갚지도 못했다고
안타까워했다. 직장 다니면서 한 번밖에 용돈을 드린 적이 없다면서
가시처럼 목구멍에 걸려있다고 했다. 마음에 진 빚을 갚지 못한 후회가
아직도 큰 바위로 남아 가슴을 짓누르고 있다며 진심 어린 고백을 했다.
    아들아! 우리 내년 가을에는 할머니표 박하차를 만들어 보자꾸나.
더듬더듬 꽃잎을 따던 어머니와 함께.

노예의 삶

한시도 쉴 틈 없이 움직이며 짝 맞추고 다니느라 얼마나 힘들었니? 가끔 손과 발, 너희를 생각하면 가슴이 먹먹해진다. 부잣집에 태어났더라면 자가용 타고 다닐 테니 발이 고생할 일 없었을 것이고, 물 한 방울 묻힐 일 없이 희고 고운 발이었을 텐데…. 주인 잘못 만나 철들기 전부터 혹사당하며 살았구나.

그러나 어쩌겠니. 가정불화로 걸핏하면 집 나간 어머니를 대신해 어린 동생들 키우느라 혹사당했으니 너희 고생이 심했구나. 손은 아직도 기억하고 있지. 고무장갑도 없던 시절, 엄동설한에 양손을 호호 불며 동생들 옷을 빨다가 언 손이 터질 것 같아 황급히 방으로 들어가 방안 아랫목에 깔린 이불 속으로 두 손을 넣었지. 꽁꽁 언 너를 밀어 넣고 있다 보면 어느새 너는 벌겋게 달아올라 두 손 번갈아 가며 피가 낭도록 긁었지. 원망과 서러움을 참지 못한 눈에서는 폭포수 같은 눈물을 마구마구 쏟아냈지.

결혼하면 너희의 시련이 끝날 줄 알았지. 예쁘고 곱지 않은 손이지만, 매니큐어로 예쁘게 가꾸어주면 공주가 되는 줄 알았단다. 한데 아이들 낳고 그 뒤치다꺼리로 하루하루가 눈코 뜰 새 없이 바쁜 일이 쏟아지더구나. 그나마 자식들 재롱떠는 재미에 푹 빠져 너희를 부려 먹어도 그때는 정말 미안한 줄 모르고 지냈구나.

너 또한 백옥같이 희고 긴 손과 발이 부럽기도 했을 거다. 중국의 백장선사(白仗禪師)가 이르기를 '일일불작 일일불식(一日不作 一日不食)'이라고 하였듯 하루 일하지 않고 어찌 하루 먹기를 바랄 수 있었을까. 온갖 노동으로 거칠고 볼품없는 너였지만 네가 지나간 자리마다 반짝반짝 윤이 나니 수없이 칭찬을 듣곤 했단다.

자식들 다 키워놓고 바람의 나이가 되었을 때, 불행 끝 행복 시작인 줄 알았다. 하지만 불행은 호시탐탐 기회를 엿보고 있었다는 걸 미처 깨닫지 못했으니…. 이웃집 언니가 돌밭에 고추를 심자고 하길래 네 고생은 생각지 못하고 무조건 약속하고 말았지. 무리한 노동의 형벌이랄까. 양손에 전기가 감전된 듯 저린 고통을 호소하는 너를 데리고 병원에 갔던 그 날, 결국 네 몸에 붕대를 칭칭 감고 무릎에는 연골 주사로 치료까지 받아야 했으니, 무지한 주인 만나면 손발이 고생이라는 그 말이 마치 나를 두고 하는 말이지 싶구나.

손끝조차 움직일 수 없어 아무것도 할 수 없었으니 딱한 노릇이긴 했지만, 그 바람에 조금 쉬어가는 너를 보며 갑갑해 하다가도 혹독히 부려 먹은 죗값을 톡톡히 치르는 것 같아 한편으로는 속이 후련하기도 했단다. 너의 몸속 깊숙이 파인 상처를 보면서 안쓰러웠는지 다시는 노예 노릇 안 시키겠다고 맹세하더라. 그렇게 말하는 주인을 보면서 나는 코웃음을 쳤지.

밭농사에서 손을 뗀 지 몇십 년 만에 깨가 쏟아지는 소리가 들려 깜짝 놀랐단다. 초보 농사꾼 아들의 밭에서 소곤대며 일하는 너의 모습이 평화로워 보였단다. 그러면서도 마음은 불안했고 정체 모를 미래의 예견에 세월의 무상함을 느꼈단다. 아들 모르게 정형외과 계단을 오르는 힘겨운 발걸음이 마음에 걸리기 시작했지.

상처투성이 몸으로 삼 형제 길러내고, 손자 손녀까지 보살핀 너야말로 세상에서 제일 장한 투사였지 싶다. 너는 힘에 부칠 때 이 생각만 하면 기분이 좋아지는 것 같더구나. 구부러지고 거칠어진 네 몸을 장한 듯 어루만져 주며 치장해 주는 손녀가 있잖니. 손녀 손자 육아에 지친 네 몸에 팩을 붙이고, 뭉툭한 손톱 발톱에 매니큐어로 아름답게 치장해 주더구나. 그때마다 활짝 웃는 두 눈에서는 눈물이 아닌 꿀샘이 '뚝뚝' 떨어지고 있더라.

가끔 너희 발등에서 어머니 그림자를 찾고 있는 애잔한 눈길을 본단다. 옥색 고무신에 흰 버선발로 사뿐사뿐 걷던 어머니의 고운 자태는 아니지만, 가지런하고 깨끗한 너를 선물처럼 내게 준 어머니께 감사드리는 마음을 이제야 깨닫는구나.

내 나이 어느덧 칠십 고개가 발 앞에 서 있구나. 이제 더는 노예처럼 살지 말고 지나온 삶을 배경 삼아 그림 그리듯 체험에서 느낀 마음의 글이나 쓰면서 지내려무나. 세상 풍파 다 들어도 부족함 없는 너, 오랜 세월 주인을 위해 수고한 너를 꼭 안아주고 싶구나. 마지막 너에게 들려주고 싶은 말이 있단다.

'나의 손과 발이여! 진심으로 사랑한다.'

이벤트

요즘 나는 동에 번쩍, 서에 번쩍하는 생활 패턴이다. 그런데 며칠 전부터 큰아들이 내가 지금 어디 있는지를 묻곤 했다.

그날 큰아들은 청주에서 한 시간여 차를 몰고 내가 있는 문경으로 달려오느라 이마에 땀방울이 송골송골 맺혔다. 내일이 어버이날이라면서 며느리가 챙겨주었을 선물 꾸러미를 내 품에 안겨주고는 본인이 간 다음에 풀어보라고 했다. 문경 산골에서 큰아들네 집 짓는 일꾼들 밥해 주느라 어버이날도 잊고 있었다.

저번 주에는 두 아들 내외를 미리 만났다. 시간을 쪼개며 사는 자식들과 따로따로 만나면 많은 대화를 할 수 있다. 저희끼리 잘사는 게 늘 고마운데 특별한 날과 명절 때 잊지 않고 부모를 챙겨주는 자식들에게 미안할 때가 많다.

큰아들이 돌아간 후 궁금했던 선물 상자를 재빨리 열었다. 네모 난 상자에 카네이션 두 송이만 달랑 있었다. 또 다른 검은 상자에는 담배처럼 돌돌 말아 놓은 종이가 보였다. 자세히 보니 파란색 지폐였다. 한 장씩 펼쳐보면서 웃음이 절로 나왔다. 또 한 자 한 자 정성껏 쓴 손편지에 그만 눈물이 핑 돌았다. 자식들은 어려운 환경에서 자신들을 끝까지 지켜주었다며 어미인 나를 늘 가슴에 담고 있었다.

전에도 막내 부부에게 돈다발을 받은 적이 있었다. 생일날 아침에 꽃 배달이 왔다. 남편한테는 한 번도 받아본 적 없는 장미였다. 내 나이만큼 붉은 장미꽃을 한 아름 안고 행복했으나 살짝 비싼 꽃값이 아깝다는 생각이 들었다. 지그시 눈을 감고 장미꽃 향기를 맡으려 코끝에 대었다. 그런데 장미 잎사귀가 푸릇푸릇 얼룩져 있었다. 자세히 보니 잎사귀를 색다르게 포장한 종이가 1만 원권 가짜 지폐였다. 가짜 지폐를 말아 꽃과 함께 포장한 것이 신기했지만 뭐니 뭐니 해도 최고의 선물은 현찰인데 약간 서운했다.

나는 장미 향기로 가득 퍼져나가라고 높은 곳에 올려놓았다. 반나절이 지나 며느리가 전화했다. 생일 축하 인사를 하는데 왠지 주저주저하는 것 같았다.

"장미꽃 감사하다. 그런데 요즈음은 가짜 지폐로 꽃 포장도 하는구나."

"어머니, 어머니, 가짜 돈이 아니고 진짜 돈이어요."

며느리는 다급한 목소리로 용돈을 통장에 넣는 것보다 장미 다발 사이사이에 끼워 깜짝 이벤트 하는 것이 신세대 풍속이라고 했다. '아차' 눈치 없는 시어머니가 엉뚱한 말을 했으니 얼마나 황당했을까.

이벤트는 청춘 남녀들이 청혼할 때 주로 하는 행사로만 생각했지, 나하고는 거리가 멀다고 여겼다. 알고 보니 요즈음 젊은 세대들이 부모님께 즐거움을 주기 위해 깜짝 이벤트를 한다는 걸 비로소 알았다.

큰아들 내외 역시 신세대인 듯하다. 용돈을 봉투에 삐쭉 내미는 것보다 깜짝 이벤트로 자신들 살 집을 짓느라 산속에서 고생하는 엄마를 감동시켜 주고 싶었던 것 같았다.

이렇듯 매번 색다른 이벤트로 나를 감동을 주는 자식들 정성에 울컥할 때가 많다.

다음에는 또 어떤 이벤트로 즐거움을 줄는지 어린아이처럼 기대에 부풀어 있다.

(2021. 1.)

글쟁이 할머니

"할머니, 울 할머니가 정말로 글 쓰는 작가인가요?"

한밤중에 전화를 건 손녀가 내게 물었다. 뜻밖의 물음에 어안이 벙벙했다. 나는 손녀들에게 취미로라도 글을 쓴다고 단 한 번도 말해본 적이 없었다. 다만 나는 명절 때나 생일날 설빔을 사주고 용돈 주는 할머니었다. 그런데 제 어미와 이야기 중에 "할머니가 작가상을 탔다."라는 말에 깜짝 놀라 전화를 걸었다고 했다. "연세 드신 할머니가 글 쓴다는 사실은 상상조차 못 했어요. 진짜 작가세요?"라고 묻고 또 물었다.

"우리 할머니가 이렇게 훌륭한 분이신 줄 미처 몰랐어요."

호들갑 떠는 손녀 말에 되레 내가 쑥스러웠다. 손녀가 여럿 있어도 관심 보이는 아이가 없었는데, 뒤늦게 사실을 알게 된 손녀는 내일 학교 가면 친구들에게 자랑해야겠다며 한껏 들떠 있었다.

내게는 유치원생부터 고등학교 졸업반인 손녀가 여섯이다. 나는 네 번째 손녀 서진이가 '손자였더라면' 하는 아쉬움을 갖고 있었다. 인사성도 밝은 데다가 사내아이처럼 널찍한 등짝, 몸집도 크고 힘이 좋아서 무거운 것도 번쩍번쩍 들었다. 그런데 운동에 소질이 있었으면 했는데 억척스러운 기질은 전무하고 심성까지 여려서 누가 말만 크게 해도 걸핏하면 아기처럼 울곤 했다.

가족 모임 때 사촌들과 놀이에 빠져 있다가도 이름만 부르면 벌떡 일어나 달려오는 아이, 서진이다. 어른들이 심부름을 시켜도 한 번도 거역한 적 없이 착한 아이다. 맞벌이하는 아비 어미가 늦게 퇴근해 와도 걱정이 없을 만큼 뭐든 알아서 한다. 며느리가 출근하면서 간단한 집안일을 일러놓으면 허투루 듣는 법 없이 빠짐없이 정갈하게 해 놓는 아이, 때로는 여자아이라 늦은 밤까지 혼자 두면 걱정될 때가 많았다.

평소 어미가 함부로 문 열어 주면 안 된다고 당부하듯 단단히 일러주었다. 그런데 그 말을 너무 잘 지켜 탈이 되었다. 자주 보던 엄마 친구가 왔는데도 절대 현관문을 열어 주지 않았다. 며느리는 그런 말로 인해 이웃이나 친구에게 민망할 때가 많다고 한다. 그나마 군인관사에 살고 있어 마음은 놓였지만.

큰손녀가 초등학교 입학하면서 서진이가 태어났다. 서진이가 임신 중일 때 며느리에게 유산기가 있었다. 그래서 몇 달간 병원 침대를 벗어날 수 없었다. 열 달 내내 살얼음판을 딛듯 조심하여 귀하게 얻은 서진이다. 그런데 아기의 머리에 실 구멍이 보여 가족들을 애태웠다. 다행스럽게도 자라면서 머리에 숱이 많아지고 실 구멍도 메워졌다. 헤어디자이너로 일했던 며느리 손끝에서 기름 발라 놓은 듯 매끄러운 서진의 머리, 가끔 제 어미 덕에 멋진 예술 작품이 탄생하기도 했다.

막내여서 애지중지 키워서 서진이가 학교생활을 잘해 낼지 은근히 걱정했던 듯싶었다. 학부모 모임에 다녀온 며느리가 담임선생님으로부터 "서진이는 공부도 잘하고 성격도 밝아 친구들에게 인기가 많다."라는 칭송에 내심 놀랐다고 했다. 바쁜 직장 일로 제대로 숙제를 봐주지 못했으니 당연히 성적이 뒤처져 있을 거로 생각했는데 예상외로 담임의 칭찬에 열 손자도 부럽지 않더라고 했다.

손녀가 알아주는 글쟁이가 되었으니 그 책임감도 크게 느껴진다. 잘 써야 한다는 마음의 다짐과 진실로써 글을 대해야 한다는 책임감이 앞선다. 언제 '땡' 하고 펜대를 꺾을지 모르지만, 글에는 정답이 없다는 사실이다. 그때그때 쓰는 글이 곧 내 삶의 실체가 아니던가. 시시한 일도 내 시선에 맞춰 쓰다 보면 아름다운 연민이 싹터 오를 수도 있지 않을까.

서진이가 내 이 글을 읽고 할머니의 어떤 추억을 떠올릴지 살짝 기대되면서도 한편으론 궁금해지기도 한다.

전생이 미화원

길을 걷다가도 휴지가 떨어져 있으면 줍고 싶다. 가로수에 수북이 돋아난 풀을 봐도 발길이 멈춰진다. 때로는 억제하지 못하고 허리를 굽히게 되는데 함께 걷는 가족들이 옷소매를 잡아끌기도 한다.

몸에 밴 중독은 어쩔 수 없나 보다. 오랫동안 철원의 '지뢰 꽃길'에서 문학인들과 꽃길을 가꾸었다. 새벽이면 산길을 오르며 잡초를 뽑고 관광객이 버리고 간 쓰레기를 주웠다. 봄부터 시작한 풀매기는 꽃들의 잔치에 계절 가는 줄도 몰랐다. 긴 장마를 겪고 나면 무성하게 올라온 잡초와의 전쟁이 시작되었다. 삼복더위에 굵어진 땀방울을 씻어내는 검게 그을린 모습에서 문학의 꿈도 새록새록 피어났다. 사명감을 가지고 시작한 '지뢰 꽃길'이 세상에 알려지는 날을 기약하며 힘든 줄도 몰랐다. 하루라도 안 살피면 문학인들이 정성껏 가꾼 꽃들이 밤새 망가질 것만 같아서 날마다 오르내렸었다.

'북서울 꿈의 숲'을 산책하면서 산책로에 버려진 쓰레기가 눈에 거슬렸다. 처음에는 주위 사람들을 의식해 망설였다. 그러다가 어느 날 용기를 내서 집게와 비닐봉지를 들고 나섰다. 내가 걷는 산책길만 줍기 시작했다. 언덕진 길을 천천히 걸었다. 마스크들이 눈에 띄었다. 운동하면서 숨이 가빠 버렸나, 아니면 봄바람이 답답하다고 벗겨 버렸나, 언덕길을 힘차게 오르면서 수건 대신 땀을 훔쳤나. 한때는 소중하게 썼던 마스크가 길가에 버려진 사연을 상상하면서 주웠다.

간식 먹고 버려진 과자봉지나 사탕, 초콜릿 껍질들도 있었다. 아마도 운동 중에 당이 떨어져 먹은 것인지 알 수는 없지만 작은 것이라며 무심코 버린 것일까. 다행인 것은 담배꽁초가 보이지 않았다. 낙엽을 밟을 때마다 발목까지 빠지는 곳이다. 만약 작은 불씨라도 살아난다면 얼마나 위험할지 누구라도 알고 있다. 더구나 주변에 아파트 단지가 숲 가까이 있어 불씨가 될 만한 것은 아예 집에 두고 다녀야 한다.

쓰레기를 주우며 오르다 보니 어느새 분리수거함 앞이었다. 소소한 일이지만 늘 마음에 걸렸던 산책로 주변이 깨끗해졌다는 뿌듯함이 밀려왔다. 물론 내려오는 발걸음이 한결 가벼웠다.

그런데 숲속 깊숙이 버려진 쓰레기에 또 눈길이 갔다. 그곳은 더욱 심각해 보였다. 사기 화분이나 그릇 깨진 것들이 나무 사이로 빠끔히 보였다. 화분에 흙 담느라 구멍을 막았던 스티로폼도 여기저기 흩어져 있었다. 주변 아파트 주민이나 개인 주택에서 버린 것일까. 보는 사람이 많은 낮에는 버릴 수 없으니 야심한 밤에 내놓느라 고심을 많이 했을 것 같다. 마음 같아선 큰 봉투를 들고 비탈진 곳을 내려가 작은 조각까지 줍고 싶었다.

순간 뭉클뭉클 피어오르는 기억들이 나를 흔들고 있었다.

한때는 내 집처럼 드나들던 지뢰 꽃길, 젊은 날 호밋자루 움켜쥐고 문학인들과 함께 가꾼 꽃길이다. 이맘때쯤 아까시 꽃비가 휘날리면, 황홀에 빠져 양손을 번쩍 들고 날리는 꽃비를 잡으려 했던 적이 있었다.

누가 시키는 것도 아닌데, 중독된 습관은 어느 곳을 가도 마찬가지이다. 전생에 줍던 쓰레기를 다 못 줍고 이승에 와서 줍고 있는가. 아마 전생에 나는 미화원이었나 보다.

이제는 글로써 찌든 때를 말끔히 씻어내는 미화원이 될 것이다.

(2023. 5.)

도깨비방망이

우리 집에는 도깨비방망이가 하나 있다. 내가 간절히 소원하면 신기하게도 이루어지곤 한다. 이번에도 그랬다. 제부가 노점에서 옥수수를 사다 먹는 것을 본 여동생이 전화했다. 옥수수가 맛있어 보인다고 표현하는 동생 마음을 나는 이미 훤히 알고 있었다.

하필 옥수수 수확시기에 동생이 입원했다. 퇴원하고 나서 부쳐주려니 시기를 놓쳐서 살 수가 없었다. 옥수수를 유달리 좋아하는 동생과 큰아들, 친구와 지인들이 기다렸을 것 같아 짧은 문자를 보냈다. 다른 사람들 대부분 이해하는 것 같은데, 동생은 은근히 아쉬워하는 것 같았다. 이곳저곳 물어보고 알아도 보았지만, 옥수수 철이 한참 지났으니 도저히 살 수가 없었다. 냉장고에 있는 몇 개라도 부쳐줄까도 싶었지만 차마 몇 개밖에 안 되니 난감했다.

때마침 이웃집에 살았던 동생이 전화로 늦게 먹으려고 밭둑에 심어 놓은 옥수수를 땄는데 너무 많다며 가져가라는 것이 아닌가.

'아, 이 무슨 횡재인가. 하늘이 내 마음을 읽기라도 했나 보다.'

희희낙락 반가움에 옥수수를 가지러 출발하려는데 운천에 사는 학교 친구가 전화했다.

"늦게 먹으려고 하우스에 옥수수를 심어놓았는데 우리 남편이 병원에 입원하는 바람에 수확시기를 놓쳤어. 네가 좀 따갈 수 있겠니? 여물어서 딱딱하겠으나 푹 익혀 먹으면 돼."라고 했다.

그야말로 횡재가 덩굴째 굴러왔다. 옥수수에 목마른 내 여동생은 압력솥에 푹 쪄서 잘 먹을 것이다.

오늘은 이렇게 도깨비방망이를 두 번이나 휘두른 복 터진 날이었다.

두 집에서 가져온 옥수수가 한 접이 넘었다. 넘치는 옥수수자루, 바라만 보아도 부자가 된 것 같다. 이 친구도 주고 싶고, 지인도 기다렸을 것 같아 나는 누구에게 먼저 보내줄까 고심하고 있었다. 팔은 안으로 굽는다고 했던가, 옥수수를 먹고 싶다던 딸 같은 여동생의 애잔한 목소리가 떠올랐다. 또 내가 입원한 것을 알고 걱정하던 큰아들이 생각났다.

상자에 담으면서 벌레 먹고 이 빠진 옥수수는 골라냈다. 그리고 딱딱한 옥수수는 야무지게 살림 잘하는 여동생의 상자에 담고 텃밭에서 수확한 자주감자까지 넣었다. 큰아들에게는 알갱이가 고른 옥수수를 차곡차곡 담고 양파즙이 담긴 봉지까지 터지지 않도록 꽁꽁 동여맸다. 택배를 부치고 나니 비로소 무거운 짐을 내려놓은 기분이 들었다.

택배를 받은 동생이 철 지난 옥수수를 어찌 보냈냐며 신기해하며 물었다.

"이 언니가 숨겨놓은 도깨비방망이로 너 좋아하는 옥수수 나와라! 뚝딱뚝딱! 했어."

장난기 섞인 내 말에 동생이 마냥 행복해했다. 사소한 것에도 천진난만한 아이처럼 마냥 좋아하는 동생, 마음이 짠해 뭐든 아낌없이 주고 싶었다. 옥수수를 보낸 지 이틀이 되어도 아들에게선 소식이 없었다. 택배를 받지 못했는가 싶어 전화했다. 아들은 느긋하게 말했다.

"엄마가 힘든 것 같아 보내지 말라고 했는데, 보내주신 옥수수는 오늘 쪄서 병사들에게 간식으로 나누어 주려고 해요."

해마다 옥수수를 아들에게 한 접씩 부쳐주었다. 직업 군인인 아들은 휴가철에 집에 못 간 병사들에게 엄마의 손맛을 느껴보라며 맛있게 쪄 나누어 주곤 했다. 유독 옥수수를 좋아하는 아들에게 보낸 것이라 어미 마음을 십 분의 일이라도 알아주면 좋으련만, 느긋한 자식이 그저 야속하기만 했다.

배춧값이 금값인 요즈음 나는 다시 도깨비방망이를 휘두른다.

"금 배추 나와라. 뚝딱뚝딱!"

김장 김치를 기다리는 간절한 사람들의 마음까지 닿을 수 있도록 진정을 다 해 빌어보는 것도 어쩌면 소원이 이루어질 수 있다는 희망이 보이기 때문이다.

복 받은 사람

"먼저 검사 때와 변동 없습니다."

환하게 웃는 의사 말에 콩닥대는 심장을 쓸어내렸다.

어느 날 아침, 두 눈이 착 달라붙어 뜰 수가 없었다. 피곤해서 그런가 하며 무시해 버렸다. 그러나 며칠이 지나도 호전되기는커녕 또 다른 증상이 나타났다. 장시간 컴퓨터 작업을 하고 나면 눈이 뻑뻑해지는 불편한 증상이 계속되었다.

집 가까이에 있는 안과를 찾았다. 안과에 웬 사람들이 그리 많은지, 발 디딜 틈도 없었다. 간단한 검사를 하고 만난 의사는 노안이라며 백내장 수술을 해야 한다고 했다. 평소 다른 장기보다 눈에 신경을 쓰고 살았는데, 벌써 노안이라니….

그제야 정신이 번쩍 들었다. 내가 자주 가는 종합병원 예약을 했다. 이런저런 검사를 받을 때마다 긴장의 연속이었다. 일주일 만에 검사 결과를 듣기 위해 의사와 마주 앉았다. 내 가슴은 조마조마했고, 젊은 의사는 무심하게 화면만을 들여다보며 말했다.

"황반변성 검사를 했는데, 황반에 주름이 생긴 것 같네요. 아직은 수술할 단계는 아니고, 주기적으로 검사하면서 좀 더 두고 보지요."

덧붙여서 하는 말이 혹시나 병이 진행되면 실명까지 될 가능성이 있다고 했다. 황반이 뭔지 나는 처음 듣는 병명이었다. 귀에 들리는 말은 실명한다는 말뿐, 그저 눈앞이 깜깜했다. 백내장이라면 수술할까 싶어왔는데 낯선 '황반'이라는 말에 덜컥 겁부터 났다. 그 순간 어머니 모습이 스쳐 지나갔다.

어머니는 오십 대 중반쯤 녹내장으로 두 눈이 실명되었다. 갑자기 시력을 잃은 어머니는 고통과 시련으로 악몽 같은 세월을 살다가 팔순도 못 넘기고 세상을 뜨셨다. 어머니가 눈에 이상을 느낄 때쯤 자녀들이 병원에 가자고 했는데 그때마다 고집을 부린 것이 화근이 될 줄이야. 실명이 되었다는 의사의 말에 절규했지만 이미 때를 놓친 후였다. 나는 어머니의 모진 삶을 지켜보면서 '몸이 천 냥이면 눈이 구백 냥'이라는 말이 아프게 다가왔다.

병원에 다니면서도 유전인가 싶어 머릿속이 혼란스러웠다. 이종사촌 동생도 시야가 좁아져서 밤에는 아예 문밖출입을 못 한다는 소식이 들려왔다. 얼마 전 여동생도 눈에 이상이 있는 듯해서 병원을 찾았더니 '황반변성'이라는 진단을 받고 시력이 점점 떨어져서 결국 수술받았다.

암에서 벗어난 지 얼마나 되었다고, 또다시 시력과의 전쟁이 시작되었다. 병원에서 처방해 준 녹내장약을 눈 뜨자마자 넣었다. 뿌연 액체가 눈 주위에 달라붙어 눈곱처럼 보였다. 어디를 가든 거즈와 안약을 준비해 다녔다. 남 앞에 가면 조심스러워 자꾸만 거울을 들여다보았다.

수년을 새벽에 일어나 책상 앞에 앉았는데, 이제는 눈뜨기가 두려울 정도였다. 눈 뜨는 아침에는 바늘로 찌르듯 고통스럽다. 평소에는 뻑뻑한 눈을 안약으로 넣으면서 수시로 달래게 되었으니 무엇을 한다는 게 엄두가 나지 않았다. 수북이 쌓인 약상자에 또 한 보따리가 추가되었다.

그래도 이렇게나마 세상의 빛을 볼 수 있어 감사하다는 생각이 들기도 했다. 구백 냥짜리 눈을 지키기 위해 컴퓨터 앉는 시간도 절반으로 줄였다. 밤새워 읽던 책도 먼 옛일이 되어버렸다. 이제부터 내 신체 중 눈이 일 순위로 바뀌었다.

정기적으로 눈 검사를 하고 있다. 의사의 말 한마디에 희로애락이 오갔다. 암보다도 더 무섭다는 걸 알고 있기에 내 심장은 더 예민하게 받아들이고 있는 건지도 모른다. 아직 보고 싶은 게 많은데 눈이 말썽이니, 조금이라도 건강할 때 지켜야 한다는 의지는 내가 꿈꾼 희망들을 접어가라고 이른다.

그동안 내 몸을 혹사한 벌을 받는가 싶기도 하다. 예전처럼 선명하지 않지만 답답하면 안경도 쓰고 더 안 보이면 돋보기를 쓴다. 그렇게라도 세상을 볼 수 있다는 게 얼마나 다행인지, 여우 같은 손녀들과, 방긋방긋 웃는 손자 얼굴을 볼 수 있으니, 그저 감사하는 마음으로 기도한다.

오늘따라 어머니의 통통대는 지팡이 소리가 귓전을 맴돈다.

상처투성이 손

　한 달 넘게 손가락에 통증이 왔다. 병원을 찾았더니 의사는 손을 무리하게 사용한 적 없느냐고 물었다.

　이삿짐 싸느라 한 달가량 백여 개의 상자에 테이프 작업을 했다. 또 지난해 그동안 써놓은 삼십여 편의 글을 원고지에 옮겨 적었다. 그때 엄지손가락이 열나고 부은 손가락으로 한여름 풀매기를 했다. 그래도 왼쪽 중지와 약지까지 왜 아픈 걸까, 그건 이사하고는 물건을 정리 정돈하느라 걸레를 수백 번 비틀어 짠 게 생각났다. 남보다 작고 통통한 손을 그리도 부려 먹었으니 당연히 고장 날 만도 했다.

　병원문을 나서면서 고통받고 있는 내 손을 들여다보며 '미안하다. 너무 부려 먹었구나.'라며 혼잣말을 했다.

　손가락에 통증이 있고서야 비로소 손가락의 중요성을 깨닫는다. 왼쪽 손은 그런대로 받침대 역할만 하면 되지만 오른쪽 엄지는 쓰일 곳이 많았다. 가위질이나 칼질 등등 팔에서 가장 많이 쓰는 지렛대 역할을 하고 있었다.

　의사는 수술해야 한단다. 이번이 세 번째 수술이다.

　처음 삼십 대 중반에 했다. 이웃에 사는 언니와 자갈밭을 개간하여 고추를 심었다. 밤낮 무리하게 손을 움직인 탓에 양 손끝이 전기에 감전된 듯 찌릿찌릿했다. 밤새 찬물을 끼얹어 가며 손을 담갔다 빼면서 고통을 달랬으나 다 허사였다. 결국 양 손바닥에서 손목 부위까지 수술했다. 오른손은 손끝 감각이 무뎌 재수술하는 불운까지 겪었다. 재수술했어도 중지는 지금도 감각이 없어 남의 살 같다.

그때 손이야말로 내 삶에 얼마나 중요한지 절실히 깨달았다. 양손을 붕대로 칭칭 감아 놓고 한 달여 지냈는데 그 불편함을 형언할 수 없었다. 아무렇지도 않게 자연스레 손을 움직여 먹었던 식사, 화장실 볼 일, 씻는 일 등 어떤 움직임에도 손이 감당했음을 깨달았다. 한동안 그 모든 일을 남의 손을 빌려야 했다. 그 후 억척스럽게 다니던 품팔이, 고추 농사를 접었다.

언제부터인지 왼쪽 엄지손가락이 또 퉁퉁 부었다. 병원에서 간단한 수술을 받고는 하루 만에 퇴원했다. 다시 수술해야 한다는 정형외과 의사 말을 무시하고 나는 지인의 소개한 용하다는 한의원을 찾아갔다.

손바닥에 맞는 침은 너무 고통스러웠다. 양손에 침을 꽂을 때마다 비명을 질러댔다. 한의사는 봉침이 효과가 빠르다고 하기에 멋모르고 봉침을 맞은 것인데 끔찍스러울 정도로 아팠다. 나도 모르게 눈물이 펑펑 쏟아졌다. 차라리 수술받는 편이 고통이 덜할 것 같았다.

암 수술 이후, 항암의 부작용으로 손가락이 반만 구부러졌다. 가끔 칼로 '콕콕' 찌르는 통증까지 왔다. 달리 어찌해 볼 도리가 없으니 살살 달래며 살고 있다. 그래도 이만큼 손을 쓸 수 있음도 감사하고 나의 복으로 여긴다.

나는 가끔가끔 내 손을 어루만져 준다.

"고맙다. 덕분에 수술로 짧은 명줄도 이어주고, 여기저기 난 상처로 비록 볼품없는 손이 되었지만 네가 있어 내 삶이 빛난 것을 잊지 않을게."

소이산 지뢰 꽃길

모노레일을 타고 소이산을 오르다 보면 제일 먼저 눈길이 가는 곳이 있다. 손녀들의 어릴 적 체험학습장으로, 십여 년 넘도록 문학회 회원들이 가꾼 '지뢰 꽃길'이다.

얼마 전 세계에서 모인 외국인 행사 일정에 지뢰 꽃길을 거쳐 소이산을 오른다는 소식이 들려왔다. 그래서 문학회 회원들과 철조망에 걸어 놓은 시화들의 상태를 점검하기로 했다. 바람에 찢기고 햇볕에 바랜 것을 새 작품으로 바꾸어 매달았다. 철조망에 엉겨 붙은 가시덤불을 낫으로 베어내고, 듬성듬성 발길을 막는 잡초를 뽑아냈다. 철원문학회 회원들과 늘 함께 하는 일본인 잇꼬 스님도 숨을 헐떡인다.

언제였던가. 이곳에서의 추억이 영화의 한 장면처럼 스치며 새록새록 떠올랐다.

전쟁의 상흔이 얼룩진 철조망 사이로 찔레꽃이 바다를 이루던 날, 둘째 아들 가족과 지뢰 꽃길을 걸었다. 아들 며느리 손에는 쓰레기봉투와 집게가 들려 있었다. 어느새 훌쩍 자란 손녀가 내 뒤를 성큼성큼 따라 걸었다.

철조망에 걸려있는 내 작품 〈박하꽃 향기〉 시화 앞에서 우리는 발걸음을 잠시 멈추었다. 그 자리에 쪼그리고 앉아서 주변의 풀을 모두 뽑았다. 그러는 나를 빤히 쳐다보는 손녀에게 할머니의 엄마가 생전에 주신 박하를 시화 앞에 심어놓았다고 말해 주었다.

손녀와 보폭을 같이 하면서 나는 지뢰 꽃길이 만들어진 사연을 들려주었는데 마치 내가 해설사라도 된 듯했다. 철조망 너머 북녘 땅 다른 세상을 가리킬 때는 우리의 아픈 역사에 가슴이 미어졌다. 철조망 너머 숲속에는 고목이 되어 쓰러진 아까시, 사람의 손길이 닿지 못한 채 썩어가고 나무들 사이로 향기를 품은 찔레꽃이 바다를 이루었다. 손녀에게 포근한 흰 융단처럼 피어난 저 찔레꽃들은 전쟁에 희생된 수많은 이름 없는 병사들의 혼이 피어난 것이라고 했다. 문득 목구멍에서 뜨거움이 올라왔다.

"보경아, 이다음 할머니가 떠나고 나면 이 길을 꼭 찾아오거라."

혼자 독백하듯 손녀에게 내 속내를 털어놓았다. 자식과 손주들이 내가 떠난 후에라도 지뢰 꽃길을 찾아 주길 진심으로 바라는 마음에서였다.

시비 옆 정자에 짐을 내려놓고 자식들에게 일거리를 주었다. 각종 꽃으로 화려했던 정자 주변이 잡초로 무성했다. 준비해 간 호미와 낫을 내놓으며 낫질이 능숙한 아들에게 철조망의 가시덤불을 치우라고 했다. 농사짓는 부모 밑에서 자란 며느리와는 달리 처음으로 호미를 잡은 손녀는 어찌할 바 모르고 우두커니 서 있었다. 며느리는 아이에게 화단에 풀을 뽑으라면서 호미 쓰는 요령부터 가르쳤다.

마침 숲에서 불어오는 산들바람도 우리 가족의 이마에 송골송골 맺힌 땀방울을 식혀주었다. 한바탕 풀매기 작업을 마치고 나니 짓눌렸던 두 어깨가 날아갈 듯 가벼워졌다. 아들은 말끔해진 정자 주변과 시비를 돌아보고 나서 배를 어루만지며 한마디 했다.

"울 엄마가 중노동을 시켜서 그런지 배가 너무 고프네…."

며느리가 풀어놓은 보따리에는 김밥과 간식으로 푸짐했다. 휴일에 놀러 온 자식들을 부려 먹은 것이 염치가 없어진 나도 슬쩍 한마디 했다.

"내 덕에 공기 맑고 시원한 곳에 소풍 오길 잘했지. 어디서도 볼 수 없는 지뢰밭과 철조망, 그리고 저 멀리 보이는 곳이 북한이란다".

며느리와 손녀, 아들이 산이 떠나갈 듯 웃었다. 그떼 둘째네와 함께 웃었던 유쾌한 웃음이 환청으로 들리는 듯했다.

우리 가족의 한적한 쉼터였는데 이제 국내인뿐만 아니라 나라 밖 외국인들까지 찾는 날이 될 줄이야…. 그들이 우리 말은 알아들을 수 없지만 분단의 아픔을 고스란히 간직한 지뢰밭을 걸으면서 느꼈으리라.

〈지뢰꽃〉 시비 앞에서 기념 촬영하고 통역관이 읽어주는 시 한 편을 귀담아듣는 외국인들은 표정이 사뭇 진지했다. 그들은 시비 앞에서 촬영한 사진과 숲속에서 감상했던 시 낭송을 떠올리며 분단의 나라를 기억할 것이리라.

나 또한 왁자지껄한 외국인 속에서 벅차오르는 감정을 주체못하고, 손짓과 발짓으로라도 지뢰 꽃길의 의미를 전해 주고 싶었다. 먼 훗날 내 자식들도 내가 그리워지면 손주들 손 잡고 이곳을 찾아오겠지. 아까 시 만발한 오월의 꽃향기가 달콤한 꿀물처럼 코끝으로 스민다.

어머니와 바셀린

입술 여러 군데에 상처가 생겼다. 음식 먹을 때면 상처 부위가 따갑고 쓰라리고 심할 때는 피가 흘렀다. 수분이 많은 립글로스를 발라도 그때뿐이었고 병원 처방을 받아도 그때뿐, 낫는 듯하다가 도로 마찬가지였다.

의사는 내가 복용하고 있는 약 탓으로 돌렸다. 하여 가방에 항상 입술 연고를 가지고 다녔다.

오늘은 운동하고 지나는 길목에 있는 아는 동생 집에 들렀다. 그녀가 네모진 통에서 노란 크림을 꺼내 발뒤꿈치에 바르고 있었다. 무슨 약이냐 했더니 굳은살이 생겨 바른다고 했다. 겨울에 건조해진 피부에 바르면 효과가 좋다고 했다. 나는 깜빡 잊고 연고를 가지고 나오지 않아서 말할 때마다 입술이 아팠다.

"그렇게 효과 있으면 나 좀 줘봐."

그녀가 내민 것은 바셀린 통이었다. 손가락으로 듬뿍 찍어 입술에 발랐다. 조였던 입술이 금세 부드러워졌다. 진즉 알았더라면 집에서 잠자던 바셀린을 발랐을 텐데, 그녀는 아이들이 쓰다 남은 거라며 작은 통을 주었다.

화장대에 수십 년 잠자던 꼬질꼬질한 바셀린 뚜껑을 열었다. 누렇게 찌든 냄새가 코끝에 닿자 그리움에 눈물이 핑 돌았다.

어머니는 한때 미군 부대 가까이 살았던 적이 있었다. 내가 들를 때마다 보따리 깊숙이 숨겨놓은 미제 물건을 더듬거리며 하나씩 꺼내 놓곤 했다. 앞이 보이지 않았지만 손끝 감각만으로 물건을 분별해 이름을 말했다. 바셀린, 커피 등 미제 물건이라면 무엇이든 좋다고 말하던 어머니였다. 특히 바셀린은 아이들 있는 집안에 상비약이라고 했다. 뜨거운 물에 화상을 입었을 때나 개구쟁이들 상처 난 피부에 발라주면 잘 낫는다며 약의 성분을 말할 때는 마치 경험이 풍부한 약사 같았다.

그때 어머니가 준 것이 화장대 속에서 몇십 년 잠자고 있었다. 자식들 키울 때는 어머니 말대로 상처 난 부위에 발라주기도 했다. 끈적끈적해서 옷에 묻으면 기름으로 얼룩졌다. 그 뒤로 뚜껑을 열어 본 적 없었다. 이사를 하면서도 차마 버릴 수 없어 마냥 가지고 다녔다.

먹먹해진 가슴으로 어머니를 떠나보낸 시간을 헤아려 보았다. 훌쩍 이십여 년이 흘렀다. 세월 따라 누렇게 변한 바셀린, 버리면 가슴속에서 어머니가 영원히 지워질 것 같아 망설여졌다. 시간이 흐를수록 어머니 손길이 묻은 작은 물건도 그리움을 잊는 것 같아 차마 버리지 못했다. 보면 새록새록 그립고 보고 싶은 마음에 울보가 되었다.

미군 부대 주변에 살고 계신 이모에게 바셀린에 얽힌 사연을 말했다. 이모는 어머니와 달리 정이 넘치는 분이었다. 젊을 때부터 칠순이 가까운 지금까지 나와 동생들을 챙겨주신다. 이모는 아픈 나를 위해 미제

간장약과 영양제가 떨어지지 않도록 사서 보내준다. 이번에도 바셀린을 주면서 당부의 말씀을 아끼지 않았다. 몸에 좋은 것이 있으면 서슴없이 말해달라는 이모 말씀이 친정엄마가 딸 걱정하는 애잔한 모정처럼 들렸다.

이모가 선물한 바셀린 뚜껑을 열었다. 윤기가 자르르 흘렀다. 새끼손가락으로 듬뿍 찍어 입술에 발랐다. 왈칵 밀려오는 어머니 냄새가 터진 상처로 스며들었다. 시간이 흐르면 상처는 아물겠지만, 어머니를 향한 그리움은 세월 따라 점점 깊어만 간다.

열세 번째 집

"담장의 장미를 손질해야겠어요. 아무래도 골목을 지나다니는 사람들이 찔릴 것 같아요."

"며칠 있으면 이사 가는데, 장미 손질까지 해주고 가야 하나?"

염려하는 내게 남편은 심드렁했다. 이동이 잦은 직업 군인인 남편 따라 이사하다 보니 이 집이 열세 번째다.

그때 남편이 이제는 이 집에서 평생 살자며 남다른 애정을 나타냈다. 그런데 8년 전 이 집을 처음 보았을 때는 흉갓집이나 다름없었다. 녹슨 철제 대문 기둥이 왠지 섬뜩했다. 현관문 앞에는 지하 감옥을 연상케 하는 김치 저장고가 있었고, 잡초로 무성한 텃밭 끝에는 재래식 화장실이 문짝이 떨어질 듯 바람에 덜컹댔고, 벽 한쪽은 손가락이 들어갈 정도로 갈라져 금시라도 허물어질 것 같았다. 뒤뜰도 헝클어진 채 어수선하기는 마찬가지였다. 툭 치면 금방이라도 넘어갈 것 같은 담장이 아슬아슬했고 담장 사이사이로 이웃집의 희끗희끗한 물체들이 보이기도 했다.

이사하기 전 대대적인 집수리에 들어갔다. 중장비를 불러 붉은 벽돌 기둥과 녹슨 대문과 김치 저장고, 재래식 화장실도 싹 다 털어냈다.

한 키가 넘는 잡초도 모조리 뽑아 실어냈다. 어두침침하던 집이 갑자기 훤해졌고 곧바로 집수리를 시작했다.

집 짓는 것을 여러 채 보았던 터라 내가 내부 설계도를 그렸다. 전문가에게 우리가 원하는 설계대로 진행시켰다. 낡은 기와지붕을 벗겨내고 산뜻한 초록색으로 단장을 했다. 군데군데 벌어졌던 벽 틈에는 스티로폼을 대고 원목을 부쳤다. 뒤쪽 자투리 공간은 주방과 화장실로, 다용도실에는 붙박이 옷장까지 달았다. 장독대 쪽으로 김장하기 편리하도록 수도를 설치하고 널찍한 활용 공간으로 만들었다. 집 뒤 담장에는 쪽문을 냈다. 쪽문을 열고 나가면 바로 제법 큼직한 마트가 도로변에 있었기 때문이었다.

이사 축하선물로 지인이 앞뜰에 놓을 원목 테이블과 돌 화분을 보내주었다. 그래서 여러 개 돌 화분에 부레옥잠을 심었다. 여름에 활짝 핀 보라 꽃을 바라보노라면 심신이 정화되는 것 같았다.

가끔 이웃집 형님 부부를 불러 테이블에 앉아 부침개로 술안주 삼아 담소도 즐겼다. 이웃집 형님은 바쁘게 다니는 내 건강을 피붙이인 양 챙겨주었다.

봄 햇살이 뜰 안에 퍼지면 텃밭에서 탱글탱글 여문 감자를 팔아 손녀들 용돈도 줄 수 있었다. 앞뜰에 심어놓은 청양고추, 꽈리고추, 부추, 상추 등은 더위에 지친 우리 가족의 싱싱한 먹거리가 되어주었고, 스산한 가을바람이 불면 몸을 꼭꼭 여미는 겨울 식량인 배추와 무가 텃밭에서 알차게 익어 갔다.

널찍한 수돗가에 펑펑 쏟아지는 물, 두 손 걷어붙이고 김장을 버무렸다. 힘은 벅차지만 내 김치를 맛있게 먹을 자식과 동생, 가까운 지인들 생각에 뿌듯함이 밀려왔다.

이제 이 집을 떠나면서 아깝고 특별한 의미가 있는 건 장미였다. 8년 전 열세 번째 이 집으로 이사하면서 꼭 하고 싶었던 건 울타리에 붉은 장미를 심는 거였다. 어린 시절 펌프 가에 핀 핑크빛 장미는 아버지 정성이 깃든 마음속 고향으로 남아 있다. 햇살 가득한 툇마루에서 활짝 핀 장미꽃을 바라보고 있으면 서글픈 마음도 사라지곤 했다. 가끔 친구들이 놀러 오면 장미를 꺾어 서로의 머리에 꽂아 주고는 이유 없이 깔깔 웃던 아득한 시절이 그리웠던 것이었다.

나는 새로 이사 간 집마다 장미를 심어 달라고 남편을 졸랐지만 언제나 시큰둥했다. 어느 날 내가 외출해서 돌아오니 담장 밑에 붉은 장미를 여러 그루 심어놓았다고 자랑이 늘어졌다. 터전의 흙냄새를 맡은 줄장미가 거침없이 쑥쑥 자라 펜스를 타고 무성해졌다. 넝쿨 틈 사이로 활짝 핀 붉은 장미를 바라볼 때면 아버지가 몹시 그립고 유년 시절이 몽실몽실 피어올랐다.

집안 곳곳에 우리 가족들의 아쉬운 손길들을 뒤돌아보는 남편, 은은한 장미향에 취한 것일까. 늘어진 장미 넝쿨을 손질하면서 아쉬운 듯 긴 한숨을 토해낸다. 화초도 오래 함께 지내다 보면 사람처럼 정이 들기 마련인 듯하다.

열네 번째 이사를 앞두고 있다. 어쩌면 내 생애 마지막 집일 수 있는 그곳에 장미 울타리를 만들고 텃밭에는 푸성귀를 심어 이웃들과 오순도순 나누며 살아갈 거라는 희망을 꿈꾼다.

유언장

얼마 전 지인의 시부모님이 돌아가시고 난 후 형제끼리 재산 다툼이 벌였다는 이야기가 들렸다.

아차, 이 이야기는 비단 남의 이야기만이 아니다. 하루가 멀다고 병원 문턱을 내 집처럼 드나드는 나이기에 생전에 정리를 꼭 해야 했다.

어느 날 우연히 방송을 듣다 유언장 쓰는 법을 메모해 놓은 것이 있었다. 부족한 부분은 인터넷을 찾았다. 삶이 얼마 안 남은 사람처럼 갑자기 마음이 초조해졌다.

유언장을 쓰기 전 자식들에게 편지부터 썼다. 막상 내가 세상을 떠난 후 유언장이 공개된다고 생각하니 편지 쓰던 손에 맥이 탁 풀렸다. 또한 영정 앞에서 눈물로 얼룩진 자식들을 상상만 해도 억장이 무너졌다. 지금까지 부모에게 손 내밀지 않고 자수성가한 자식들이 진심으로 고맙다고 썼다. 끝으로 변함없이 형제간에 우애 있게 살고, 내 자식으로 태어나줘서 엄마는 너희들 덕에 행복하게 살다 간다고 적었다. 몇 줄을 쓰기도 전에 자식들과 함께 한 시간이 주마등처럼 스치며 설움이 복받쳐 눈물을 주체할 수 없었다.

그런데 막상 작은 것이라도 나눠 주려니 냉정한 마음이 솟구쳤다.

어려서부터 두 어깨에 많은 짐을 짊어져 준 장남이 먼저 떠올랐다. 앞으로 제대를 앞둔 큰아들 보금자리 곁에 있는 손바닥만 한 땅이 생각났다. 몇 평 안 되지만 장남 몫으로 정했다. 그리고 부모만 생각하는 기특한 막내는 물질적 도움을 많이 주었다. 막내 덕에 여유로운 노년을 보내며 살고 있다. 그런 막내에게는 내가 살던 집을 물려준다고 썼다. 둘째는 결혼 때 작은 아파트를 신혼집으로 줬기에 목록에서 뺐다. 혹시라도 훗날 오해가 없도록 이유를 상세히 적었다.

아플 때마다 혜택을 받았던 보험이 여러 개 있다. 만약 내가 떠나고 나면 엄마의 마지막 보험금을 아들들 용돈으로 똑같이 나누라고 적었다. 유언장을 마무리하다 생각하니 제일 중요한 건 빠뜨렸다.

칠 공주 앞으로 오래전부터 대학등록금을 준비하고 있었다. 작년에 처음으로 첫 손녀에게 등록금을 주었다. 그런데 이제 겨우 아장아장 걷는 손녀가 대학 들어갈 때까지 살아있을지 장담할 수 없었다. 그래서 통장과 보험 증서 앞에다 각자 이름을 스티커로 붙였다. 그래도 안심할 수 없어 유언장 마지막에 손녀들 등록금은 각자 부모가 챙길 것까지 썼다. 막상 다 작성하고 나니 마음에 걸리는 게 또 한 가지 있었다.

혹시라도 내가 써놓은 유언장을 남편이 본다면 서운할까 봐 슬며시 한 줄 더 적었다. '엄마가 먼저 떠나면 아빠와 상의해라.' 모든 문서가 내 명의로 되어서 자신에게는 1전도 없다며 평소에 투덜대던 남편이 생각난 것이다. 만약 혼자되더라도 지금 타는 연금만 있어도 새살림을 충분히 차릴 수 있는 터라 걱정은 없었다.

마무리하면서 제일 중요한 주민등록번호와 작성한 날짜, 주소까지 정확히 적었다. 그리고 이름이 선명한 인감도장도 꾹꾹 눌렀다. 그래도

뭔가 부족한 듯했다. 자식에게 각자 연락해 집에 올 때 자신들 인감을 꼭 챙겨오라고 했다. 유언장을 작성하고 나니 항상 마음속에 짓눌렀던 무게가 솜털처럼 가벼워졌다. 내가 갑자기 떠나는 일이 생겨도 든든한 유언장이 있기에 형제간에 다툼은 없을 것이다.

문서로 된 유언장보다 추억이 깃든 내 글이 자식들에게는 무엇보다 큰 유산이 될 것이다.

'엄마는 든든한 우리 아들들을 믿는다.'

(2021. 8.)

탑정호가 나를 부른다

탑정호에 단비가 내리던 날, 아버지 고향을 찾았다. 뭉클뭉클 치미는 그리움에 눈가가 촉촉이 젖었다. 어린 시절 추억이 서려 있는 이곳에 반세기가 지나 큰 선물을 한 아름 안고 왔다. 전국에서 귀한 수필가님이 아버지의 고향인 탑정호를 방문한다는 소식에 바쁜 모든 일정을 미루었다.

작고 초라한 한 소녀가 방학 때마다 이곳에서 소박한 꿈을 키웠다. 초등학교 2학년 때부터 할머니가 사는 신풍리를 찾곤 했다. 예전에는 풍덩말이라고 불렀던 마을이다. 어느 해 겨울 방학을 맞아 언니와 연무대서 합승버스에 몸을 싣고 논산에서 내렸다. 그곳에서 다시 대전 가는 완행버스를 타고 외성리에서 내렸을 때는 함박눈이 펄펄 내리고 있었다.

어스름한 저녁, 할머니가 계시는 풍덩말까지는 십여 리를 걸어가야 했다. 계속 내리는 눈에 발목까지 푹푹 빠졌고 머리까지 하얗게 덮였다. 드문드문 인가가 보이고 굴뚝에서는 모락모락 연기가 피어올랐다. 두려움에 빠져 우리 둘은 뛰다가 걷다 보니 어느새 저 멀리 탑정호가 보였다. 마치 할머니가 마중 나온 듯 반가웠다. 눈사람이 되어 들어 온 손녀를 머릿수건을 벗어 털어주던 할머니, 꽁꽁 언 손을 따뜻한 아랫목으로 넣어주던 그윽한 눈빛이 사무치게 그립다.

부모의 잦은 불화로 집을 벗어나고 싶었던 어린 시절, 나는 할머니 댁에 갈 수 있는 방학을 손꼽아 기다렸다. 부모에게서 채울 수 없었던 허기진 가슴을 할머니 품에 안겨야 맘껏 누릴 수 있었다. 화롯불에서 보글보글 끓던 뚝배기 청국장, 살얼음 동동 띄워 내놓는 동치미는 할머니만이 낼 수 있는 유일한 손맛, 아직도 짜릿한 맛이 혀끝에서 감돌고 있다. 긴긴 겨울밤 등잔불 밑에서 옛날이야기 보따리 풀어 놓은 후 할머니는 슬그머니 부엌으로 나갔다. 부스럭거리며 나뭇가리에서 꺼내 온 대봉감을 본 순간 슬금슬금 내려앉던 눈꺼풀이 번쩍 뜨였다. 입안 가득 사르르 녹는 달콤한 맛은 지금도 생각만 하면 군침이 돈다.

겨울 방학이 되면 할머니 집은 언제나 시끌벅적했다. 대전과 논산, 우기에 사는 사촌들이 몰려왔다. 사촌들과 꽁꽁 얼어버린 탑정호에서 썰매도 타고 팽이를 돌리며 해지는 줄 몰랐다. 또한 우기에서 온 훤칠한 고종사촌 오빠는 스케이트 타면서 묘기까지 부렸는데 그 모습이 어찌나 멋지던지, 눈에 선히 그려진다. 지금은 이 세상 사람이 아닌 종권 오빠, 겨울바람 가르며 스케이트 타던 거친 숨소리가 내 귓전에 맴돌고 있다.

할머니 집 뒤꼍에 사각대는 대나무밭이 소꿉놀이 터였다. 가물가물 떠오르는 친구들 덕예, 옥금이, 향숙이와 어린 동생들까지, 이 빠진 사금파리로 소꿉장난에 뉘엿뉘엿해지면 손녀딸 부르는 할머니 소리가 대나무 숲에 메아리쳤다.

여름밤 마당 가운데 마른 쑥대를 피워놓고 멍석을 깔았다. 마당 가득
찬 보름달을 벗 삼아 할머니와 손자 손녀들은 옹기종기 둘러앉았다.
올케가 탑정호 수풀을 헤치고 잡아 온 민물새우로 얼큰한 호박 찌개를
끓였다. 눈물을 찔끔찔끔 흘리며 냉수 찾던 어린 손녀, 머리끝이 희끗
희끗한 세월을 안고 탑정호를 바라보며 추억의 눈물 보따리를 뿌리고
떠나곤 했었다.

오늘만은 벅찬 가슴을 안고 찾았다.

할머니와 툇마루에 다정히 앉아 있던 아담한 기와집과 감나무, 밤알
처럼 굵었던 대추나무가 있던 할머니 집, 탑정호 가까이에 거대한 출렁
다리가 세워졌다. 좁은 산길이었던 호수 주변에 긴 사책로도 생겼다.
또한 구불구불 십여 리를 걸어야 했던 산골 마을에 시내버스가 수시로
다니고, 관광차가 물밀듯이 오고 갔다.

어릴 때 전설로만 듣던 계백장군의 사적지가 있는 충효의 마을이기
도 하다. 젊은 시절 밤새워 읽었던 ≪인간 시장≫의 작가 김홍신 문학
관, 박범신 문학관도 가까이 있다니 자랑스럽다. 논바닥이 쩍쩍 갈라지
도록 가뭄에 시달렸던 고향 마을에 단비를 몰고 온 작가님들께 고마운
마음이 앞섰다.

철원에서 달려간 논산은 부모님이 모두 떠난 텅 빈 고향이다. 다
행히 평소에 나를 친딸처럼 대해 주던 이모와 이모부가 계셔서 가
끔 들르기는 했다. 수필가들이 나의 고향을 방문한다는 소식에 정
성껏 마련한 떡을 내주는 이모님의 후덕한 손길에 눈물이 핑 돌았
다. 단비를 맞으며 떡 보따리를 안고 찾아간 은진미륵, 코로나로
인해 긴 시간 소식만 주고받던 선생님들과 얼싸안고, 손도 잡으며

나눈 정이 따스함으로 전해왔다.

탑정호를 돌아 돌아오는 차창가에 뿌리는 빗물이 아마도 아버지 할머니의 반가움의 눈물이었을 것이다. 생존해 계셨더라면 늘 아픈 손가락이었던 이 자식이 훌륭한 작가님들 틈에 끼어 고향을 방문한 것만으로 마을의 경사였을 거다.

할머니와 아버지 숨결이 스며있는 곳, 추억의 앨범까지 만들어준 탑정호를 찾을 때마다 아스라이 떠오르는 이름들을 나직이 불러본다.

역사와 미래가 공존하는 철원

숱한 역사의 상처를 극복한 철원이 지금은 한국의 아름다운 관광 명소로 떠오르고 있다. 노동당사 맞은편에 자리한 '철원역사 문화공원'과 여름 피서지로 자리매김하고 있는 김하에 '쉬리 공원'이 세워졌다.

문화공원 내에 있는 철원역에서 모노레일을 타고 올라가면 소이산 '평화 마루 공원'이 나온다. 미군의 레이더 기지였던 벙커가 지금은 전시실이 되었다. 고려 시대에는 봉수대로 이용했고 한국전쟁 당시에는 철의 삼각지 전투가 치열했던 곳이다. 하지만 지금은 철원의 역사와 문화를 체험도 하고 아름다운 평야의 자연경관도 감상할 수 있게 되었다.

철원의 사계절 모두는 명작 그림이다. 봄바람이 일렁이는 초록 물결은 초록 바다를 연상시키고, 하얀 포말을 일으키며 흐르는 한탄강의 주상절리 길은 여름의 더위를 씻어준다. 가을이면 들판은 노란 물감 풀어놓은 듯 황금색 장관을 이루고, 겨울의 볼거리라면 단연코 지구상에서 유일하게 활동하는 재두루미와 단정학(두루미)을 동시에 볼 수 있는 곳, 바로 이곳 철원이다.

소이산을 따라 내려오다 보면 두 갈래 산책로가 나온다. 왼쪽은 도로와 이어지고, 오른쪽은 우거진 숲길과 연결되어 있다. 걷다 보면 지뢰 꽃길이 보인다. 철조망 사이사이 철원에서 활동하는 문인들의 시화가 걸려있다. 특히 아까시 향기가 만발한 오월에는 전쟁 때 죽은 영혼들이 환생하듯 찔레꽃이 흐드러지게 피어 때아닌 호사스러운 낭만을 누리기도 한다.

산책로로 따라 내려가면 '철원 문화역사 공원'이다. 철원은 일제강점기 때 인구 10만 명이 넘는 강원도의 중심도시였다. 시가지에 여기저기 관공서, 학교, 강원도립 철원 의원, 관동 여관, 우편국, 소방서, 양장점, 약국과 극장이 들어서 있었고, 사람들 발길도 분주했었다. 그뿐이랴, 철원역에서 원산으로 여행을 떠날 수 있는 화려한 로망의 도시였다. 번성했던 철원이 시절을 잃어버린 건 전쟁 때문이었다.

철원의 '문화역사 전시관'을 관람한 후에 철원에서 생산되는 농작물을 진열한 가판대가 있다. 철원의 '오대 쌀'은 밥맛 좋기로 전국에 소문나 있다. 한탄강 맑은 물과 화강암에서 재배한 오대쌀을 농민들이 직접 판매하고 주문도 받아 택배로 보낸다. 철원은 추위가 일찍 찾아와 재배할 수 없었던 사과였는데, 지금은 기후 변화로 새콤달콤한 색다른 맛을 내는 사과가 관광객으로부터 인기몰이 중이다.

마을마다 하우스 재배를 하고 있다. 거기서 생산되는 파프리카, 오이, 고추, 버섯 등 다양한 농작물은 고향을 지키려는 젊은이들에게 새로운 삶의 발판이 되고 있다. 그들은 호시절을 꿈꾼다. 너그럽지 않은 자연환경에 도전하듯 한 걸음 앞서가기 위해 끝없이 연구하고 창조하기를 두려워하지 않는다. 오대쌀을 이용해 세대에 걸맞은 다양한 식품들을 만들고 생산한다. 간편하게 먹을 수 있는 오대 쌀밥, 국수와 떡국, 술, 식혜와 쌀빵에 이르기까지 그 종류도 다양하다.

공산 치하가 될 뻔한 기름진 땅을 지키기 위해 피로 얼룩졌던 철원의 백마고지가 영웅들을 기억할 수 있는 '백마역'이 되었다. 6·25 전투가 치열했던 가까운 곳에 세종 고속도로가 뚫리면서 서울에서 두 시간 남짓이면 당일치기로 올 수 있다.

하루의 철원 여행에 아쉬움이 남는다면 한꺼번에 해결할 수 있는 숙박 시설도 있다. 3종 세트(잠자리, 저녁, 아침)를 제공한다. 집에서 직접 가꾼 풍성한 채소, 토속 음식으로 여행객의 입맛을 사로잡는다. 가족이 다 같이 즐길 수 있는 펜션, 캠핑장, 맛집은 여행객들에게 에니지를 불어넣어 준다.

역사와 미래가 공존하는 철원, 사계절의 볼거리는 또 얼마든지 있다. 김화에 위치한 '쉬리 공원'에서는 해마다 '다슬기 축제'를 열고 있다. 휴가철에 맞추어 더위에 지친 사람들이 맘껏 즐길 수 있는 여름 축제장이다. 쉬리 공원 앞으로 흐르는 맑은 물은 철원인 생명의 젖줄이며 아늑한 휴식의 공간이다. 일급수 물에서만 산다는 다슬기가 많아 건강한 축제를 벌인다. 맑은 물을 이용한 수변 수영장, 대형 수영장, 우리나라 지도를 본뜬 한반도 수영장도 있다. 축제의 프로그램에 따라 이벤트 행사를 한다.

겨울이면 '화강얼음꽁놀이터' 축제가 열린다. 겨울이면 한 달가량 하는 행사로 송어 낚시, 캠핑장, 어린 시절 추억을 되살리는 얼음 썰매장을 비롯해 길이가 무려 200미터나 되는 눈썰매장에는 어린이들 웃음이 그치지 않는 스릴 만점의 겨울 놀이다. 가족과 연인 등 외롭고 추운 겨울의 재미를 만끽할 수 있으니 찾아와 보시라.

역사의 소용돌이 속에서 현재와 미래의 관광지로 부상할 수 있었던 것은 강인한 철원인의 피와 땀의 대가로 일궈낸 보람이며 자랑거리다. 단편소설의 대가 이태준 문학관이 완성되는 날, 철원을 방문하겠다는 문인 단체들의 연락이 이어지고 있다. 머잖아 찾아올 문인들을 위해 하룻밤 숙식하고 세미나도 열고, 관광도 할 수 있는 알찬 프로그램을 만들어야 할 것 같다. 거기에 철원 오대 쌀과 다양한 특산물 홍보, 그리고 숙식과 체험도 겸할 수 있는 장소도 마련하려면 지금부터라도 열심히 뛰어 볼 작정이다.

역사와 미래가 공존하는 철원에서….

(2025. 6.)

3부

＊

신호등

보너스 유산

명절 때 자식들 모인 자리에서 농담한 적이 있었다. 아들보다 며느리가 내게 잘하면 '보너스 유산'이 있다고 했다. 숨겨둔 재산이 어마어마한 듯 여운을 남겼다.

"어머니, 맛있는 게장 보냈어요."

"어머니, 저번에 보낸 건강식품보다 더 좋은 것 보낼게요."

"어머니, 이번 주말에 함께 외식해요."

'설마 효과가 벌써 나타났나?' 전화 속 며느리들 목소리가 연한 배처럼 들렸다.

자식들이 결혼 적령기가 되면서 나는 기대를 했다. 자식들은 여자 복은 타고났는지, 내가 골라줄 틈도 없이 자신들이 사랑하는 사람을 선택하여 인사시켰다.

나는 천애 고아인 남편과 결혼하여 힘들 때 누구와 상의하고 투정부릴 데도 없었다. 그래서 형제가 많아 동서들끼리 친자매처럼 지내는 집안이 부러울 때가 많았다.

내 며느리들도 피를 나눈 자매처럼 살 거라는 꿈에 부풀었다. 내가 사십 대 중반쯤 큰아들을 결혼시키면서 나름대로 젊고 화통한 시어머니라는 명분을 내세웠다. 그것은 혼자만의 생각이었다. '시' 자만 들어가도 어렵고 불편해한다는 걸 모른 채 나는 며느리와 모녀처럼 지내고 싶었다. 그러나 큰며느리부터 막내까지 각자 부모가 다르고 살아온 환경이 다른데, 찰떡궁합을 바랐던 건 나의 착각일뿐이었다.

아들 며느리가 결혼하여 신혼여행을 다녀와 인사할 때 나는 당부하는 말이 있다.

"너희들 셋이 시어미 흉보는 것은 이해하지만, 동서끼리 험담하는 것은 용서할 수 없다."라고 못을 박았다. 그 후 영리한 며느리들은 혹시라도 서운한 일이 있어도 내 앞에서 절대 동서들 흉보는 일이 없었다. 도리어 내가 어느 며느리에게 화가 나 있으면 "어머니가 이해하세요. 제가 동서에게 전후 사정을 알아볼게요."라고 했다.

차분히 설득하는 며느리 보기가 머쓱해 스르르 화도 풀어지곤 했다. 며느리 셋을 둔 시부모로서 그동안 수많은 갈등과 시행착오로 얻은 나만의 비결이 있다. 아들 내외가 말다툼할 때 나는 절대 아들 편을 들지 않는다. 가슴은 쓰리다 못해 찢어질 듯 아파도 며느리 입장이 되어 아들을 나무랐다. 그러면 며느리는 내가 아들에게 퍼붓는 잔소리가 듣기 싫은지 슬며시 제 남편을 두둔하는 게 아닌가.

부부 갈등이 심하게 되면 자연 시부모까지도 싫어지는 건 당연한 일이다. 그러나 나는 절대 다툼에 휩쓸리지 않고 모른척했다. 어느 정도 시간이 지나면 며느리는 자동전화처럼 힘들었던 일들을 토해 놓고, 나는 토닥여 준다.

각자 개성이 다른 남녀가 만나 부딪치면서 깨지다 보면, 어느 순간 찢어진 상처도 아문다. 그것이 바로 인생을 배우면서 깨우친다고 며느리들에게 조언해 준다.

남녀가 만나서 결혼하여 가정을 꾸리고 자식을 낳고 새로운 세계가 열린다. 부모의 발걸음에 따라 자식들의 행복지수가 달라진다는 걸 아들 내외들은 삶의 연륜이 깊어갈수록 깨닫고 있었다.

며느리들과 오랜 시간 부딪치며 겪었던 갈등이 하나씩 풀리고 있다. 자식들을 편애한다고 부모를 오해했던 며느리들도 아픈 손가락이 어떤 건지 이제는 느꼈을 것이다. 점점 내 곁으로 다가오는 며느리들, 가려운 곳을 내 약손으로 슬슬 긁어주면 남은 앙금조차 녹아내릴 것이다.

요즘은 동에 번쩍 서에 번쩍하는 홍길동 같은 시어머니 스케줄을 달력에다 적어놓는 며느리가 있다. 또 전화로 내 한가한 날짜를 묻기도 한다. 나를 서로 데려가려고 기회를 엿보는 자식들, 앞으로 내 주가는 점점 상승세를 탈 것만 같다. 가끔 며느리들에게 줄 보너스 유산을 요령처럼 흔들어대면 맘껏 호강 받게 되지 않을까 기대를 해본다.

올여름 한번 힘차게 흔들어 볼까나, 동해바다로 피서가자고….

(2021년 6월)

신호등

2019년, 나를 가장 웃게 한 것은 신호등이었다.

두 번째 출판기념회를 앞두고 이런저런 많은 것이 나를 힘들게 했다. 고등학교 재학생이던 나는 기말시험 준비하랴, 한 지인과의 갈등, 자식들과도 티격태격하는 통에 우울증까지 와서 몹시 지쳐있었다. 거기다 입맛도 잃어 링거에 의지하며 하루하루 버텼다.

출판기념회 행사를 포기할까도 했다. 그런데 이미 초대장을 보낸 터라 어찌할 수가 없었다. 직장에 매인 자식들이니 어미를 도울 수도 없으니 모든 일이 내 몫이었다.

첫 번째 출판기념회 때 편지를 읽어주던 큰아들에게 이번에도 식순에 넣었으니 미리 준비하라고 일렀다. 행사 전날 막내가 먼저 도착해서 흰 와이셔츠 세 벌을 안고 왔는데 나는 자식들이 양복 속에 입을 옷인 줄 알았다. 밤이 되어 식구들이 한자리에 모였다. 나는 아들들이 뭐를 할지 걱정이 되었다.

"순서에 넣었는데 이번에는 편지를 누가 읽을 거니?"

"우리 합창할 거여요."

떨어져 살아 연습도 못 했을 텐데 어떻게 입을 맞추려는지 도무지 이해가 안 됐다. 내 걱정은 뒷전인 듯 아들들은 싱글벙글 평소에 갈고 닦은 실력으로 충분하다며 큰소리를 쳤다.

"동남아 순회공연을 마치고 임민자 출판기념회에 참석하기 위해 오늘 아침 비행기로 도착한 '신호등' 팀을 소개합니다."라는 멘트를 사회자에게 꼭 해달라고 부탁했다. 나는 '동남아는 뭐고 신호등은 뭐냐?'라고 물었지만, 아들들은 알 것 없다고 했다.

행사가 시작되고 손님들이 속속 들어찼다. 진심을 담아 축하의 말씀을 전해 주는 회원들의 따뜻한 손길이 눈물겨웠다. 행사장을 가득 메운 손님들을 보면서 설렘과 반가움에 가슴이 떨렸다. 평소 친분이 있던 오카리나 연주자의 연주가 흐르자 행사장의 분위기를 한층 고조되었다. 행사를 도와 손님들을 안내하는 등 진행을 도와주는 문학회 회원들이 고마웠다.

나는 참석한 분들을 소개하는 중에 지난 오 년여의 내게 찾아온 갖은 고통에서도 글을 놓지 않았던 일이 슬라이드처럼 스쳐 지나갔다. 나 자신에게 한 약속을 지켜냈다는 대견함이 가슴을 뜨겁게 달구었다. 절대 울지 않으리라 다짐하고 나왔는데도 뜨거운 것이 올라왔다. 인사말 중에 눈끝 훔치자 친구들과 동생들, 평소에 나를 지켜보았던 지인들이 격려의 힘찬 손뼉을 쳤다. 그 소리를 귓전으로 들으며 나는 무대를 정신없이 내려왔다.

벅찬 감정을 진정시키고 있는데 진행자의 다음 순서가 들렸다. 갑자기 장내에 환호성이 터졌다. 돌아보니 아들들의 의상이 반짝거렸다. 연예인이 온 건가 싶었다. 선글라스로 눈을 가리고 모자에 옷까지 그야말로 삼색 신호등으로 빛을 내고 있었다. 텔레비전에서 보던 마술사의 모자를 쓰고 무대에 올라와 있었다. 저희 나이가 사십 대란 걸 잊은 것인지 쑥스러움도 무릅쓰고 엄마를 위해 깜짝 이벤트를 벌인 것이었다.

행사장은 갑자기 축제 분위기로 술렁거렸다. 아들들이 부르는 노래에 맞춰 다 같이 웃고 손뼉 치고 있었다. 아들 삼 형제는 참석한 분들을 고려한 것인지 트로트 곡을 불렀다. 눈에서는 신호등 불빛이 호랑이 눈빛처럼 번쩍였고, 마이크를 잡은 큰아들은 씩씩한 군인답게 첫 곡으로 박상철의 〈무조건〉을 불렀다. 두 아들은 제 형이 부르는 양옆에서 무용수가 되어 노래에 맞춰 안무를 했다. 그러다 노래 마지막 부분에서 "민자를 향한 나의 마음은 무조건 무조건이야"를 열창하며 둘째가 손을 번쩍 들며 절규하자 행사장은 한바탕 웃음바다가 되었다. 관객은 앙코르를 외쳤다. 그들은 기다렸다는 듯 〈안동역에서〉를 불렀고 장내는 축제의 도가니에 빠져 파도처럼 출렁거렸다.

지금껏 어두웠던 내 삶이 환하게 밝아왔다. 나의 영원한 등불은 삼 형제의 애칭인 '신호등'이었다.

삼십 년 선물
-큰아들의 산골 정착기 · 1

코로나 팬데믹 때 TV조선의 〈미스터트롯〉 프로그램은 울적한 시민들에게 위로를 주었다. 나는 그때들은 노래 중 '인생의 노래'로 부른 김호중의 〈고맙소〉(원곡은 조항조 노래)가 잊히지 않는다. 가창자는 고교 때 방황하던 자신을 도와 음악의 길을 가게 해준 선생님께 드리는 노래라고 했다. 그 뒤에도 나는 그 노래를 즐겨 듣는데, 스승에 대한 고마움이 아닌 큰아들에 대한 고마움이다.

그 첫아들이 어느새 오십 고개를 넘어 명예 전역을 한다. 큰아들만 생각하면 늘 애잔함이 밀려온다.

중학교를 졸업하고 천 리나 먼 길에 떨어트려 놓고 왔다. 그러고는 해만 지면 아들이 보고 싶어 눈물로 텅 빈 가슴을 채우며 지냈다. 아들은 어려운 집안 형편을 생각하여 일찌감치 대학을 포기하고 공군기술고등학교로 진로를 정했다.

학교를 졸업하고 공군 부사관으로 입관하면서 비행기 정비사로 한곳에서 이십여 년을 근무했다. 그때 군 생활에 싫증을 느낀 아들의 모습에서 남편의 지난날이 오버랩되었다.

직업 군인 생활을 하다 보면 주기적으로 찾아오는 병이 있다. 남편

역시 부대에서 인사 사고가 나거나 나이 어린 상관에게 모욕을 당할 때면 제대하고 싶다는 말을 흘리곤 했다. 또 동기나 후배가 먼저 진급했을 때도 실의에 빠졌고 군 생활을 접으려 했다. 그럴 때마다 나는 어린 자식들을 내세우며 남편의 마음을 가라앉히려 했다. 비록 만기 전역을 못 채웠지만 삼십 년 가까이 남편은 직업 군인으로 살았다.

큰아들은 사춘기부터 틀에 박힌 생활에 얽매였으니 오죽하겠는가. 한 번 고집을 세우면 끝을 보는 성격이라 며느리도 말리지 못했다. 큰아들은 이미 결심한 듯 마음이 들떠 있었다. 남편과 나는 아직 손주들이 어린데 제대하면 무엇을 하여 먹고 살지 걱정스레 물었다.

"부모님 곁에서 살고 싶어요."

어려서부터 부모 곁을 떠났기에 제대하여 함께 살고 싶다고 했다. 장남으로서 부모에 대한 책임감을 가슴에 안고 살았던 듯싶었다. 어정쩡한 나이에 사회 초년병으로 새롭게 시작하는 건 쉽지 않은 일이었다. 막무가내 제대하겠다는 큰아들이 철부지처럼 보였다.

우리 부부는 그런 큰아들을 설득하기로 했다. 남편이 조용한 곳으로 아들을 불러냈다. 자신이 군인으로 살았던 애환, 전역하여 사회에 첫발을 디뎠을 때 닥쳐왔던 쓰라린 경험을 이야기해 주었다. 아들에게 삼 년만 더하고 제대해서 함께 살자고 설득했다. 도저히 꺾지 못할 것 같았던 고집이 아버지의 간곡한 부탁을 순순히 받아들인 아들, 다음해 큰아들은 준위로 진급했다. 부사관으로 청춘을 바쳤던 한을 풀어준 듯 남편이 제일 기뻐했다.

아들은 진급하면서 군 생활도 5년으로 연장되었다. 어느새 직업 군인 삼십여 차가 되었다. 부사관으로 시작해 준사관을 달고 명예로운 전역을 한다니… 뿌듯하고 대견스러웠다. 아들에게 수고했다는 정표를 해주고 싶었다. 남편은 아들보다 며느리를 챙겼다.

"뒷바라지해 준 며느리가 더 고생했는데….."

'며느리 사랑은 시아버지'라고 했던가. 남편은 묵묵히 부사관의 아내로서 내조해 온 며느리의 공을 구구절절 늘어놓았다. 슬그머니 군인의 아내가 감내하는 사정을 잘 아는 사람이 나의 고달팠던 세월은 생각 못 하는 것 같아 야속했다. 남편은 평범한 군인이 아니었다. 오지랖이 넓은 탓에 나도 덩달아 궂은일은 맡아서 해야 했고, 사건 사고마다 방관하지 않고 솔선수범 나섰다. 제대하는 날까지 살얼음판 걷는 기분으로 살아온 나에게는 실반지 하나 끼워 주지 않았던 매정한 사람이다.

강산을 세 번 넘도록 큰아들이 무사고로 전역하게 되었다는 사실에 감사할 따름이다. 헬리콥터를 자주 타는 큰아들, 군 비행기나 군 헬리콥터 사고 뉴스를 접하게 되면 우리 가족은 가슴부터 쿵 내려앉곤 했다. 입이 워낙 무거운 아들은 그래서 더 가족들 걱정할까 봐 직장 일은 일절 말하지 않았다.

삼십여 년 군 생활을 무사히 마치고 전역하는 아들이 훈장을 받는다. 명예로운 훈장은 그에게도 우리 가족에게 값진 선물이다. 삼십 년 선물로 마련한 반지를 손에 끼워 주며 나는 아들을 끌어안고 다독이듯 속삭였다.

"우리 아들! 고맙고, 수고했어."

30년의 군 생활을 견디도록 다독여줬던 남편에게도 '고맙소'를 속으로 읊조린다.

빚쟁이 엄마

-큰아들의 산골 정착기 · 2

깊은 산속에 들어가 그동안 진 빚을 톡톡히 갚고 있다. 코로나로 인해 휴일에도 꼼짝 못 하는 큰아들네를 대신해 나는 먼 거리를 오가며 집 짓는 일을 돕고 있다.

토지를 구매부터 건축 허가까지 모두 내가 할 일이 되어버렸다. 아들은 직업 군인 생활을 해서인지 사회에 대해 별로 아는 게 없다. 정년을 앞두고 딱히 할 일이 없을 것 같은데도 천하태평이었다.

도리어 어미인 내가 더 안달이었다. 우연히 지인의 소개로 땅을 구매하였고 건축하려고 보니 모아 놓은 돈도 없단다. '좀 더 절약하며 살지 뭐 했느냐'라며 타박했지만, 부모에게 물려받은 거 없이 군인의 박봉에 두 딸과 아내와 살아내려니 힘들었다는 걸 왜 모르겠는가. 어미의 잔소리에 축 처진 아들의 어깨를 보자니 가슴이 미어진다. 초등학교 들어가기 전부터 마음고생을 많이 시킨 자식이라 항상 마음에 걸린다.

남편의 갑작스러운 건강 악화로 병간호를 해야만 했던 그때가 떠오른다. 큰애가 초등학교 입학하는 날, 지인에게 아들을 부탁해 놓고 '아버지 간병해야 한다'면서 아이를 달랬다. 내 이야기에 고개를 떨구고 굵은 눈물을 흘렸다. 나는 이슬 맺힌 아이의 눈빛을 차마 바라보지 못하고 외면한 채 돌아서고 말았다.

한고비가 지나고 또 힘든 시기가 몰아쳤다. 대학이라도 보내주고 싶어 초등학교 5학년 때 서울로 유학을 보냈다. 그마저 집안이 풍비박산되는 바람에 대학의 꿈을 접고 아들은 삼 년 만에 집으로 돌아왔다. 중학교를 졸업할 무렵 아들은 공군기술학교로 가겠다고 했다. 나는 억장이 무너졌다. "집안 형편도 어려운데, 내가 대학에 가면 동생들은 어떡해요."라며 결국 대학을 포기하고 직업 군인의 길을 택했다.

아무리 세월이 흘러도 나는 그날의 기억을 머릿속에서 지울 수가 없다. 군대 보낸 자식이 입고 간 옷이 소포로 왔을 때 심장이 턱 멈추듯 나는 가슴이 떨려 숨을 쉴 수 없었다. 어린 자식을 천리만 길 보내 놓은 부모 마음은 뼈를 깎는 고통이었다. 해 질 녘이면 더 보고 싶고 생각났다.

그때 나는 결심했다. 내 삶에서 기회가 주어진다면 언제든 자식이 포기했던 꿈을 보상해 주겠노라고.

내 나이 황혼 녘이 되어서야 빚 갚을 기회가 찾아왔다. 산속의 칼바람이 불어 추위가 몰아쳐도 이겨 낼 수 있었다. 텐트에서 잠을 자면서 두 어깨가 시려도 자식에게 해줄 수 있다는 희망에 마음은 따뜻한 봄을 맞듯 훈훈했다. 다행히도 겨울 날씨가 따뜻해 집터도 반듯하게 닦고 기초 공사까지 끝냈으니 두서너 달쯤이면 다락방 창가에서 눈이 시리도록 넓은 정원을 바라볼 수도 있다고 생각하니 내가 더 신이 났다.

엊그제 시골 장날, 과일나무를 골고루 사 왔다. 어린 시절 할머니 집에 가면 나뭇가리에 묻어놓은 먹음직스런 대봉감 추억이 떠올라 감나무도 샀고, 사과나무와 왕대추 나무, 매실나무, 밤나무까지 심고 보니 마음이 흐뭇했다. 먼 훗날 주렁주렁 매달려 있을 과일, 이 과일을 수확할 때면 어미 생각을 한 번쯤은 하겠지 싶었다. 그 생각을 하니 왠지 가슴이 저린다.

큰아들에게 원금에 이자 합쳐 또 한 가지 줄 게 있었다. 책을 좋아하는 아들을 위해 다락방을 서고로 꾸미려고 설계했다. 그동안 귀한 분들이 보내주신 책을 이자로 줄 셈이었다. 아들은 제대하고 산속에 머물면서 소설을 쓰고 싶다고 농담 삼아 얘기한 적이 있었다. 그러니 내가 준비한 선물은 그 어떤 금은보화보다도 값진 선물이 될 것 같다.

제대하고 이곳에 정착할 아들에게 소일거리까지 준비해 주었다. 이백 평 밭에 농사 거리를 심어놓았다. 고사리우량종을 주문했고, 울창한 숲속에다 산양삼을 심어 장차 자식이 살아가는데 수입원도 되도록 했다. 정작 주인인 아들은 코로나 때문에 오지 못하는 것을 안타깝게 여기는 것 같아 나는 그날그날 사진을 찍어 보냈다.

'엄마는 너에게 오래된 빚을 갚으면서 찬바람에 입술이 터지고, 무릎이 아프지만, 하루가 다르게 집 올라가는 것만 봐도 웃음이 절로 새어 나오고 홀가분해지며 마음의 빚을 청산한 느낌이다. 이제는 편히 눈감고 떠날 수 있어 기쁘단다.'

정원이 넓은 그림 같은 집에서 삼 형제 가족이 오순도순 모여 산속이 떠나갈 듯 웃어대는 소리가 귀가 쟁쟁하게 들려오는 듯 환청에 젖는다.

기다림의 미학

-큰아들의 산골 정착기 · 3

"심 봤다! 심 봤어!"

밭에서 풀을 뽑던 남편이 그물망 쳐 놓은 곳으로 올라간 후 갑자기 소리를 질렀다. 장난기 많은 남편이 놀리는 줄 알고 콧방귀를 뀌었다. 잠시 후 삼 두 뿌리를 흐르는 골짜기에서 씻어 왔다.

"아, 입 벌려."

제법 큰 산양삼을 내 입에 넣어 주며 줄기까지도 다 씹어먹으라고 재촉했다. 쌉싸름한 맛이 입안 가득 퍼지면서 힘이 불끈 솟는 듯했다.

큰아들이 이곳에 집을 짓기 시작하자 고향 언니가 산속에 심으라며 실뿌리 같은 종자 삼을 주었다. 젊은 시절 인삼밭에서 품팔이한 경험이 있기에 삼에 관해 지식은 조금 있었다. 손이 많이 가는 작물이지만 잘만 키우면 짭짤한 수입이 될 것 같았다.

초봄부터 집을 엮어 그늘막을 만들어주고 가을에는 낙엽을 두툼하게 덮어 월동 준비를 해 줘야 한다. 듣고 본 얕은 지식을 토대로 평소에 알던 심마니 동생을 불러 장소를 물색했는데 적당한 곳을 짚어줬다. 햇살이 하루에 한 번쯤 비추고 배수가 잘되는 곳, 낙엽이 썩어 솜이불처럼 푹신한 곳을 가리키며 최적의 장소라고 했다.

산짐승이 가끔 내려온다는 말에 귀한 걸 짓밟게 둘 수는 없어서 나무를 기둥 삼아 빙 둘러 그물망을 쳤다. 남편은 땀을 뻘뻘 흘리며 쇠스랑으로 땅을 파고 엉겨 붙은 나무뿌리를 캐냈다. 나는 고랑을 짓고 종자 삼을 가지런히 눕히면서 연신 웃음이 삐져나왔다. 예전에 이불 하나에 식구들이 나란히 발을 뻗고 누운 모습이 떠올랐고, 마음은 어느새 쑥쑥 자란 오 년근 삼이 눈앞에 아른거렸다.

초여름이 되면서 다섯 잎에서 삼대가 꽃봉오리를 맺기 시작했다. 빨간 열매가 꽃망울을 터트리자 부자라도 된 듯 마음은 풍선처럼 부풀어 올랐다. 남편은 밭 주인인 큰아들을 제치고 건강을 챙기기 위해 삼 캐 먹을 궁리만 했고, 큰아들은 오 년만 갈 기워 판매한다며 입가 미소가 번졌다. 오지랖 넓은 나는 자식과 손주들, 건강치 못한 사람에게 주고 싶은 생각으로 들떠있었다.

한해가 지나고 해가 거듭되면서 기대는 산산조각이 나버렸다. 긴 장마에 자라나던 삼들이 녹아버렸고 두더지가 여기저기 굴을 파놓은 흔적이 보였다. 다시 심마니 동생에게 답답함을 호소하자 실한 씨앗을 보내면서 냉장고에 보관했다가 봄에 뿌리는 방법까지 소상히 적었다. 그걸 봄에 파종하고 다음 해에 보니 또 잡초만 무성할 뿐 새싹이 보이지 않았다.

"처음에 심은 것도, 작년에 뿌린 싹도 보이지 않네…."

남편이 실망이 큰 듯 투덜댔다. 남편의 풀 죽은 모습에도 '심어놓았으니 언젠가는 살포시 눈을 뜨겠지.'라며 나는 희망을 놓지 않았다.

남편의 환호가 숲속에 퍼지던 그날, 그동안 믿고 기다려 준 보람을 느꼈다. 그물망 사이로 푸릇푸릇한 새싹들이 해맑게 나를 쳐다보고 있었다. 씨앗으로 뿌려 놓은 망마다 콩나물시루처럼 빼곡히 올라오고, 남편에게 실망을 주었던 묵은 삼들도 여봐란듯이 굵은 꽃대를 세워 뽐내고 있었다. 붉게 상기된 남편의 얼굴에 웃음꽃이 활짝 피어나며 잡초가 무성한 밭에 낫과 호미를 가져오라며 호들갑을 떨었다. 건강을 우선으로 챙기는 남편은 풀숲을 헤치고 삼대가 제일 큰 것으로 쑥 뽑았다.

"주인도 없는데 먹으면 어떡해."

아들 것이 아비 거라며 입에 넣고 꼭꼭 씹으란다. 한 개를 더 먹으라며 손에 쥐어 주었다. 마음에 걸리는 자식과 손주, 건강치 못한 동생이 떠올라 넘어가지 않았다. 그만 먹겠다고 도리질하자 남편은 내 몫까지 두 개를 순식간에 먹어 버리는 게 아닌가.

산삼을 먹어서일까, 남편은 연사흘 꼬박 쇠스랑으로 밭을 일구어도 어깨가 결린다는 소리가 없었다. 저물 때까지 밭일에 파묻혀 따끔대는 모기떼도 두려워하지 않는 눈치였다. 너풀대는 산양삼 이야기만 꺼내면 가려운 곳도 사그라지는 듯했다.

하루가 다르게 쭉쭉 올라오는 실한 삼대에 남편과 아들은 새로운 꿈에 부풀어 있다. 두 부자가 서로 내 입에 넣어줬던 산양삼 효능이 있었던지, 나는 십여 년 만에 암에서 완전 벗어났다. 건강을 되찾고는 삼밭에 서서 자식과 손주, 아픈 동생과 지인들을 손가락으로 꼽아본다. 조급하지 않고 느긋하게 기다려 준 결과는 뜻밖의 선물 보따리로 안겨 줬다. 날마다 산양삼 뿌리가 굵게 자라는 생각만으로도 기운이 샘솟는다.

(2025. 5.)

고사리 주인
-큰아들의 산골 정착기 · 4

　인적이 드문 산골을 자주 찾곤 한다. 집에서 서너 시간 거리에 있는 고사리밭을 지켜주기 위해서다. 아들이 제대하면 여기에 터전을 잡아 집을 짓고 살면서 제2의 인생을 살 것이라고 했다. 평생 군대 생활로 잔뼈가 굵은 큰애는 군대 밖 물정을 모르는 것이야 당연한 일이 아니던가. 그저 남들처럼 연금 타서 살면 된다는 생각인지 만사태평이었다. 만기 제대할 시기가 점점 가까워져 올수록 아직도 제집 한 칸 없는 자식의 미래가 걱정되었다.

　부모는 아무리 늙어도 자식은 근심덩어리로 남는 듯하다. 두 자식은 제법 큰 아파트에서 잘살고 있으니 어쩌다 한 번씩 들러서 맛난 것도 먹고 마음 편히 지내다 온다. 그런데 큰 자식네는 아무리 진수성찬을 차려 내오고 집안에 필요한 물건을 채워 놓아도 왠지 마음이 항상 짠했다. 그런 아들을 생각해 삼 년 전에 내가 억지로 땅을 매입하게 했다.

　휴일이 되면 재벌인 양 바다낚시와 골프장으로 놀러만 다닌 자식이었다. 그러던 큰애가 올봄부터 자신의 땅에 고사리 등을 심어놓고 밭에서 살다시피 했다. 나도 그렇지만 아들 역시 평소에 고사리가 어떤 것인지조차 모르고 살았다. 돈만 주면, 시장이나 마트에서 흔하게 사는 나물로만 알고 있었을 뿐, 농사를 짓는 방법도 농작물의 생리도 전혀 알지 못했다. 하지만 어린 아기가 잠자고 나면 쑥쑥 자라듯, 한차례 따고 나면 그다음 날 거짓말처럼 쑥쑥 올라오는 고사리 보는 재미에 큰애는 매주 청주와 문경을 오르락내리락했다.

평일엔 근무하는 큰애이기에 우리 부부가 대신 일을 봐주었다. 아들이 오가고 우리가 오가다가 가끔 마주치는 날이 있다. 엄마 보러 왔다고는 하지만 막상 와서는 어미는 뒷전이고 곧바로 고사리밭으로 쌩하니 가버렸다. 가져간 봉지가 넘치도록 시커먼 먹 고사리를 한가득 꺾어오는데 어찌나 싱싱하고 먹음직스러운지 입안에 침이 고였다. 어쩌다 내가 먼저 아들의 고사리밭 위치를 알려 달라고 해도 저만 아는 비밀이라며 저 혼자 갔다 오곤 한다. 어미에게까지 숨기는 게 조금은 서운하기도 했지만, 자신만의 터전에 재미를 느끼는 자식의 활기찬 모습이 그저 든든하였다. 아들이 문경에 올 때쯤 나는 틈을 내서 올라온 고사리를 남김없이 꺾어 가져오곤 했다.

여름 내내 욕심내며 고사리를 꺾어 두었지만, 아들은 손질하는 것도 보관하는 방법도 전혀 모르고 있었다. 하여 집으로 가는 길목에 사는 후배의 엄마에게 맡겨놓았다고 했다. 아들은 고사리 한 움큼도 주지 않더니 말린 그것을 내게 팔아 달라고 했다. 나는 그동안 참았던 말을 뱉었다.

"요놈아, 고사리 꺾어서 말리는 것도 중요하지만 진짜 알짜배기는 판매를 잘하는 거란다."

고사리를 채취할 때는 생것이라 무겁고 부피가 크지만, 말려 놓으면 솜털같이 가볍다며 꼭 도둑맞은 기분이라고 했다. 큰 상자에 담긴 고사리를 집에 가져와 저울에 달고는 억센 부분은 가위로 잘라냈다. 첫 수확인 만큼 넉넉하게 담아 보냈고 가격은 인터넷을 보고 적당히 정했다.

무엇보다 맛이 걱정되어 내가 먼저 시식했다. 아기들 손가락 굵기만 한 고사리를 살짝 삶아 불려 놓은 뒤 조기를 다듬어 고사리를 밑바닥에 깔고 양념을 했다. 조기는 고사리의 부드러운 맛과 어울려 밥도둑이 되어 순식간에 밥 한 공기가 뚝딱이었다. 자식의 정성 깃든 수확이라 그런지 더욱더 꿀맛이었다. 고사리는 아는 동생들에게 순식간에 몽땅 팔려나갔다. 나중에 주문 늘어 온 것은 내년으로 기약했다.

세상 물정 모르는 자식이 제대 후 어떻게 살까, 걱정이 많아 귀촌하면 무엇을 하고 살 건지 읍에 나가 상담까지 했었다. 아무것도 할 줄 몰라 근심했는데 고사리밭 주변을 예초기를 돌리고 있었다. 생각지 못한 자식의 행동에서 새로운 삶의 빛이 보였는데 사회에 나오기 전 자식은 이미 한 가지씩을 체험하고 있었다. 내년 봄에는 집도 짓고 남은 땅에 고사리를 심을 계획을 이미 세워 놓고 있었다.

풀도 깎고 고사리 종균을 살 계획까지 세워 놓고, 나는 자식과 만날 약속을 했다. 그러고는 자리 잡을 때까지만 내가 훈계하는 잔소리꾼이 되겠다고 못을 박았다.

오늘도 나는 고사리밭 주인을 만나러 간다. 고개 숙이며 올라오는 고사리의 아름다운 향연을 만끽하면서….

자식과 노년 생활
-큰아들의 산골 정착기 · 5

"일만 하려면 집에 가세요."

단단히 화가 난 큰아들 말에 웃음이 나왔다.

문경에 온 지 일주일이 지났다. 우리 부부는 하루도 빠짐없이 초보 농사꾼을 앞세우고 밭으로 나갔다. 콩밭 김매기, 들깨, 곤드레 모종을 심고 취나물도 수확했다. 장마로 인해 잠깐씩 소나기가 내려도 틈만 나면 밭으로 나갔다. 흐르는 땀으로 하루에 두 차례씩 옷을 갈아입어도 가꾸어진 작물을 바라보면 뿌듯했다.

큰아들은 우리 뒤를 쫓아다니며 돌을 골라내고 무성하게 자란 잡초를 뽑아냈다. 무리하게 일한 탓에 아들이 손목 보호대를 찼다. 삼십 년 넘는 직장 생활만 했으니 새롭게 시작한 농사가 버거웠을 것이다. 우리가 있을 때는 어쩔 수 없이 무리하지만, 혼자서는 조금씩 밭일을 익혀가는 중이었다.

제대 후 큰아들은 오랜 군 생활이 몸에 배어서 무슨 일이든 정확해야 하고 정리 정돈까지 깔끔했다. 벽에 커다란 행사표 칠판을 걸어놓고 요일별로 할 일을 적었다. 스스로 터득해 가는 그런 아들이 대견했다. 그리고 하루가 다르게 커가는 밭작물과 새롭게 단장한 집 안 곳곳을 영상이나 사진을 찍어 궁금해하는 우리 부부에게 보내주곤 했다. 아무리 나이가 들어도 자식은 부모에게 자랑하고 싶고, 칭찬해 주는 말에 힘이 솟는 듯했다.

무엇이든 벌여 놓고는 뒷마무리 못 하는 남편을 뒤따라가며 잔소리하는 아들 모습이 어쩜 나를 쏙 빼닮았다.

우리 부부는 화가 난 자식의 눈치를 살피며 한낮은 쉬기로 했다. 아들은 우리를 넓은 거실에 누우라 하고는 에어컨을 틀었다. 그리고 냉장고에서 시원한 맥주와 과일을 가져왔다. 영화관만 한 TV 채널을 돌렸디.

"요즘 한창 뜨는 연속극인데 재미있어요."

우리 부부는 창밖을 내다보며 '일하기 좋은 날'이라며 중얼거렸다.

"이 더위에 밭일하다 쓰러지면 동생들이나 주변 사람들에게 불효자라 원망들어요."

아들은 각 잔에 맥주를 가득 따라 놓았다. 아들의 성화에 억지로 하는 휴식이지만 삼복더위에 에어컨 앞에서 먹는 맥주는 꿀맛이었다. 아들이 틀어놓은 연속극에 점점 빠져들고 있었다. 남편은 안마기에서 잠이 들었고, 나도 팔다리를 주무르는 자식 손길에 맡기고 집이 떠나갈 듯 코를 골았다.

아들은 제대하기 전에는, 늘 밭에서 살다시피 하다가 집으로 돌아가는 부모가 당연한 줄 알았단다. 우리 부부는 아무리 힘들어도 자식이 제대하기 전까지 몸을 사리지 않고 집과 밭을 가꾸면서 보람을 찾아가고 있었다.

우리 부부는 아들네 도착하자마자 팔을 걷어붙이고 순식간에 들깨를 심고 콩밭으로 자리를 옮겨갔다. 그런 우리 부부를 아들이 뒤따르면서 땀을 뻘뻘 흘리더니 끝내 우리를 향해서 쉬자면서 어린아이 조르듯 했다.

아들은 자신이 밭에서 직접 일을 하고는 깨닫는 바가 큰 듯했다. 들깨밭에서 사흘 동안 매달려도 다 못 심었다고 투덜댔다. 불볕더위에 들깨밭에서 물을 대는 아들이 마치 밀림을 헤치고 나온 사람 같다. 그새 새까맣게 탄 피부, 덥수룩한 머리, 멋대로 자란 수염이 내 아들인가 의심할 지경으로 변해가고 있었다.

작물들이 초록 물결로 넘실대는 밭에서 손길이 분주해졌다. 주문받은 나물과 갓 수확한 파, 머위, 상추, 고추, 가지 등 보너스로 담아 보냈다. 택배를 받는 사람들은 친정엄마가 떠오른다며 감동을 했다. 따지고 보면 별건 아니지만 나누는 뿌듯함이 두 배로 되었다.

시골 생활이 초보인 자식에게 나누는 법을 무언으로 가르쳤다. 때로는 비 오는 날 부침개를 넉넉히 부쳐 자식 손으로 이웃집에 돌리게 하면서 이웃과 어울려 사는 것을 말보다 행동으로 가르쳤다. 처음엔 이해할 수 없는 눈빛으로 바라보더니 몇 달이 지나자 이웃 여자들을 '이모'라는 호칭으로 부르고 있었다. 그리고 국수가 먹고 싶으면 애교 섞인 목소리로 조르기도 했다.

내가 철원에 오면 하루에도 여러 번 집안 가꾸는 일부터 심어놓은 밭작물 관리하는 것까지 전화로 물어봤다. 금값 배추가 하루가 다르게 쑥쑥 자란다고 자랑이다.

"엄마, 이모네 배추는 죽은 것들이 많은데 우리 것은 영상으로 찍어 보낼게."

싱싱한 배추가 넘실거리며 잔잔한 초록 바다를 연상케 했다. 타는 듯한 날씨에 아침저녁으로 물을 주며 정성껏 가꾼 덕이었다.

자식은 가끔 우리가 힘들어 보이면 너스레를 떤다.

"울 엄니 아부지, 어려서 객지로 보내 놓고 가슴앓이했는데, 이제는 남은 세월 함께하라고…."

그래, 그 말이 맞는듯하다. 초등학교 때부터 우리 품을 떠난 자식과 노년에 함께 할 수 있으니, 더 바랄 게 무엇이겠는가.

앞으로는 자식이 힘들지 않도록 일도 줄이고, 여행도 함께 다니며 노후를 보내자며 손가락 걸며 약속도 했다.

(2024. 7.)

초보 농사꾼

-큰아들의 산골 정착기 · 6

"엄마, 감자가 두 개에 오천 원이래."

마트에 들른 아들이 전화로 호들갑을 떨었다. 아들이 삼 년 전부터 문경에서 농사를 짓더니 농작물에 관심이 커졌다. 그러면서 심어놓은 감자에 물도 듬뿍 주고 거름도 주라고 부탁했다.

일전에 맛있는 감자를 심으려고 농협 조합원인 사람에게 감자 씨를 부탁했다. 아뿔싸, 감자 씨를 한 상자씩 안고 두 사람이 왔다. 한 상자도 많은데 사 온 성의가 고마워 취소할 수 없었다. 또 이웃집 동생이 문경 장날에 토종 감자가 맛있다며 덜컥 한 상자를 사 왔다. 졸지에 감자 부자가 되었다.

철원의 텃밭과 아는 동생 밭에도 심었다. 그리고 문경 초보 농사꾼 밭에도 똑같이 심었다. 올해 따라 극심한 봄 가뭄에 채소가 금값이 되었다. 초보 농사꾼 아들은 신이 났다. 텃밭에 양념의 감초인 파를 비롯해 고추, 양배추, 고구마, 비트, 콜라비, 상추, 가지, 오이 등 수십 가지를 심어놓았는데도 유독 감자에만 신경을 바짝 썼다. 군인 신분이니 자주 나올 수 없는 처지라 통화할 때마다 감자 타령만 해댔다.

삼 형제가 철원에 모처럼 모였다. 텃밭에 심은 감자부터 캤다. 탱글

탱글 여문 감자가 호미 끝에서 파헤칠 때마다 튀어나와 탄성이 터졌다. 초보 농사꾼은 허허대며 상자 수를 헤아렸다. 감자를 수확하기 전부터 서울 사는 동생과 주변 사람들에게 받은 주문이 넘쳐났다.

땀 흘리며 농사지을 때 생각하면 감자 한 톨도 쉽게 나눌 수 없다. 그러나 밭에 널브러진 감자를 보니 주고 싶은 사람이 눈에 그려졌다. 그래도 올해만큼은 초보 농사꾼에게 맡기고 싶었다. 아들은 낑낑대며 감자를 담아 그늘에 깔아 놓고 습기를 말리려고 신문지로 꼼꼼히 덮었다. 철원에서 캔 감자를 마무리한 후, 베트남에서 휴가 온 제 동생을 앞세우고 문경 감자밭으로 떠났다.

철원보디 일찍 심었기에 더 많은 수확을 기대한 큰아들은 실망스러운 눈빛을 하고 있었다. 나는 어깨를 토닥거리며 "가뭄에도 이만큼 선물해 준 자연에 감사하는 마음을 가져라."라고 위로했다.

초보 농사꾼은 저울 눈금을 보면서 상자에 감자를 담았다 꺼내기를 반복했다. 나는 보다 못해 저울을 끌어다 내 앞에 놓고 넉넉히 넣었다. 또 작은 감자는 졸여 먹을 수 있도록 틈새에 끼웠다. 상자를 꽉 채우는 행동을 눈여겨 바라보는 초보 농사꾼 심장에서 쿵쿵 소리가 들리는 듯했다.

"집에서 수확한 것이니 넉넉히 주자."

큰 것은 골라서 다 팔고 흠집 난 것과 작은 것만 남았다. 직접 농사를 짓다 보니 농부의 마음을 헤아리는 계기가 되었다. 농부는 좋은 상품은 골라 팔고 상처 난 것, 못난이만 먹는다는 걸 알게 될 것이다. 해마다 이웃들이 나누어 준 감자만 먹다가, 농사를 짓다 보니 팔아도 먹고 신세 진 지인들에게 나눔을 가질 수 있어 한편으로는 뿌듯했다.

　문경, 철원에서 캔 감자를 열 상자 넘게 팔았다. 또 이웃들이 농사지은 감자까지 합치면 이십여 상자가 넘었다. 비록 큰돈은 아니지만 초보 농사꾼의 첫 판매 수입금을 전용 일꾼인 나와 반띵으로 나누었다.

　코로나로 못 본 새 훌쩍 커버린 손녀들, 감자 판 돈을 골고루 나누어 주었다. 좋아서 싱글벙글하는 손녀들, 몇 달을 검게 그을린 내 얼굴에도 웃음기가 저절로 번졌다.

　삼십 년 군 생활로 세상 물정 몰랐던 초보 농사꾼은 이제는 마트에 가면 자신이 가꾸는 작물에 관심을 둔다. 내가 입으로 가르쳐 주는 것은 잔소리에 불과하고, 스스로 터득해야 재미를 느낄 수 있는 것 같다. 일하다가 서로 의견이 엇갈리면 인터넷에서 배운 거라며 초보 농사꾼은 본인의 의사를 굽히지 않는다. 그런데 나는 몇십 년을 이웃집 품팔이를 다니며 길러보지 않은 작물 없었다. 텃밭을 가꾸며 풍부한 경험도 얻었다. 그래도 고집부리는 큰아들 의견은 꺾지 않고 맡겨본다. 초보 농사꾼이니 수없이 많은 시행착오를 거쳐야 비로소 엄마의 농법이 옳았다고 시인하게 되리라. ‘자식에게 수저 잡는 법부터 가르쳐야 한다.’는 옛 어른들의 말씀을 되새기며 묵묵히 지켜보는 것이다.

　초보 농사꾼은 내년 봄에는 거름을 많이 준비해야 한다고 벌써부터 서두른다. 딱딱한 묵정밭을 옥토로 만드는 데 무엇이 필요한지, 특히 감자 심을 때 밑거름을 듬뿍 줘야 한다는 걸 올해는 터득한 것 같다.

　삼 년 동안 농사일을 대신해 줬더니 제대하면 나를 편안히 모신다고 함께 살자는 제의를 받았다. 정말? 믿어도 될까, 갸륵한 마음만 받을 생각이다.

(2022. 8.)

청개구리 아들

"어디 아프니?"

새벽에 일어나니 어제 집에 온 둘째가 소파에 기대어 있었다. 어디가 아프냐고 물어봐도 괜찮다고만 했다. 아침상에 앉아서도 밥을 한 술도 뜨지 않았다. 둘째가 잘 먹는 김치 볶음도 해놓았고, 어제 서천에서 아는 동생이 부쳐준 생선도 노릇노릇하게 구워 놓았다. 둘째는 음식 냄새가 역한지 임신한 사람처럼 화장실로 달려갔다. 여러 번 들락거리며 토악질을 해댔다. 속을 다 비우고 침대에 축 늘어져 있었다. 차라리 내가 아픈 게 낫지, 가장인 자식이 아프니 걱정부터 앞섰다.

둘째는 어제 점심 먹은 게 거북하다면서 우리 집에 오자마자 시원한 맥주부터 찾았다. 아무래도 소화가 안 된 상태에서 맥주 먹은 것이 탈이 난 듯했다. 본인은 아니라고 했지만 거북한 빈속을 알코올로 채웠으니…. 집안일 도우러 왔다가 걱정거리만 늘어났다.

병원에 가자고 재촉해도 괜찮다고만 하고 이불을 푹 뒤집어썼다. 걱정하는 엄마 마음도 모르는 자식을 뒤로하고 약국에서 약을 지어왔다. 술병이 확실했다. 약을 먹고 나서 바로 신기하리만큼 끓여 놓은 누룽지를 다 비웠다. 정신을 조금 차리고는 며느리와 만나기로 했다며 십 리나 들어간 눈으로 차를 몰고 나갔다. 노심초사하다 제 집에 도착할 즘 전화했다. 며느리 눈치를 보는지 아무 일도 없었던 것처럼 괜찮다고만 한다.

그런 자식이 걱정되어 학교 갔다 오는 길에 둘째 집에 들렀다. 아들은 청소하고 난 후 빨래를 개고 있는 손놀림이 전업주부라 해도 손색이 없을 정도였다. 맞벌이하는 며느리를 도와주라고 신신당부했는데 잘하고 있었다.

여전히 속이 거북한지 자주 트림하는 것이 자꾸만 눈에 거슬렸다. 며느리는 병원에 가보라고 해도 안 듣는다며 꼭 청개구리 같다고 했다. 나는 며느리에게 우리 집에 왔을 때 술병 난 거라고 고자질하고 싶은 걸 꾹 참았다.

며느리는 제 남편이 아무래도 위에 이상 있다며 "예전에 피부과도 어머니께서 예약해 놓으니 어쩔 수 없이 갔잖아요. 이번에도 그렇게 해주세요."라고 부탁했다.

오래전 일이다. 며느리가 "아범의 피부 여러 곳이 올록볼록 튀어나오는데 아무래도 큰 병원에 가야 할 것 같아요. 제가 병원에 같이 가보자고 해도 들은 체도 않아요. 혹시 피부암이면 어떡해요."라는 말에 가슴이 덜컥 내려앉았다. 즉시 둘째에게 전화로 간신히 설득하고 병원에 예약하였다.

그리고 예약 시간에 맞춰 둘째 부부와 병원에서 만났다. 며느리의 부탁이기도 했기에 어린아이처럼 앞세우듯 셋이 진료실에 들어갔다. 의사 앞에서 느긋하게 말하는 둘째를 보고 있자니 속이 터졌다. 참지 못하고 내가 며느리에게 들은 대로 빠르게 설명했다.

"어머니, 아드님이 마흔이 넘었어요."라며 그러는 나를 빤히 쳐다보며 의사가 한심하다는 듯 한마디 했다.

그런데 아무리 자식이 나이 먹어도 내 눈에는 철부지로 보이는데 어쩌란 말인가. 그 후 며느리는 둘째가 병원 갈 일 있으면 나에게 부탁했다. 아내 말은 귓등으로 듣다가도 엄마 말은 귀찮아서 들어 주는 것 같았다. 며느리는 내가 아프면 걱정을 많이 했다.

"어머니가 계셔야 청개구리 남편과 오래도록 살 수 있어요."

아들들은 짝이 있어도 평생 애물 덩어리라고 했던 옛날 어른들 말이 생각난다. 둘째 부부는 결혼하고부터 톰과 제리처럼 아옹다옹 살면서 내 가슴을 여러 번 쓸어 넘기게 했다.

"둘째야, 엄마도 힘들다. 이제부터 며느리 손 잡고 병원에 가렴."

(2019. 11.)

칠 공주의 유산

삐걱, 숲의 문을 떠밀면 꽃과 나무들이 수백만 권, 푸른 장서가 된다.
산모롱이 돌아 오솔길 하나 고즈넉이 걸어오고, 어디선가 책장 넘기
는 소리도 들려온다. …… 빛나는 문장을 들려주려고 아침이슬로 부
지런히 몸을 닦는 꽃, 나무들의 수런거림, …… 숲속 도서관엔 저마다
향기 나는 글들로 가득 차 있다.

– 김영식 〈숲, 그 오래된 도서관〉에서

포항에 사는 김영식 작가의 수필에서 받은 감명이 엉뚱한 데서
생각났다. 큰아들이 제대하면 살 집을 지어주려고 여기저기 땅을
물색하다가 문경 교외 골짜기 숲 가까이, 인가와는 거리가 먼 곳에
터를 정하게 되었다. 돌아오는 길엔 귀를 맑게 하는 새들을 만나고,
굴참나무 · 박달나무 · 층층나무 · 등나무들이 반겨주는 듯했다. 그
리고 골짜기의 앙증맞은 야생화들도 보면서였다. 김영식 작가가 숲
속을 걸으면서 온갖 책들을 읽고 궁극적으로 인간이 자연에게 가르
침을 받는다는 신선한 수필을 보여주었는데, 나는 엉뚱하게도 거기에
숲속 도서관을 지으면 좋겠다고 생각했었다.

"셋째 딸은 선도 안 보고 데려간단다."

막내며느리가 무사히 출산했다는 말에 아들에게 위로 차 해준 말이다. 둘째 손녀가 초등학교 갈 무렵 또 임신한 막내며느리에게 나는 은근히 손자를 기대했다. 그런데 또 손녀다. 마치 내 잘못인 것 같았다. 오래전 내게 아들만 셋을 점지해 준 삼신할머니께 투정을 부렸는데 내 말을 새겨들으신 건지, 번번이 세 아들이 손녀만을 안겨주었다. 딸이 없어 늘 부러웠던 나는 첫 손녀가 태어났을 때 오랜 염원을 이룬 사람처럼 가슴이 벅찼다. 둘째가 결혼하고 제 형과 번갈아 딸만 넷을 낳았다. 명절 때 옹기종기 모여 희희낙락거리는 손녀들을 바라볼 때면 딸고 나온 놈이 하나쯤 있으면 했다.

셋째 아들이 결혼하고 가족들 모두 부풀어 있었다. 딸만 낳는 형들을 향해 큰소리 뻥뻥 치던 막내도 삼신할머니의 노여움이 풀리지 않았나 보다. 토끼 같은 손녀 둘을 점지해 주셨다. 늦둥이를 낳겠다는 막내에게 이번에는 제발 기대했지만 일곱 번째 손녀가 내 품에 안겼다. 그런데 뽀얀 피부에 귀공자를 닮은 손녀다. 내 자식 키울 때는 아기자기한 재미를 느끼지 못했었다. 이제 대학생이 된 큰 손녀는 선생님이 되겠다는 목표를 정해 놓고 있다. 둘째 손녀 역시 명문대에 들어가겠다는 각오가 다부지다. 또 예술가가 되겠다는 손녀도 있다. 생일 때마다 카드에 그림을 그려 주고, 영상으로 바이올린과 드럼을 연주해 주는 손녀의 앙증맞은 손을 꼭 깨물어 주고 싶을 정도로 사랑스럽다.

내 자식들 키울 때는 생활고에 시달려서 재롱떠는 모습에도 웃음이 나오지 않았었다. 그런데 잠시 키웠던 여섯 번째 손녀를 보내 놓고 가슴 깊은 곳에서 '쏴' 함이 밀려와 상사병이 날 지경이었다.

이제는 어부바에 두 발을 동동 구르며 착 달라붙는 일곱 번째 공주의 젖 내음이 내 등짝에 배어있는 듯하다.

손녀가 보고 싶으면 며느리 눈치를 슬그머니 보면서 반찬 떨어졌냐고 핑계를 대며 전화한다. 내 속셈을 알아챈 며느리는 어머니 반찬이 젤 맛있다며 맞장구를 쳐준다. 치켜세우는 말에 손발이 뻐근하도록 먹을거리를 만들어 차곡차곡 보따리를 챙겨 집을 나서곤 한다. 벙실벙실 웃는 일곱 번째 손녀가 눈앞에 아른거려 장시간 차를 타도 힘든 줄 몰랐다.

웃을 일이 별로 없는 삭막한 노년에 내 주위를 감싸는 일곱 송이 활짝 핀 꽃이 내 삶을 풍요롭게 해주고 있다. 그런데 이 손녀들이 점점 커가고 내 나이가 늘어갈 때마다 마음이 조급해졌다. 무언가 손녀들에게 남기고 싶은 것이 있는데 넉넉하지 못한 살림에 가진 재산은 없고, 좀 많은 거라고는 평생 모은 책들뿐이다. 곰곰이 생각하다가 큰아들 집을 신축하면서 다락방에 붙박이 책장을 만들었다.

숲속 도서관을 따로 지어줄 수는 없지만, 내가 문경 갈 때마다 집에서 야금야금 가져간 수백 권과 화제의 신간들로 책장을 정리해 놓으려고 한다. 내가 이 세상을 떠나더라도 명절이나 경조사 때는 큰아들 집에 가족들이 모이게 될 것이다. 훗날 내 손때 묻은 책과 신간(그때는 구간이 되겠지)들을 손녀들이 읽을 것이다. 상상만 해도 저절로 입가에 미소가 번진다. 아! 그런데 인공지능 AI가 급속도로 발전한다는 뉴스를 들으니 그때도 내 책들을 읽을까, 고개가 갸웃해진다. 손녀들은 내게 최고의 선물이지만, 내가 모은 책들이 그들에게 과연 최고의 선물이 될 수 있을는지.

(2021. 1.)

질투

영상전화를 하는 중에 제 이름을 안 불렀다며 삐졌다. 규리가 급기야는 입꼬리를 실룩거리더니 영상 속에서 사라져 버리는 게 아닌가.

규리에게 상처를 준 것 같아 머쓱해진 나에게 며느리가 "겉으로만 성숙해 보일 뿐이지 아홉 살배기예요. 요즘 사춘기가 온 것 같아요."라고 했다.

매사에 퉁명스럽고 뜻대로 안 되면 울기까지 한단다. 규리는 할머니가 동생인 누리만 예뻐한다면서 방학 때 가기 싫다고 했단다. 사실 누리는 핏덩이 때부터 돌까지 내가 맡아 길러 며느리 품으로 보냈기에 키운 정이 있다. 누리 목소리만 들려도 내 표정부터 달라지는 것을 규리도 느꼈던 것 같다.

규리는 막내아들의 큰딸이다. 동생인 누리를 의젓하게 챙기면서 때로는 질투한다. 겨우 초등학교 저학년인데 훌쩍 자라서 키도 나와 비슷하고 신발 치수까지 같다.

나는 규리에게 카톡으로 변명을 늘어놓았다. '누리는 힘없는 동생이기에 할머니가 챙기고, 규리는 든든한 언니기에 마음속으로 많이 사랑한단다.' 내 글에 규리는 환하게 웃는 이모티콘을 보내 풀어진 줄 알았다. 그런데 또 토라지는 일이 생겼다.

이번 겨울 방학 때 일주일 놀다 간다고 규리와 누리는 큰 트렁크에 옷과 소지품을 챙겨왔다. 그런데 외출하고 집에 왔는데 아이들이 사라지고 집 안이 고요했다. 당황하고 있는 그때 마침 누리에게 전화가 왔다.

"할머니, 나는 있고 싶은데 언니가 집에 간다고 해서…."라며 말끝을 흐리며 울먹였다. 이번에는 무엇 때문에 서운했는지 곰곰이 생각해 봤다. 규리가 왔을 때 조카딸이 돌쟁이 아들을 데리고 놀러 왔다. 귀엽다고 서로 안아 보려고 손을 내밀었다. 돌쟁이 아기는 비척대며 누리에게 안겼다. 곁에서 지켜보던 우리는 아기의 행동에 웃었지만, 규리는 무안해하며 손을 슬며시 내렸다. 아기 눈에 비친 핑크빛 옷이 화사해 누리 앞으로 간 듯한데, 규리의 생각은 달랐다.

그뿐이 아니었다. 우리 집에서 처음 만난 조카딸과 누리가 친구처럼 전화번호를 주고받으면서 갖고 싶은 물건이 있으면 사주겠다는 말에 누리는 싱글벙글거렸다. 좀 떨어져 두 사람의 대화에 부러운 눈빛으로 바라보던 규리가 소외감이 들었을 것이다.

규리가 동생을 질투한다고만 생각했지 한 번쯤 규리의 마음을 헤아리지 못하고 있었다.

오늘 또 실수를 저지르고 말았다. 영상전화 중에 누리가 보여서 나는 반가움에 "아가, 아가"라고 누리를 불러댔는데 옆에 있던 규리가 삐져버렸다. 아차 싶어 규리 쪽으로 카메라를 돌려서 "규리야, 규리야" 불렀지만 이미 마음이 상해버린 규리가 방으로 뛰어 들어가는 모습만 보였다.

토라진 규리, 할머니의 미안함을 선물로 대신하려고 한다. 누리가 주문할 때 시큰둥하게 바라보던 엘리사 옷이었다. 누리가 공주 원피스를 입고 좋아서 날뛰는 모습을 부러운 눈빛으로 규리가 보고 있었다며 며느리가 슬쩍 귀띔해 주었다.

며느리에게 규리가 좋아할 성인 핼러윈 세라 복을 사줘야겠다고 약속했다. 규리가 내가 보내준 핼러윈 옷을 입고 좋아할 것만 같다. 아마 무시무시한 변장으로 이 할머니를 찾아올 것이다.

"아휴, 무서워. 규리야, 할머니가 사과할게."

칠 공주 할미 노릇 하기 참 힘들다. 또 다른 손녀가 토라질지 모르니 잘 살펴봐야겠다.

(2020. 11.)

그런 시절이 있었네

'중2병'을 남의 이야기로 흘려버렸다. 사춘기에 잠깐 열병처럼 겪는 줄 알았다.

서울에 살다가 부천으로 이사 간 막내아들의 큰손녀가 학교에 안 가려고 한단다. 학교만 가면 머리와 배가 아프다면서 수업하다가 집으로 오곤 했다. 꾸중하면 더 빗나갈 수 있으니 속만 태우고 있었다. 꾀병을 부린다는 생각에 매를 들려다가도 요즘 아이들은 주먹을 휘두른다며 부모를 신고하는 일이 있으니 그러지도 못하고 있었다.

새로 태어난 손자가 백일 무렵부터 나는 막내아들 집에서 손자를 돌보았다. 그때 큰손녀는 초등학교 고학년이었는데 재잘대는 작은 손녀와 달리 말이 없었다. 책상에 앉으면 이어폰을 끼고 음악을 듣거나 친구와 채팅하고 있었다. 그 애의 유일한 취미는 일본 만화 캐릭터 모으는 것이 낙이었다. 혹시라도 동생들이 캐릭터를 만지거나 망가트리면 분을 못 이기어 펑펑 울기까지 했다. 성격이 소심한 아이인가 여겨졌으나 제 밑으로 있는 세 동생이 말썽을 일으키면 엄하게 대하는 의젓한 아이였다. 어린 동생들은 언니가 부르면 눈치를 보며 슬슬 피해 다녔다.

손녀는 수학은 잘했고, 새벽부터 학교와 학원으로 내몰리는 듯 보였지만 요즈음 세태이니 할머니인 내가 뭐랄 수는 없는 일이었다.

큰손녀가 한참 예민한 시기에 전학한 원인도 있을 것이라고 아들에게 말했다. 큰손녀는 다른 도시로 이사 가면서 심적 부담이 컸던 것이었을까. 서울에 살 때는 아기 때 키워주었던 외가가 있었고 하굣길에 할머니를 만나게 되면 어리광도 부리고 함께 외식도 자주 했다. 부러움 없이 성장하는 손녀라고 생각했는데 다름대로 쌓인 불만이 있었다니 조금은 이해할 수 있었다.

손녀 데리고 주마다 상담 다닌다는 자식에게 내가 사춘기 때 겪었던 이야기를 처음으로 꺼냈다.

가출한 엄마 대신 살림을 맡아주던 이모가 결혼하자 어쩔 수 없이 내가 가사를 맡아야 했다. 동생 셋과 아버지를 돌보는 일은 열다섯 나에겐 버거웠다. 머릿속에는 언제나 집에서 벗어나고 싶은 마음뿐이었다. 마침 이웃에 그런 나를 다독여 주는 군인 가족이 살고 있었다. 채 돌이 안 된 사내 아기와 놀아줄 때면 점심으로 내놓는 손으로 빚은 만둣국이 맛있어 자주 갔다.

어느 여름방학 때였다. 그 군인 가족 언니가 시댁에 전해야 할 것이 있는데 심부름을 해줄 수 있냐는 말에 쾌히 승낙했다. 사실 집이 싫어서 무작정 나선 기차 여행이었다. 처음에는 불안했지만, 한편으로 답답한 집을 벗어나니 하늘을 나는 기분이었다. 한나절이 훨씬 지나 내린 역은 충주에서 가까운 작은 간이역 '주덕'이었다. 반세기가 넘어 기억은 흐릿하지만 '주덕 면사무소'에 근무하는 언니의 시동생을 찾아갔다.

그 언니의 시댁은 냇물에 다리도 없는 시골 마을에 있었다. 언니의 시동생은 장마로 불어난 물살에 옷 젖는다며 나를 업고 개울을 건넜다. 그곳에는 노부부가 살고 있었는데 그분들은 마치 나를 친손녀를 만난 것처럼 살갑게 맞이했다.

이웃에는 노부부의 동생이 살고 있었다. 새로 지은 한옥의 우아함과 코끝에 스미는 나무 향을 따라가니 내 또래도 있었고, 위로 밑으로 다섯 자매가 살고 있었다.

찌는듯한 삼복더위에 뒤뜰 우물가에서 달빛을 타고 내려온 선녀처럼 다섯 자매와 함께 희희낙락 지내는 한 여름밤의 피서지였다. 앞 도랑에 철철 넘치는 물가에서 시도 때도 없이 손빨래하는 것도 즐거움이었다. 집에서는 경험할 수 없던 풍요로운 환경이 내 발목을 묶어 놓았다. 장날이면 지게에 봇짐을 가득 싣고 십여 리 넘는 언덕길을 넘어오는 노부부를 기다렸다. 들판에 목화꽃으로 뒤덮인 풍경에 눈이 시려오기도 했었다. 활짝 핀 목화를 한 움큼씩 바람에 날릴 때면 노부부의 두런대는 소리가 들렸다. 제일 먼저 내 손에 들려주는 달콤한 꽈배기, 잔잔한 그리움이 묻어나는 그 시절을 가끔 꿈속에서 만나고 있다.

우리 집에서는 난리가 났다. 여름방학이 끝나도 돌아오지 않는 딸 걱정에 아버지는 그 언니를 닦달했다. 편지가 오고 급기야 전보까지 왔다. 할 수 없이 눈물겨운 작별을 하고 무거운 발걸음으로 기차에 올랐다.

한 달 넘은 시간이 마치 꿈속에서 헤매다 온 기분이었다. 노부부의 자애로움과 이웃 자매들과 함께 보낸 시간이 눈에 선해 만사에 흥미를 잃었다. 기회가 된다면 언제든지 집을 떠나고 싶었다.

개학하고 열흘 넘도록 결석하는 나를 담임이 찾아왔다. 학교생활에 적응 못 하는 내 손을 잡고 문예반으로 가셨다. 그곳에서 글을 쓰면서 방황했던 사춘기를 비로소 벗어날 수 있었다.

사춘기 때의 내 과거를 손녀가 밟고 있는 건 아닌지 염려가 되었다. 손녀는 대학 지망을 국문학과로 하고 싶다고 말한 적이 있었다. 그때 적극적으로 칭찬해 주고 책이라도 맘껏 사줘야 했는데, 손녀에게 대학을 졸업하고 직장을 잡은 후 취미로 글을 쓰라고 한 게 내내 후회가 되었다.

아들 부부를 애태우는 손녀가 추석에 왔다. 우울한 표정이 조금 벗어난 듯 보였다. 살도 빼고 뽀얀 얼굴을 되찾은 손녀가 자신감을 찾아가고 있었다.

손녀와 마주 앉아 사춘기 시절의 내 이야기를 해주고 나서 "자신의 멘토가 되어 줄 사람이나, 평소에 하고 싶었던 취미생활을 해."라며 한 마디를 덧붙였다. 내가 들려준 나의 사춘기 때의 일화는 손녀가 사춘기의 긴 터널을 벗어나는 데 많은 도움이 된 것 같았다. 내 이야기 끝에 고개를 끄덕이는 손녀, 기타를 배우는 중이라고 했다.

이후 다음 달부터 학교에 열심히 다닌다고 아들 부부와 약속도 했단다. 성장 과정이 남보다 다른 것뿐이지 늦은 것은 아니니 재촉하지 말고 느긋하게 기다리라고 했다.

"엄마에게도 그런 시절이 있었네."라는 말에 아들이 빙그레 웃는다.

(2025. 10.)

2022년 만우절

"아들 낳았어요."

한밤중 다급한 전화에 잠이 확 달아났다. 달력을 보니 만우절이었다. 평소 장난기 많은 막내의 말이 거짓말로 들렸다. 그럴만한 것도 딸 셋 낳고 얻은 아들이었으니 오죽이나 좋았을까. 불혹의 나이에 목욕탕 함께 갈 자식이 있었으면 하더니 드디어 그 소원을 이룬 것이었다. 나에게도 일곱 손녀를 본 끝에 여덟 번째로 손자를 보았으니, 얼마나 경사스러운 일인가.

우선 늦은 나이에 출산한 며느리 건강이 걱정되었는데 코로나를 앓은 지도 얼마 되지 않았다. 임신 중이어서 약도 함부로 먹지 못하고 수액으로 버텼다. 후유증으로 잔기침할 때마다 배에 힘이 들어가 고통스럽다며 울상을 짓곤 했다. 엄마의 고통을 뱃속에서도 느꼈는지 아기가 예정일보다 삼 주 먼저 세상 밖으로 나왔다.

막내는 벌어진 입을 다물 줄 모르고 여기저기 전화를 해댔다. 그러나 사람들은 만우절의 거짓말로 여기고 믿지 않았다. 평소에 농담도 잘하는 데다 예정일이 삼 주나 남은 터라 아이를 낳았다는 것조차 반신반의했다. 도대체 사내로 태어난 얼굴이 어떤지 나는 그게 더 궁금했다. 그러나 코로나로 인해 면회할 수 없었다. 며느리는 삼 일 후 조리원으로 옮겼다고 했다.

뱃속의 태아를 영상과 사진으로 담아낼 수 있다니 이 얼마나 신기한 세상에 우리가 살고 있는가. 아기를 위해 새록새록 준비한 유아용품이 너무나 작고 앙증맞아 큰손을 대면 금방이라도 망가질 것 같아 만지는 것조차 조심스러웠다며 며느리는 꿈을 꾸듯 말했다.

막내며느리는 위로 세 명의 공주를 출산하고 네 번째이다. 제 동서들도 모두 딸을 낳았으니 나에게는 손녀가 일곱이다. 이번만은 아들이기를 얼마나 기원했을까. 의사가 임신 중에 은근하게 성별을 말해 주었지만 끝까지 믿을 수 없었다고 했다. 출산 후 아기의 성별을 확인한 후 그제야 안도의 숨을 내쉬었다고 했다.

아들이 무슨 소용이냐는 말도 회자되지만 그건 가진 사람들의 생각이다. 요즘은 아들 가진 부모보다 딸 가진 사람들이 호강한다고도 한다. 그런데 나의 아들 삼 형제가 딸만 낳은 것을 우리 부부에게 늘 미안해했다. 실향민인 아버지가 혈혈단신 고아로 살아왔는데 누가 대를 이어줄지 푸념하는 소리를 자식들 처지에서는 얼마나 마음이 무거웠겠는가. "이제 한시름 놓았다."라고 털어놓는 큰아들의 속 깊은 마음이 애잔하게 들렸다.

손자는 용맹한 호랑이띠, 특이하게 만우절인 ○시 ○분에 태어났다. 막내아들 역시 어린이날에 태어나 누구라도 한 번 들으면 생일이 기억에 남았다. 두 부자는 생긴 것도 붕어빵인 데다가 세상 사람들이 다 아는 날에 태어났으니, 이 또한 부자의 인연이었을까.

손자는 피부색도 거무스름하니 상남자답게 생겼다. 며느리는 신기한 듯 아기의 벗은 모습을 자주 찍어 보낸다. 축 처진 고추 사진을 헤벌쭉 바라보는 남편의 입꼬리는 위로만 올라간다. '피는 못 속인다'라고 했던가. 머리 모양과 입술이 그야말로 판박이다. M자 앞머리에 앞뒤짱구인 것도 어릴 적 제 아빠 모습 그대로다. 형제 중 유독 앞 입술이 올라간 것까지, 어디서든 알아볼 수 있을 것 같다. 우리 막내아들은 여간해서는 화를 안 내는 싱글벙글형이다. 그런데 손자의 성깔이 보통은 아닌 듯하다. 그나마 헤픈 아빠 성격을 안 닮았으니, 다행이라고나 할까.

그런데 한 가지 다른 점이 있다. 막내아들은 산달을 넘겨 4.5kg이었는데 손자는 예정일보다 한 달 빨리 태어났다. 체중 미달이 아닌 것도 다행이고 사내다운 우렁찬 울음소리는 우리 가족 모두에게 희망의 찬가였다.

손자는 막내 부부가 코로나로 인해 가장 힘들 때 태어났다. 아들을 얻은 막내는 그 힘으로 웃음을 되찾았다. 바닥까지 내려갔던 사업도 점차 회복되었다. 퇴근해서 집으로 돌아와 현관에 불빛이 켜지면 엉금엉금 기어 나오는 아들을 보면 하루의 피로가 확 풀린다고 했다. 우리 가족의 든든한 끈이 된 손자, 아무리 힘들어도 재롱떠는 모습은 절로 미소 짓게 한다.

남편은 손자가 초등학교 입학 때까지라도 건강하게 살 수 있으면 좋겠다는 장수의 희망까지 품는다. 남편이 칠십 중반을 넘어서 본 손자여서 삶에 대한 애착이 더 커지는 것 같다. 무럭무럭 자라는 손자의 모습을 영상으로 보는 재미로 산다고 할 만큼.

(2023. 5.)

낡은 포대기

손자를 업고 아파트 한 바퀴를 돌았다. 힐긋힐긋 신기한 것을 보듯 지나가는 사람들 시선이 내게로 잠시 머물다 사라졌다.

"아기를 포대기로 업었네요."

막내아들 손주를 넷 키운 옥색 포대기였다. 첫 손주 때 안사돈이 선물로 보내준 것이다. 며느리는 처음에 포대기로 어찌어찌 아기를 업었으나 줄줄 내려갔고 엉덩이만 겨우 걸쳐 둘러매니 아기 목이 뒤로 넘어갈까 불안했다. 그래서 포대기를 사용 못 하고 끈 달린 멜빵을 주로 사용했다. 그런데 나는 멜빵보다 내 자식 셋을 키워온 포대기가 편했다.

막내네 손주들은 주로 내 손으로 많이 키웠기에 업는 걸 좋아했다. 하지만 셋째 손녀는 며느리 손에 자라서 그런지 업는 것보다 안아주거나 유모차에 태우고 다니는 걸 좋아했다. 넷째인 손자는 백일이 갓 지나고부터 회사에 출근하는 제 어미를 대신해 내 손으로 키우게 되었다. 손자가 잠투정하거나 까닭 없이 울 때면 포대기로 업어주면 금방 잠이 들곤 했다.

어느 날 며느리는 포대기로 업는 방법을 가르쳐 달라고 했다. 나는 자식들과 손주들을 업어 키웠던 실력을 전수하듯 혼자서 업는 방법과 포대기의 이로운 점을 설명해 주었다.

"두 개의 긴 끈이 아기의 엉덩이를 받쳐주고 포대기의 윗부분이 몸의 지주대 역할을 해준단다. 제일 중요한 것은 배와 등이 밀착된 부분에서 서로의 체온을 느낄 수 있고 아기는 엄마의 훈기를 느낄 수 있어 편안히 잠들 수 있는 것이란다."

위로 세 아이를 키울 때는 포대기에 관심도 없던 며느리가 울고 매달리는 막내아들 앞에서는 어쩔 수 없는지 나름 배워보려 애를 썼다. 여러 번 며느리에게 실습도 시키고 설명했는데도 어설프기만 했다. 결국 포대기를 단념하고 말았다.

백일이 지나고부터 포대기에 길들어진 손자는 커갈수록 업기만 하면 등에서 겅중겅중 뛰었고 그럴 때마다 내 허리는 가녀린 나뭇가지처럼 휘청거렸다. 내가 아무리 힘들어도 손자만 좋다면 무엇이든 다 받아 줄 수 있을 것 같았다.

발음도 서투른 손자는 포대기란 말을 알아들었다. 떼쓰다가도 '어부 바'하면 포대기를 질질 끌고 와 내 등에 껌딱지처럼 달라붙곤 했다. 그런 손자가 예뻐서 초인간적 힘을 발휘해 업고 일어서서 방안을 빙빙 돌면 녀석은 좋아라 까르륵 까르륵 웃었다. 웃는 소리에 나는 허리가 아픈 줄도 모르고 손자와 한 몸이 된 듯 같이 웃고 놀았다.

손자를 업고 자장가를 불러주면 금방 등에 머리를 파묻고 쌔근쌔 근 잠들곤 했다. 곤히 잠든 손자 얼굴에서 막내아들의 어릴 적 모습 이 닮아 있었다.

세월이 까맣게 흘러도 잿빛으로 젖어 살던 그 시절을 내 어찌 잊을 수 있으랴. 주홍색 포대기로 막내를 업고서 남편 병간호를 했었다. 그때는 힘이 넘치는 이십 대 중반이어서 지금의 손자보다 훨씬 무거운 막내를 업고 사경을 헤매는 남편을 간병하면서도 힘든 줄을 몰랐다. 돌을 몇 달 앞둔 막내는 막무가내 내 등에만 붙어 있겠다고 악을 쓰고 울어댔다. 매미처럼 내 등에 업히려고만 하는 막내를 업고 병실을 오가며 지냈다. 남편이 퇴원할 무렵에는 포대기 끈이 툭 끊어져 버렸다.

어느 날 막내를 업고 남편 병간호하는 걸 본 친정엄마가 "막내는 왜 날마다 업고 있냐? 저 녀석은 차라리 외국으로 입양 보내라는 게 낫겠다."라며 혀를 끌끌 차셨다. 말귀를 알아들은 것인지 막내는 더더욱 내 등에서 잠시도 떨어지지 않으려 했다. 잠이 든 것 같아 살짝 내려놓을라치면 금방 눈을 번쩍 뜨고 울음보를 터트리곤 했다. 칭얼대는 아기에게 시달리다 보면 때로는 마음이 흔들린 적도 있었다. 아들만 셋이니 한 자식 입양 보낸다 한들 세월 지나면 잊힐까 갈등했다. 하지만 자식을 입양 보내 놓고 눈에 밟혀 차마 살아갈 자신이 없었다. 고생하는 딸을 생각하는 친정엄마의 심정도 이해하였지만, 내 자식을 지키겠다는 모성은 불 속이라도 뛰어들 것 같았다.

배가 고파 칭얼거리면 길을 걷다가도 포대기를 돌려 젖을 물렸던 막내, 그 애가 이제는 어엿한 사 남매의 아비가 되었다. 등이 짓무르도록 업고 다녀도 힘든 줄 몰랐던 내 젊은 시절, 지금은 손자에게 등을 내주는 할머니가 되었다.

껌딱지 손자를 업고 가파른 언덕을 오르자면 숨이 턱까지 차올랐다. 긴 숨을 몰아쉬는 내 어깨를 꽉 잡는 앙증맞은 손가락이 꼼지락대는 걸 느끼고 있노라면 마음이 부자가 된 듯 흐뭇했다.

두 해가 바뀔 때까지 키워온 손자도 지금은 한 달에 서너 번 정도 만난다. 아들 부부가 출근해도 칭얼대지 않는다. 손자는 혼자서도 잘 논다. 졸리거나 엄마 생각이 나면 슬그머니 내 등에 매달린다. 모른 척 시치미를 뗄라치면 서러워 울음보를 터트린다.

"루빈아, 포대기 가져와."

그렁그렁한 눈으로 둘레둘레 포대기를 찾는 우리 아기. 말은 어줍어도 포대기 소리만은 알아들으니 참 신기하다. 나의 체력은 점점 떨어지고, 아이를 업고 두 손으로 바닥을 짚고 일어설 때면 손자는 그 고사리 같은 손으로 내 목을 끌어안는다. 그동안 업어주고 놀아주던 할머니가 없어지면 여러 날을 칭얼댄다고 했다. 제 어미에게 포대기로 업어달라고 울어대도 어미에게는 포대기가 무용지물이니 차라리 장롱 깊숙이 감추어 두었다고 한다.

손주들을 건강하게 키워낸 옥색포대기, 손때 묻어 반질반질한 포대기를 가보처럼 간직하려고 한다.

딸 같은 손녀

"괜찮아요?"

화장실에서 토악질하는 나를 향해 묻고 있었다. 어젯밤부터 피부병처럼 온몸 여기저기가 울긋불긋 돋아나는 반짐의 흉물스러운 반항을 참아낼 수가 없었다. 마침 남편이 화장실 가다 말고 괴로운 듯 신음 내뿜는 나를 발견하고는 서둘러 응급실로 데려갔다.

낮에는 괜찮다가도 한밤중이면 또 가려웠다. 지인과 점심으로 먹은 오징어회가 문제인 듯했다. 심지어 손바닥 발바닥까지 피가 나도록 긁어도 가려움이 멈추지 않았다. 거기다 속까지 울렁거렸다. 오늘 밤은 전날보다 더 심했다. 생일로 다니러 온 자식들 깰까 봐 살짝살짝 걸음을 옮겨가며 화장실을 오갔다. 토악질을 여러 번 하고 났더니 온몸에 힘이 다 빠져버린 듯 목욕 의자에 앉아 숨을 고르고 있었다. 진땀으로 얼룩진 얼굴을 닦고 있는데 화장실 문이 살며시 열렸다. 소리 나는 쪽으로 고개를 돌렸다.

여섯째 손녀 누리였다. 토악질 소리에 잠이 깼는지 근심 어린 눈길로 나를 바라보는 맑은 눈동자를 보니 코끝이 찡했다. 괜찮다고 고개를 끄덕이는 나를 한참 바라보더니 물이 담긴 종이컵을 내밀었다. 내가 힘없이 누워있자니 손녀는 내 곁에 누워 고사리 같은 손으로 내 등을 쓰다듬었다. 나도 모르게 그만 눈물이 핑 돌았다.

아들 집에 가면 손녀는 항상 내 곁에 누워 조잘조잘하곤 했다. 친구들 이야기에서부터 다투고 화해한 일이며 학급 반장 선거에서 한 표 차이로 당선된 이야기를 스릴 넘치게 했다. 또 앞으로 자신의 미래 꿈까지 상상하며 들려주었다. 가끔은 고민을 털어놓고는 비밀을 지켜 달라고 손가락을 걸기도 했다.

늘 제 언니와 잠을 자는 누리가 내 곁에서 자는 이유를 물었다.

"할머니 외로울까 봐."

이렇듯 누리의 깊은 배려심에 깜짝 놀랄 때가 많다. 그런데 잠들기 전 버릇이 있었다. 내 손을 자신의 등 쪽에 슬며시 올려놓는다. 어린 시절 나의 할머니가 했던 그대로 '할미 손이 약손이다.'를 반복하다 보면 쌔근쌔근 꿈나라로 갔다. 예쁜 짓만 하는 나는 점점 손녀바보가 되어간다. 아마도 딸 키우는 재미가 이런 맛인가 보다. 아들만 셋을 두었기에 딸내미들의 잔잔한 정을 느껴보지 못했다.

딸이 있는 친구 중에는 온종일 딸들과 돌아가며 전화로 수다 떤다고 하고, 딸들이 철마다 형형색색 예쁜 옷과 구두를 사 오고, 그 옷과 구두를 신고 나오곤 하는데 나는 그런 친구들을 부러운 눈길로 쳐다보곤 했다. 어떤 친구의 딸들은 다달이 공과금을 내주고 생활용품까지 공급해 준단다. 또 어떤 친구의 딸들은 돈을 모아 해외여행은 해마다 보내주고 있단다. 딸 많이 낳았다고 시부모에게 구박받았다는 말은 먼 옛일로 되어버렸다.

예전에는 울타리 든든한 아들 셋을 두었다고 남들이 부러워했지만,

세상이 바뀌면서 딸 가진 사람이 대우를 받는다.

가물에 콩 나듯 안부 전하는 아들과 무슨 할 말이 많겠는가, 아들 셋을 결혼시키고 때로는 가슴이 텅 빈 것처럼 허탈한 적도 있다. 세월이 약이라 했던가, 마음을 비우고 나니 어느새 손녀들이 딸 노릇을 톡톡히 해주고 있다. 남자아이들과는 달리 삐지기를 밥 먹듯 하는 손녀들이 처음엔 이해할 수 없어 당황하는 나에게 막내아들이 아들과 딸의 성격 차이라고 귀띔해 주었다.

울퉁불퉁한 내 손톱을 색색의 매니큐어로 단장해 주고, 희끗희끗한 머릿결을 명주실보다 곱게 가꾸어주는 누리의 손길, 참 따뜻하다. 허리 아프다고 능을 내빌던 파스를 붙여주면서 걱정까지 곁들이는 손녀, 전생에 내 딸이었나 보다.

(2022. 7.)

둘째 며느리

나의 삶의 여정 속에서 가장 힘들 때 손 내밀어 준 사람을 꼽으라면 주저 없이 두 사람을 꼽는다. 한 사람은 아쉽게도 코로나 시기에 먼 곳으로 떠난 고향 언니이고, 또 한 사람은 귀한 손녀를 낳아 준 둘째 며느리다. 자식이나 친척도 쉽지 않은 일을 서슴지 않고 해준 며느리를 떠올리면 감동이 새록새록 밀려온다.

십오 년 전쯤 일이다. 막내의 결혼을 앞두고 목돈 들어갈 일이 많았다. 막내는 대학 졸업하고 직장 잡고 몇 년이 흘렀다. 모아 놓은 돈은 없고 승용차 할부금을 내야 하니 생활비가 빠듯했다. 어느 휴일, 가까이 사는 둘째 가족이 왔다.

"어머니, 도련님 결혼 비용은 마련하셨어요?"

갑작스러운 질문에 머뭇거리자 눈치 빠른 며느리는 더는 묻지 않았다. 점점 결혼식은 다가오는데 나는 잠을 설쳐가며 이 궁리 저 궁리를 해봐도 별 뾰족한 방법이 없었다. 지인에게 아쉬운 소리를 할 참이었다.

둘째가 다녀가고 이삼일 후 며느리가 계좌번호를 불러 달라고 했다. 시동생 결혼을 앞두고 미리 축의금을 보내려는 줄 알았다. 통장을 확인하는 순간 숨이 턱 막히고 말았다. '삼천만 원' 거액의 숫자에 눈을 비벼가며 확인하고 또 했다.

"이 돈 어디서 났니?"

알뜰한 며느리지만 월급쟁이 생활이란 게 뻔한데, 혹시라도 '친정에서' 하는 의구심이 들었다.

"집 담보로 대출받았어요."

아무렇지도 않게 대답하는 며느리 말에 눈물이 핑 돌았다. 직장생활하면서 대출의 복잡한 서류를 준비하느라 조퇴까지 하면서 은행에 오갔을 며느리의 정성이 더욱 감동했다. 아들도 모르게 대출받았다고 했다. 은행 돈은 이자가 저렴하니 나누어서 갚으면 된다고 귀띔까지 했다. 며느리 덕에 걱정 없이 결혼식을 치를 수 있었다.

홀가분히 빚에서 벗어나는 날, 며느리에게 선물로 옷값을 보냈다. 매사에 말없이 가려운 곳을 긁어주는 며느리가 딸이었으면 할 때가 많았다.

며느리는 대가족 속에서 자란 덕인지 밥상을 물릴 때쯤엔 슬슬으로 잊혀가는 고향을 떠올리게 해주었다. 농사짓는 사돈이 명절 때마다 꿀사과와 찰기가 감도는 쌀을 보내주셨다. 땀 흘리며 고생한 사돈의 정성을 며느리들과 골고루 나누어 먹었다.

언제나 자신의 미래를 위해 공부하는 며느리가 대견스럽지만, 완벽함을 추구하는 그녀가 안타까울 때도 있다. 인생의 선배로서 느긋해져도 좋다고 귀띔해 주지만 타고난 천성은 어쩔 수 없는 것 같다. 어쩌면 내 젊은 날을 보는 듯했다. 자신을 내려놓아야 세상이 훤히 보인다는 걸, 나는 반세기가 훌쩍 넘어서 깨달을 수 있었다.

정적인 둘째 아들과는 달리 활동적이고 여행 다니는 것을 즐기는 며느리이다. 시부모가 귀찮을 법도 한데 불러내서 숯불에 노릇노릇 구워내는 삼겹살과 더위에 지친 가슴을 식혀주는 맥주로 삼복더위를 잊게도 해주는 며느리다. 가끔 며느리는 만남의 장소로 중간 지점인 찜질방으로 불러냈다. 시아버지가 찜질방을 선호한다는 걸 아는 재치로 근사한 대형 찜질방 명당자리에 빙 둘러앉아 구운 달걀과 식혜, 또 하나의 추억을 떠올리게 한다.

꽃다운 시절에 연을 맺고 불혹의 나이가 된 둘째 며느리, 쉼 없이 직장생활하면서 뒤늦게 대학도 졸업했다. 그리고 두 딸을 반듯이 키워냈다. 대학생인 딸들은 쉬는 날에는 스스로 아르바이트하면서 용돈을 벌어 쓰고 있다.

둘째야! 엄마의 역할은 고달팠겠으나 나의 두 손녀가 예쁘고 바르게 성장한 것은 너의 공로란다. 이제부터는 너를 위한 삶을 살았으면 하는 바람이다. 나도 사십 대 후반부터 자신을 위한 길을 택했다. 처음 선택이 비록 빗나갔더라도 이제는 너를 위한 행복의 꽃밭을 가꾸었으면 한다.

늘 가슴속에는 힘들 때 위기를 넘겨준 너의 따뜻한 손이 문득 떠오를 때가 많구나. 피가 섞인 인연은 아니지만 부모와 자식 간으로 이어진 우리의 인연에 감사하고 있단다. 현명하고 총명한 나의 둘째야, 힘들었던 일보다 누구보다 가까이에서 즐거웠던 추억을 새록새록 쌓게 해주어서 감사하다. 인생의 선배, 아니 여자로서 누구도 의식 말고 이제 자신의 행복을 추구하는 길이 되길 힘껏 응원해 줄 것이다.

(2026. 1.)

우리 집 복덩이

막내아들에게 선도 안 보고 데려간다는 셋째 딸이 태어났다. 둘째 손녀가 초등학교 들어갈 무렵, 막냇며느리가 임신했다는 소식에 가족들은 은근히 기대하고 있었다. 나의 아들 셋이 모두 딸만 둘씩 낳았기 때문이다. 큰손녀를 태어났을 때만 해도 딸이 없는 집안이어서 신기하기만 했다. 그런데 세 아들이 모두 둘째, 셋째… 여섯째까지 모두 손녀를 출산했다. 서운하다기보다 내 팔자에 손자가 없다는 생각이 들었다.

그런데 삼십 대 후반인 막냇며느리 임신 소식에 깜짝 놀랐다. 둘째 아이와 터울이 있기에 출산은 포기한 줄 알았다. 며느리는 임신 초반에 유산기가 있어 노심초사하면서 삼신할머니의 귀한 선물, 순산하길 바랄 뿐이었다. 그런데 일곱 번째도 손녀라니….

강보에 싸인 아기는 볼그레한 피부에 이목구비까지 할아버지와 흡사했다. 가끔 할아버지가 서운하다고 하는 말을 뱃속에서 아기가 엿들었는지, 그래도 닮았다는 말에 남편은 은근히 좋아했다.

막내아들 내외는 위로 두 아이는 맞벌이하느라 직접 육아를 못 하고 외가와 친가의 도움을 받았다. 셋째만큼은 둘이 키우는 재미를 톡톡히 느끼고 싶다고 했다. 제 부모의 사랑을 듬뿍 받아서일까, 아기는 순둥 순둥 잘 자랐다.

이따금 아들 내외는 회사 일로 바쁘거나 중요한 모임이 있으면 나한 테 도움을 청했다. 그때마다 눈에 밟히는 손녀들과 정신없이 한 주를 지내면서 막내의 일상을 지켜봤다. 막내는 퇴근하자마자 순둥이 목욕 부터 시작해 잠잘 때도 데리고 잤다. 밤새워 뒤척이는 순둥이에게 우유 도 먹이고 자다가 깨서 울면 게슴츠레한 눈으로 토닥거렸다.

돌이 지나기 전부터 '아빠' 소리 부르는 순둥이가 신기했다. 퇴근 시 간에 현관 불빛만 비춰도 비척대다 넘어지기를 여러 번, 아빠를 부르며 품에 안겼다. 아마도 하루도 빠짐없이 씻기고 품에서 잠드는 순둥이는 엄마로 착각한 듯했다. 돌이 지나면서 순둥이는 온 집안을 헤집고 다녔 다. 서랍은 물론 싱크대까지 테이프로 붙여놔도 소용없었다. 생각 다 못해 고정 걸이로 만들어 잠가놓았는데도 어찌 알고 열었다. 아 들 내외는 아무리 말썽부려도 천재라며 앙증맞은 손을 자근자근 깨 물었다. 순둥이는 장난치는 줄 알고 까르륵댔다.

돌잔치를 치르고 몇 개월이 지났다. 막내 집에 갔을 때 다리 사이로 머리를 거꾸로 넣고 재롱부리는 순둥이가 눈에 띄었다. 속으로 '아 차' 싶었다. 옛 어른들 하던 말이 떠올랐다. 순둥이의 행동이 아우를 볼 것 같다는 예감이 들었다.

순둥이가 요즘 들어 이상하게 칭얼댄다던 며느리가 넷째를 임신 했다. 대를 잇고 싶다는 욕심도 있겠지만 불혹 나이의 며느리 건강 이 더 걱정됐다. 요즈음 자식 키우는 교육비가 만만치 않아 젊은 부부들은 적게 낳으려고 한다. 그런데 막내 부부는 넷째를 갖고도 웃음을 잃지 않았고 더 금슬이 좋아진 것 같았다.

드디어 순둥이가 고대하던 사내 아우를 봤다. 순둥이는 입덧하는 엄마가 힘든 줄 아는지 혼자서 뒹굴뒹굴 놀았다. 아직 말은 어설프지만 배가 고프면 아장아장 주방으로 갔다. 의자를 잡고 키보다 높은 식탁에 올라갔다. 식탁에 있는 빵이나 떡, 과일, 김까지 입맛을 다셔가며 잘 먹었다. 순둥이는 매사를 행동으로 표현하는 것이 신기했다. 더욱 신통한 건 졸리면 칭얼대지 않고 슬그머니 안방으로 들어가 공갈 젖꼭지를 쪽쪽 빨며 꿈나라로 갔다. 언니들 아기 때는 포대기만 눈에 띄면 등에 매달렸다. 순둥이는 신통방통하게도 할머니, 엄마 나이를 아는지 '어부바' 해도 손으로 등을 떠밀었다.

어찌나 능청스러운지 어린이 프로그램 '뽀르르'만 틀어 주면 아무리 이름을 애타게 불러도 못 들은 척한다. 그런데 "아이스크림~" 소리만 나면 뽀로로도 팽개치고 "힝힝"하면서 냉장고를 두드린다. 순둥이가 달라고 하는데 마음 약한 할미가 어찌하랴, 아이스크림을 혀끝으로 음미하다 뚝뚝 떨어지는 앵두 입술만 봐도 세상 근심이 모두 사라졌다. 사실은 내가 순둥이를 아이스크림 맛을 가르쳤다고 아들 내외한테 보이지 않는 따가운 눈총을 받기도 했다.

우리 순둥이 하는 짓도 귀엽지만, 여덟 번째 사내 아우를 본 손녀를 '복덩이'라고 부르고 있다.

(2022. 1.)

현대판 소나기(1)

"일아, 누리와 이번이 세 번째 만남이구나."

일이는 내 말에 입가에 미소가 번졌다. 손녀와 여섯 살 때부터 여름이면 우연히 만나 물놀이를 하게 된 아이. 예전과 달리 요즈음 아이들은 솔직하고 표현력이 풍부해 당황스러울 때가 많다. 차 안에서 할머니들이 장난기 섞어 물어보는 말에 일이는 꼬박꼬박 대답했다. 그리고 여자 친구가 있다며 엄마에게는 비밀을 지켜 달라고 신신당부했단다. 보송보송한 일이의 양 볼이 볼그레 물든 모습에 이 할머니들은 차 안이 들썩하도록 웃었다.

계곡에 먼저 도착한 누리와 일이는 눈이 딱 마주쳤다. 작년보다 훌쩍 큰 아이들은 인사하라는 말에 몸을 비비 꼬다가 미꾸라지 빠져나가듯 물가로 갔다. 좀 전과 달리 물놀이하면서 아이들은 금세 친해졌다.

이틀 동안 물놀이만 하다가 헤어질 시간이 되자 일이는 아쉬운 듯 누리에게 전화번호를 달라고 했다. 누리는 나를 의식한 듯 딴전만 피웠다. 어쩜 콧대 높은 누리 행동이 매달리는 총각에게 튕기는 모습과 흡사했다. 또한 일이의 행동은 한눈에 반한 아가씨에게 호감 사려는 건강한 사내로 보였다.

집에 도착한 일이는 아쉬움이 남았는지 누리와 전화 연결해달라고 제 외할머니를 졸랐단다. 마침 일이 외할머니 가게에 놀러 간 누리의 할아버지가 일이의 전화번호를 적어 왔다. 번호를 보내 놓고 일이는 은근히 소식을 기대하며 안절부절못하는 행동이 상사병 난 사람처럼 보였다고 했다.

서울 갈 때 번호가 적힌 쪽지를 누리에게 슬며시 내밀었다. 깜찍한 누리는 시큰둥하게 받았다. 전화하라고 내가 재촉하자 마지못해 간단하게 카톡을 보냈다. 애타게 소식을 기다리는 일이의 바람과 달리 누리가 "할머니, 문자는 보냈고, 전화는 나중에 할게요."라고 말했다.

황순원의 〈소나기〉에서는 두 소년과 소녀의 애틋한 감정과는 달리, 누리의 톡 쏘는 현대판 '소나기'는 찬 바람이 쌩쌩 불었다.

그 후 여러 날이 지났다. 코로나로 학교에 못 가게 된 일이는 외갓집에 한동안 머물고 있었다. 누리 할아버지를 가게에서 만난 일이는 시무룩해 있었다. 집에 도착해서도 누리는 달랑 문자 한 통뿐이라며 애타는 모습이 가슴앓이하는 총각처럼 보였다. 그러면서 예전보다 더 살갑게 재롱떠는 일이를 손자사위 삼고 싶다면서 누리 할아버지는 농담까지 했다.

며칠 후 누리가 갑자기 입원했다는 소식에 깜짝 놀랐다. 소나기밥을 잘 먹는 탓에 누리는 평소에도 정상적인 배변을 못 봤다. 그러다 보니 장염을 자주 앓았다.

"일이가 누리 전화 기다리고 있어."

병실에서 무료하게 보내는 누리가 반가워할 줄 알았는데 퇴원하면 전화한다며 별 관심 없는 듯 대답을 했다. 혹시라도 간호하는 아빠를 의식하는가 싶기도 했다.

달포가 지나서 누리네 집에 갔다. 못 본 새 키가 내 목을 훌쩍 넘었다. 누가 시키지 않아도 잠자기 전 얼굴에 팩을 붙였다. 또 학교 갈 때나 외출할 때는 선크림을 발랐다. 어리지만 자신을 가꿀 줄 아는 누리가 은근히 성숙해지는 것이 서운했다. 누리가 혼자 있는 방에 조심스레 문을 열었다.

"일이와 전화 통화는 해보았니?"

"남자가 연락하는 것 아닌가요?"

아하, 이제야 누리의 마음을 알 것 같았다. 신세대 아이들은 솔직하게 자신만의 생각을 말하는 것이 부러웠다. 한편으로는 순수함을 잃어가는 모습들이 아쉽기도 하다. 누리의 전화를 기다리는 일이에게 측은지심이 생겼다. 평소에 친구들과 전화로 살갑게 대화하는 누리를 자주 보았다. 그런데 유독 일이에게만 찬바람이 쌩쌩 부는 이유가 뭘까? 내년 여름에 둘이 만났을 때의 표정이 미리 지금부터 궁금하고, 좀 더 성숙해진 둘의 모습을 기대해 본다.

현대판 소나기는 계속 이어질 것 같다.

(2021. 9.)

현대판 소나기(2)

명절을 하루 앞두고 막내아들이 딸내미들만 데리고 왔다. 나는 출산을 앞둔 며느리에게 한가롭게 마음 놓고 푹 쉬라고 당부했다.

한 달만 안 봐도 콩나물처럼 쑥쑥 자라는 손녀들이다. 할아버지는 누리를 보자 일이의 소식부터 전했다. 일이 외할머니 가게에 들렀다가 들었다면서 일이가 지금 자동차로 철원으로 오는 중이라고 했다. 누리는 못 들은 척 딴청만 피웠다.

막내아들은 철원에 오기 전에 딸내미들과 눈썰매장 가자며 풍선처럼 바람을 넣었다. 오전은 벌써 매진되어 오후로 예매했다. 할아버지가 일이네도 인천에서 오는 중이니 함께 예매하라고 재촉했다. 마치 손자사위를 맞이하듯 덩달아 신이 났다.

오후에 눈썰매장에서 만난 일이와 누리, 또 처음처럼 쑥스러워했다. 그러다 놀이에 빠져들더니 언제 그랬냐는 듯 함께 신나게 어울렸다. 스릴 넘치는 눈썰매도 타고, 얼음판에서 앉은뱅이 스케이트를 타면서 맘껏 즐겼다. 이런 아이들 모습을 추억으로 남겨 주려고 할아버지는 연신 셔터를 눌러댔다. 연인처럼 나란히 찍은 사진이 부끄러운지 카톡으로 보내준다 해도 둘 다 고개를 흔들었다.

눈썰매장에서 돌아오는 길에 일이 외할머니의 초대로 두 가족이 함께 맛있는 저녁을 먹었다. 코로나로 눈썰매장엔 간식 파는 곳도 없는 탓에, 아이들은 밥 한 그릇을 뚝딱 치웠다. 어둠침침한 시간인데도 일이는 우리 손녀들과 더 놀고 싶다며 따라나섰다. 늘 싱글싱글 해바라기 미소에, 너스레까지 떠는 매력적인 일이, 누리는 새치름한 얼굴로 일이가 묻는 말에 톡톡 쏘아붙였다.

누리가 제 집으로 간다는 말을 듣게 된 일이가 밥숟가락을 놓자마자 우리 집으로 달려왔다. 어제저녁만 해도 세 자매와 희희낙락 잘 놀았는데 어쩐 일인지 규리가 눈물을 찔끔거리며 안방으로 들어가 버렸다. 막내아들은 큰딸의 마음을 달래주려고 좋아하는 아이스크림을 사 오도록 누리에게 시켰다. 이곳 지리를 잘 모르는 누리를 앞세우고 나가려던 할아버지가 일이가 구석으로 데려갔다. 귀에 대고 소곤거리고 할아버지는 껄껄대고, 일이의 양 볼은 복숭앗빛으로 물들었다.

일이와 편의점에 함께 갔던 누리 손에 아이스크림이 잔뜩 들려 있고, 일이는 시무룩한 표정이다. 할아버지 말에 따르면 일이가 주머니에서 꼬깃꼬깃한 세뱃돈을 편의점에서 꺼냈다. 누리를 만난 기념으로 초콜릿과 돈가스를 사준다는 일이에게 누리가 단칼에 거절했다. 풀이 죽은 일이의 기분을 맞추려고 별채로 사용하는 방에 만화영화를 틀어 주고 과일을 가지고 들어갔다. 좀 전까지만 해도 찬 바람이 쌩쌩 불던 누리의 음성이 한결 부드러웠다. 두 아이가 편백나무 향이 은은히 풍기는 방을 이리저리 둘러보며 좋아했다.

"방이 아늑하고, 꼭 호텔에 온 것 같아요."

어린것들 입에서 좋다고 표현하는 말에 할 말을 잃고 말았다. 물론 부모들이 코로나가 없을 때는 가족 여행을 자주 다닌 탓인 듯했다. 나는 방바닥에 놓았던 과일 접시를 야트막한 컴퓨터 책상에 올려놓고 삼팔선이라고 긋는 시늉을 했다.

모처럼 놀러 온 일이의 점심상에 갈비와 나물을 가득 담아 방문을 열었다. 재미난 프로그램에 빠진 두 아이의 얼굴에는 화색이 돌았다. 장난기 섞어가며 또래들만 통하는 은어로 조잘조잘댔다. 마당에 나왔던 막내아들이 방안을 슬쩍 들여다보며 "남녀칠세부동석인데 일 미터씩 떨어져 앉아라." 웃자고 하는 말이지만 딸을 둔 부모 마음이 살짝 엿보였다.

제 집으로 가기 전 누리가 세뱃돈을 꺼내 자랑했는데 까만 지갑 속에는 파란 지폐가 여러 장 있었다. 세뱃돈 준 사람을 손가락으로 하나하나 꼽았다.

"할머니가 이만 원, 일이 할머니와 아는 이모…."

주섬주섬 세다 보니 이만 원이 남았다.

"이만 원이나 남네."

나는 잘못 센 줄 알았다. 누리는 우물쭈물하며 일이를 빤히 쳐다봤다. 곤란에 빠져 있는 누리 곁으로 다가서며 "맛있는 것 사 먹으라고 제가 용돈 주었어요."라는 일이. 어쩜 당당하게 지켜주려는 믿음직한 행동이 어른스러웠다. 또 일이는 헤어지는 누리에게 용돈 모아 빼빼로 데이 날 선물을 보내겠다고 약속했다.

두 아이 쑥쑥 자라는 깜찍함에 웃음이 터졌다. 앞으로 두 아이는 멋진 친구로 오래도록 기억할 것이다.

(2022. 2.)

4부

❀

곰삭은 인연

나의 금쪽이

"걱정하지 마, 내 골수라도 빼 줄게."

골수 검사를 마치고 온 여동생은 꽉 잠긴 목소리로 주절주절 댔다.

이를 어쩌란 말이냐? 벌써 세 번째 재발했으니 동생의 앞날이 암담했다. 그나마 다행인 건 든든한 딸과 사위, 아들이 있어 모든 뒷바라지를 해줄 능력이 있으니 조금은 안심이다.

운명의 장난인지 동생과 나는 비슷한 시기에 항암을 받고 있었다. 병은 다르지만 암이라는 말에 절망보다는 서로를 위로하면서 지금까지 살얼음판 걷듯이 살아왔다.

올봄 나는 완치 판정을 받았고 동생은 세 번째 재발이 되었다. 나와 달리 성격이 예민한 동생은 늘 걱정거리가 앞섰다. 몇 년 전 남편을 먼저 보낸 탓도 있지만, 자식들과 이제는 안정된 삶을 살고 있는데, 매사 뭘 걱정이 그리 많은지….

동생은 철마다 자식들과 국내외 여행을 다니고, 손자도 키워주며 큰딸 살림까지 해주고 있다. 쉬는 날에는 동생 집에 가까이 사는 친척이나 이웃들의 사랑방이 되곤 했다. 동생은 아무리 힘들어도 때가 되면 손수 지은 음식으로 손님들을 대접했다. 그뿐이 아니었다. 봄에는 구수한 감자를 굽고 겨울에는 달콤한 고구마 맛에 반한 이웃들은 휴일이면 들끓었다.

나는 따뜻한 이웃들과 더불어 사는 동생에게 우리 자식 집에서 가꾼 감자와 고구마, 나물 각종 채소 장류까지 부쳐주곤 했다. 각박한 서울 생활에 이웃과 스스럼없이 살아가는 동생이 대견스러웠다.

외할머니 손맛을 닮은 동생은 밑반찬부터 찌개까지 다양한 음식도 손색없이 해냈다. 남들이 먹는 입만 봐도 즐겁다면서, 정작 본인은 입이 짧아 밥 대신 커피로 끼니를 때우곤 했다.

몇 달 전부터 동생은 감기가 오래간다며 병원을 들락거렸다. 감기에 좋은 생강 밀린 깃과 도리지 대추, 아들이 외국 출장에서 가져온 과일 차를 보냈다. 그런데도 좀처럼 낫지 않고 잔기침과 입맛을 잃어가는 듯했다. 가끔 몸살처럼 으슬으슬하다고 했다. 감기가 모든 병의 근원이기에 불길한 예감이 스쳤다.

병원에 피검사 결과를 보러 간다고 했는데, 해가 넘어가도록 연락이 없었다. 마음이 조급해 전화했다. 착 가라앉은 목소리가 피곤함에 지쳐 있었다.

"결과가 어떠니?"

"골수 검사 날짜 잡아 놓고 왔어."

긴 한숨이 터져 나왔다. 어떠한 말로 위로해야 삶의 끈을 놓지 않을지, 멍하니 할 말을 잃고 말았다. 동생은 헛기침을 여러 번 한 후 의사로부터 들은 이야기를 차근차근 들려주었다. 이야기 속에 기절초풍할 일이 또 있었다. 자신도 모르는 사이 신장 한쪽이 망가져 제 기능을 못 한다고 했다. 주기적으로 병원 다니면서 그것도 모르고 지냈다니,

속이 상해 잔소리하고 싶어도 귀가 안 들린 탓이라 생각하니 가슴이
아려왔다.

　한편으로 동생 말에 따르면 '병원 자주 다니면 일하는 자식에게 피해
줄까 봐'란 말에 화가 치밀었다. 당당하게 살지 못하고 늘 자신을 낮추
는 동생, 본인만 건강하면 노년의 삶이 남부럽지 않을 텐데, 어찌 지지
리 복도 없는지….

　태어나서부터 어린 시절을 거쳐 꽃다운 나이, 결혼 생활까지 가
시밭길을 헤치듯 동생은 살아왔다. 자식들이 성장하고 결혼하면서,
그나마 노년이 자유롭고 편안하다고 했다. 가끔 딸하고 티격태격해
도 아들만 있는 나로서는 부러운 투정으로 들렸다.

　본인 앞에 닥친 시련을 딛고 끝까지 가정과 자식을 지켰던 동생, 아
직도 청산할 전생의 빚이 남아 있다면 내가 다 갚아주고 싶다.

　금쪽같은 내 동생이 건강만 되찾을 수만 있다면, 오늘도 신 앞에 무
릎 꿇고 간절히 기도하고 싶다.

주인은 어디 갔나

언니를 코로나로 보내고 처음으로 왔다. 현관문을 열고 들어가니 낯익은 살림은 그대로인데 환하게 웃으며 반기던 언니는 안방 사진 틀 속에 있었다.

오래전 언니는 헌 집을 허물고 새집을 지었다. 시집가는 색시처럼 새살림을 장만하면서 큰맘 먹고 원목 장롱을 샀다며 자랑했었다. 올 때마다 가구를 닦고 또 닦던 언니의 고운 손길이 장롱만큼이나 빛이 났었다. 이제는 주인 잃은 가구와 살림들이 제자리를 못 찾고 있었다.

평소에 꽃을 좋아하여 사철 꽃이 피어나던 언니의 뜰에도 장마통에 휩쓸고 간 진흙이 흔적으로 남아 있다. 풀 한 포기 없이 정원처럼 가꾸던 텃밭에도 잡초만 무성했다. 내 발길 닿는 곳마다 언니의 그림자가 아른댔다. 집 한 바퀴 돌다가 걸음이 멈춘 곳이 있었다. 고추 하우스 옆에 심어놓은 아사이베리였다. 농익어 떨어진 아사이베리를 밟을 때마다 밭고랑이 흥건했다. 방울방울 터지는 열매들이 언니의 피눈물처럼 번지고 있었다.

작년 가을 언니는 아사이베리를 따느라 손톱 밑을 까맣게 하고 우리 집에 왔었다. 낑낑대며 주섬주섬 현관 앞에 내려놓은 보따리가 여러 개었다. 언니는 아픈 허리를 쭉 펴면서 손으로 네모난 상자를 가리켰다.

"아사이베리가 면역력에 좋다네. 잘 챙겨 먹어."

언니는 어디서 면역력에 좋다는 식품이 있다는 소리만 들으면 다 구해 왔다. 한 알 한 알 정성껏 딴 언니의 손끝이 눈물겨워 떫은 즙이지만 남김없이 먹었다.

주인 잃은 밭에서 농익어 떨어지고 남은 열매를 한 바구니 땄다. 자꾸만 뒤에서 부스럭대는 소리가 들렸다. 뒤를 돌아보니 가을바람이 낙엽을 쓸고 있었다. 늘 나를 친정 동생처럼 반기던 언니가 뒷밭에서 나올 것만 같았다. 부지런하고 인정 많은 언니는 어느 누가 들러도 텃밭에서 가꾼 채소를 한 보따리씩 챙겨주곤 했다.

손톱 밑이 다 갈라지도록 묵정밭을 일구어 놓고 몇백 년 살 줄 알았는데, 울컥울컥 올라오는 안타까움을 삼키었다. 꼭 언니는 여행 갔다가 선물을 한 아름 안고 들어설 것 같다. 병문안 한 번 못 가보고 전화로 나누었던 마지막 말이 명치 끝에 멍울로 남아 있다. 그때 좀 더 살갑게 언니에게 용기를 주었더라면 털고 일어났을까. 내 잘못인 양 죄책감만 깊어간다.

언니와의 인연은 군인인 남편을 따라 부대가 이동하면서 우연히 한집에서 셋방을 살면서 시작되었다. 언니는 안채에 살고 나는 사랑채에 살았다. 백일 갓 지난 아기를 키우며 반찬 만드는 것부터 김장까지 일류 요리사 못지않았다. 과묵한 언니의 손놀림을 보며 한 가지씩 살림을 배웠던 것이 오늘날까지 내 삶의 지표가 되었다.

반세기 넘도록 함께한 세월이 웃을 일만 있었겠는가, 누구에게 터놓지 못한 사연을 서로 보듬어주며 피붙이처럼 살았다. 항상 긍정적이었던 언니에게서 삶의 지혜까지 배웠다. 늘 자신보다 상대 입장을 배려했던 언니가 때로는 답답한 적도 있었다. 그런데 어느 날부터 언니를 따라가고 있는 내 모습에 화들짝 놀라기도 했었다.

언니와 오랜 세월 함께한 것도 아마도 고향 까마귀라서 돈독한 사이가 되었던 것 같다. 부모 형제 모두 떠난 고향이 생각나면 언니는 일 년에 한 번씩 강경 젓갈 축제에 다녀오곤 했는데 어려서 입맛에 밴 젓갈과 장아찌를 사 왔다. 고향 맛을 느끼라며 나누어 준 짭조름한 맛에서 외할머니 손맛을 느끼게 해준 자상한 언니다.

지난날을 돌이켜보니 소소한 것까지 언니에게 반기만 했다. 해준 건 별로 없으니 때늦은 가슴을 치고 있다. 언니가 세상에 존재하지 않는다는 두려움이 반년이 지나도록 받아들일 수가 없었다.

언니는 늘 다니던 사우나에서 코로나에 걸려 음압실로 실려 가고는 영영 돌아올 수 없는 먼 길을 떠났다. 나는 그때 아들 집 짓는 곳에서 일꾼들 밥 해주고 있으면서 언니가 저세상으로 떠났다는 소식을 전해 들었다. 가족들은 면역력 약하다는 이유로 나를 장례식에조차 참석 못 하게 만류했다. 목숨이 뭐라고 멀리서 발만 동동 구르며 꾸역꾸역 그리움을 토해냈다. 옷 한 벌 제대로 못 입고 한 줌 재가 되어 돌아온 언니, 기가 막혀 하늘만 쳐다보며 한없이 원망하고 있었다.

언니네 앞마당에 '후드득' 떨어지는 알밤들, 여기저기 뒹굴며 주인을 찾고 있었다.

(2020.)

영혼과의 약속

한동안 가슴앓이했는데 백중날 드디어 소망을 이루었다. 코로나로 입원 중이던 언니가 세상 떠나기 사흘 전 초라한 모습으로 꿈속에 나타났다.

"나는 죽을 때 하얀 옷은 싫어."

깜짝 놀라 잠에서 깼는데 혼란스러웠다. 음압실에서 사경을 헤맸는데 불길한 예지몽인 듯했다. 끝내 저세상으로 떠난 언니, 내 꿈 대로 새 옷 한 벌 못 걸치고 화장터에서 한 줌의 재로 오열하는 자식들 품에 안겼다.

언니의 갑작스러운 죽음 소식을 나는 믿을 수가 없었다. 남남으로 만나 반평생을 함께 한 언니, 환하게 웃으며 곧 우리 집에 들를 것만 같은데, 하루에도 몇 번씩 나를 부르는 언니의 환청이 들리기도 했다.

옥수수 철에는 보따리가 넘쳐나도록 들고 대문을 들어서며 나부터 찾는 목소리가 귓전에 맴돌았다. 아플 때는 늘 언니의 짭조름한 밑반찬이 입안에 맴돌아서 내 볼에 흐르는 물기를 훔치게 했다.

언니가 떠나고 우울해하는 형부를 찾았다. 간식과 따끈따끈한 밥을 지어 형부와 먹으면서도 텅 빈 가슴은 채워지지 않았다. 집 안

구석구석 언니의 손끝 스친 자리가 보이면 혹시나 하는 마음으로 주위를 서성거렸다. 어느 날 꿈에 언니가 나타나서 건강에 좋다며 싱싱한 알로에를 한 아름 안겨 주었다. 평소처럼 언니는 꿈속에서조차 내 걱정을 많이 하고 있는듯했다.

언니를 보낸 후 마음의 위안을 얻고자 초파일에 절을 찾아 영가 등을 달았다. 저승에서 이승의 희로애락을 잊으라고 빌고 또 빌었다. 언니가 떠난 지 일 년이 지나서야 소원을 이루었다. 마침 영혼들이 이승으로 제삿밥 먹으러 온다는 백중날, 내 꿈에 나타나 흰옷은 싫다던 언니를 위해 하늘색 한복을 마련해 놓았다. 답답한 환자복을 훌훌 벗고 내가 보낸 고운 옷 입고 못다 한 이승 구경 다니라고 기원을 했다.

살아생전 가족들 걱정 근심으로 편한 날이 없던 언니, 그때마다 견디기 힘들면 만취 상태로 나에게 하소연했었다. 나는 늦은 밤 피곤하다는 핑계로 위로 한마디 제대로 못 해준 게 내내 가슴을 치고 있었다.

백중날 언니에게 설빔해 준 것처럼 마음만은 뿌듯했다. 그런데 다시 만날 수 없다는 것이 눈시울을 뜨겁게 달군다. 형부에게 언니의 한복과 흰 고무신을 가지런히 놓고 사진을 찍어 보냈다. 하루가 지나서 전화가 왔다. 말도 꺼내기 전 울먹이며 들어간 비용을 주겠다고 했다. 형부도 나와 똑같은 마음으로 돌아가신 언니를 위해서라면 아까울 게 뭐 있겠는가. 한편으로는 '있을 때 좀 잘해주지.' 형부를 향해 외치고 싶었다. 그러나 지난날을 뒤돌아보며 후회의 나날을 보내는 형부는 하루가 멀다 않고 언니가 있는 납골당을 찾는다. 평소에 꽃을 좋아했던 언니의 납골당 앞에 사계절 꽃으로 수를 놓는 낙으로 살아간다.

그런데 신기한 일이 있었다. 제사 지내고 사흘 만에 꿈을 꾸었다.

어렴풋이 언니가 보였다. 둥그런 쟁반에 떡과 부침개를 들고 제사 지낸
음식이라며 내밀었다. 꿈에서 먹지는 않았지만 어찌나 반가운지 쟁반
만 받아들고 좋아하다 깨어났다. 꿈속에서 언니를 부둥켜안고 실컷
울었으면 한이라도 풀렸으련만, 베갯잇만 흠뻑 적시고 말았다.

　언니는 고운 옷을 입고 어디로 가고 있을까. 어린 시절 강가에 살았
던 언니는 아마도 고향 가는 배를 타고 가겠지. 이승에서 고된 삶을
강물에 던지고 부모님과 오빠, 언니를 만나 지난 회포를 풀고 있을 것
이다. 평생 가슴에 묻고 살았던 어린 딸을 품에 안고 환희의 눈물을
뿌리겠지, 하는 상상을 위안으로 삼으며 부디 좋은 곳에서 편히 쉬길
바랄 뿐이다.

(2021. 9.)

호박죽 쑤는 날

오늘은 호박죽 쑤는 날이었다. 밤새 천둥 번개를 동반한 비가 날이 밝으니 더욱 세차게 내렸다. 밖을 보며 고민에 빠졌다. 몇 번을 망설여도 '한 번 뱉은 약속은 어떠한 일이 있어도 지켜야 한다'라고 머릿속에 맴돌고 있었다.

이틀 전 병원 예약 날짜에 맞추어 아들 집에서 오고 있었다. 중간쯤 오는데 핸드폰이 울렸다.

"언니, 오늘 오는 거야."

요양사로 일하는 그녀가 어르신을 병원에서 간호한다고 했다. 갑자기 어르신이 위급해 119를 타고 오느라 준비할 새 없이 왔다면서 시간이 있으면 가져다 달라며 필요한 물품을 늘어놓았다. 비록 요양사로 있지만, 노인을 친부모처럼 모시는 그녀의 마음이 기특했다.

"내가 병원 가는 날 호박죽도 가져다줄게."

입맛을 잃고 있는 어르신이 호박죽을 좋아한다고 했다. 몇 달 전에도 내가 갖다준 호박죽을 노인과 맛있게 먹었다고 했다.

이왕이면 호박죽을 넉넉히 쑤어 병원 가는 길목에 또 한 사람에게 주고 싶었다. 항암 받느라 음식을 못 먹는 그에게는 호박 미음을 만들어주면 넘기는데 부담이 적을 듯했다.

병원에 예약된 날짜가 가까워도 문자가 없었다. 분명히 일정을 적어놓은 달력에는 시간까지 있는데. 무언가 착오가 있는듯했다. 병원에 전화를 걸어 문의해 보니 아뿔싸 다음 달로 변경한 사실을 까마득히 잊고 있었다.

병원 가는 길에 호박죽을 준다고 했는데, 어찌해야 하나 고민에 빠졌다. 운천을 거쳐 송우리까지 두 시간 남짓이 걸리는데 이 장대비에…. 갈등하다가 한 가지만 생각하기로 했다.

병원에 입원해 있을 때는 밖의 음식을 먹으면 입맛이 돌고 기분이 좋아진다는 걸 여러 번 경험했었다. 더구나 비 오는 날은 병원 차창 밖을 내다보면 더 외롭고 서글프지 않았던가. 호박죽에 기대로 부풀어 있을 환자들을 생각하니, 마음이 조급해졌다.

호박죽하고 곁들일 반찬도 준비했다. 새우젓에 볶은 호박 나물, 가지 볶음, 밑반찬으로 담아 놓은 마늘종과 열무김치를 싸 놓았다. 불현듯 스치는 게 있었다. 병실에 있는 환자들, 색다른 음식을 먹는 환자가 있으면 부러움의 눈길로 바라본다는 걸 경험했었다. 부랴부랴 묵은 김치를 썰어 메밀가루로 반죽했다. 느끼함이 덜 하도록 기름을 적게 넣고 얄팍하게 여러 쪽을 부쳤다.

항암 환자 도시락도 준비했다. 미음 호박죽과 간장에 담은 깻잎, 환자가 먹고 싶다던 김치전도 부쳤다. 싸놓은 두 보따리를 바라보며 병에서 하루빨리 털고 일어나길 바라고 있었다.

오래전 병원을 내 집처럼 드나들며 살았었다. 그때는 외로운 병실에서 숨죽여 흐느끼면서 세상을 원망했었다. 지금은 건강을 되찾고 이들에게 죽이라도 끓여다 줄 수 있으니, 묵직한 짐 보따리를 차에 싣는 손길이 한결 가벼웠다.

달리는 차 안에서 호우주의보 문자가 여러 번 뜨고 있었다. 약속을 물리지 못하고 빗속을 헤치며 운전하는 남편에게 할 말이 없었다.

"나도 병석에 있을 때 여러 사람 도움을 받았으니 갚아야 해요."

나보다 더 남을 위해 앞장서는 남편은 빙그레 웃고 있었다.

두 시간 남짓해 도착한 병원, 그녀는 현관에서 기다리고 있다가 주차한 곳으로 뛰어왔다. 보따리를 받아쥐고서 비닐봉지를 툭 던져 놓고 갔다. 박카스와 우유, 방울토마토가 들어 있었다. 그녀 역시 오지랖하면 빼놓을 수 없는 사람이다.

입맛이 떨어져 허기진 그들, 호박죽 한 그릇이 투병에 지친 삶에 힘이 되었으면 한다.

(2025년 12월)

때때옷

명절이 다가오면 손꼽아 기다리는 어린아이가 된다. 작년 추석에는 화사한 니트와 옥구슬이 대롱대롱 달린 티셔츠, 그 속에 입을 무지갯빛 민소매까지 보내왔다. 명절 때마다 Y선생님의 넘치는 자상함에 코끝이 찡하다. 어린 시절에도 설빔 한 번 입어 본 적 없이 명절을 맞았다. 그런데 이 나이에 무슨 복인지, 명절에 새 옷을 입는 호강을 누린다. 보내온 새 옷을 입고 거울 속 내 모습을 요리조리 비춰보니 문득 내가 낯선 사람으로 보여 웃음이 절로 나온다.

어린 시절 나는 명절이 다가오는 게 싫었다. 방앗간 굴뚝에서 모락모락 피어나는 떡 찌는 냄새가 우리 집과는 아무 상관이 없었다. 집 가까운 장터에서 손님을 부르는 장사꾼들의 호객 타령에 귀를 막고 싶은 지경이었다. 친구 엄마가 명절 장 본 보따리를 이고 오는데도 못 본 척 외면하고 집안으로 뛰어 들어가기 일쑤었다.

어린 기억 속 명절 때마다 어머니는 부재중이었다. 아버지와 부부싸움을 하면 가출을 일삼는 어머니, 우리 남매들은 명절의 설렘은 찾아볼 수 없었다. 명절 전야의 이웃집에서는 친척들과 형제자매들이 모여 북적대고 음식하느라 지지고 볶는 기름 냄새가 더욱 허기진 우리 4남매

뱃속을 휘저어 놓았다. 이웃집에서 가져온 떡과 지짐이를 허겁지겁 먹는 동생들을 보면서 나는 부모님을 한없이 원망했다.

아버지는 명절 아침마다 큰집으로 제사 지내러 가야 한다며 곤히 잠든 우리를 흔들어 깨웠다. 비몽사몽 선잠이 깬 우리 4남매는 새벽 이슬 밟으며 아버지 뒤를 따라 큰집으로 향했다. 큰집 대문을 열고 들어서면 제일 먼저 조카들의 때때옷이 눈에 띄었다. 철부지 오촌 조카들은 새 옷 입은 걸 자랑하듯 으스대었고 내 어린 동생들은 기가 죽어 부러운 듯 바라보던 그 눈빛을 나는 아직도 슬픈 기억으로 남아 있다.

명절이 다가오면 시나브로 스치는 풍경 하나가 또 있다. 밤새워 뒤척이며 숨을 몰아쉬던 아버지의 한숨 소리다. 반세기가 흐른 지금도 가끔 꿈속에서 한숨 내쉬는 소리가 가슴에 비수처럼 꽂히면 나도 모르게 소스라치게 잠에서 깨어나곤 한다.

명절 때면 새 옷 입고 자랑하고 싶었던 어린 시절의 꿈이 이제야 이루어질 줄 그 누가 생각이나 했을까. 육십 넘은 내게 아련한 고향 향기 물씬 풍기는 Y선생님께서 설빔을 보내주신 것이다. 물론 자식이나 동생이 가끔 선물로 옷을 사다 주기도 하지만, 그것과는 차원이 다른 귀중한 선물이기에 감동이 배가되는 듯하다.

명절에 어머니에게 간절히 받고 싶었던 때때옷, 입어 보고 만져보며 고마운 행복에 젖는다. 화사한 옷에서 느껴오는 Y선생님의 포근한 숨결이 마치 어머니 손길처럼 따뜻하게 전해온다. 나는 한참 동안 옷을 볼에 대고는 음미하듯 인정의 온기를 한껏 들이마신다.

그동안 나는 주로 어두운 색상의 옷을 입었다. 살결도 검은 편이어서 짙은 색상의 옷이 나와 잘 어울린다고 생각했다. 이번에 Y선생님이 보내온 화사한 옷을 입고부터 용기가 생겼다. 칙칙한 옷만 즐겨 입는 네게 친구가 한마디 하던 말이 생각난다.

"밝은 옷을 입으면 삶도 환한 빛처럼 된다."

그 말을 증명하듯 십여 년의 투병 생활 중 때때옷이 갖다준 행운이 나를 여러 번 감동의 눈물을 흘리게 한다. 밝아 오는 새해, 나는 드디어 오랜 투병 생활을 훌훌 털어버리고 대학을 졸업한다. 동창 모임 때는 Y선생님께서 보내준 봄 향기 솔솔 풍기는 때때옷으로 단장하고 친구들을 만나리라. 새 옷 입고 나설 생각을 하니 벌써부터 가슴이 설렌다.

그림자의 눈물

산속에서 텐트 생활한 지 서너 달 되었을 무렵이었다. 큰아들이 제대 후에 살 집을 짓는 곳에서 일꾼들 밥을 해주기 위해서였다. 인적이 드문 산골에는 일하는 사람 외에는 사람을 구경할 수 없는 깊고 외진 곳이었다.

그날도 점심 준비로 한창 바쁜데 웬 낯선 여자 네다섯 명이 올라왔다. 꼬불꼬불 산 아래 여기저기에 사는 주민이라며 한동네 사람이 되었으니 인사라도 나누자며 손을 내밀었다.

다부진 몸매에 인상도 좋고 말도 시원시원하게 하는 여인이 동네 이장이라고 자신을 소개했다. 또 한 여인이 자신은 마을 부녀회장이라며 내 나이를 물었다. 내가 나이를 말하자 대뜸 '친구네'라며 악수를 청했다. 나보다 한 살 아래이긴 했지만, 소싯적에는 꽤 예쁘다는 소리를 들었을 법했다. 얼굴도 곱상한 데다가 말소리까지 나긋나긋, 애교가 철철 넘치는 게 천생 여자였다. 소주가 친구라는 그녀에게 나는 넘치도록 첫 잔을 채워 주었다. 처음 대면하는 낯섦도 잊은 채 시간 나면 자기 집으로 놀러 오라고 했다. 얼마나 외로웠으면 낯선 사람을 불러들일까 싶어 마음 한편이 짠했다. 그녀는 내

가 머무는 곳에서 정반대 골짜기 외딴집에 살고 있었다. 나 역시
혼자여서 적적하던 차에 말벗이 생겼으니 든든한 믿음이 생겼다.

그 후 읍내에 다녀오는 길에 그녀 집에 들르겠다고 문자를 보냈
다. 외진 오솔길로 접어들자 어디선가 물소리가 들렸다. 우거진 풀
숲을 헤치며 얼마쯤 걸어갔을까, 산에서 내려오는 계곡물이 길 양
쪽 도랑으로 흘러내리는 게 보였다. 어찌나 맑은지, 물 아래 풍경이
거울 보듯 그대로 다 비쳤다. 졸졸 흐르는 물소리가 서늘하게 다가
와 내 몸을 식혀주는 듯했다. 논두렁길 풀잎들은 방금 목욕을 마친
것처럼 싱그러웠고, 우거진 숲속 풍경은 푸른 물감을 풀어 놓은 한
폭의 유화였다. 골짜기에선 신선한 공기가 솔솔 내려와 숨 쉬는 대
로 콧속으로 달콤함이 스며들었다. 곳곳에 산을 개간해 심어놓은
고추와 약초들의 짙푸른 빛을 토해내며 드센 생명력을 뽐내고 있었
다.

멀리서부터 올라오는 나를 발견한 그녀는 반기듯 두 손을 높이 들어
흔들며 달려 나와 내 손을 꼭 잡았다. 마디마디 울퉁불퉁한 손에서 농
사꾼의 힘이 느껴졌다.

평화로운 풍경과는 달리 그녀의 가슴에는 떨어지지 않은 크고 작은
돌덩이를 매달고 있었다. 자식의 태를 묻고 두 남매의 혼이 있는 곳이
라 차마 떠나지 못하고 산다고 했다.

스물을 갓 넘긴 나이에 시집와 시부모님 모셔야 하는 그녀의 하
루는 고되기만 했다. 믿었던 남편마저 딸만 내리 낳았다며 걸핏하
면 집 밖으로 떠돌았다. 일 년에 서너 번 집에 들어와 하룻밤 풋사랑
만 남기고 오간다는 말도 없이 사라지기 일쑤였다. 남편의 그림자

가 아른거릴 때면 그녀의 뱃속에는 어린 생명이 꿈틀대고 있었다. 보름달이 산허리에 걸쳐 있는 그런 날에는 유난히 남편이 생각났다. 그리움이 짙어질수록 원망하는 마음이 피어났다. 원망은 설움으로 변해 달빛을 뿌옇게 가리곤 했다.

그녀의 가녀린 어깨 위에는 무거운 짐이 항상 걸려있었다. 가장이며 엄마, 며느리 역할까지, 그녀는 그 무거운 배역을 소화하기 위해 이른 새벽부터 손발이 터지도록 화전밭을 일구었다. 그곳에서 수확한 잡곡이나 산나물 등을 목이 휘도록 이고 지고 장날에 내다 팔아 어려운 살림을 꾸려나갔다.

그녀는 속내를 털어놓고 나시는 손수 담갔다는 된장, 고추장, 간장을 푸짐하게 담아 싸주었다. 우리는 그렇게 끈끈한 정분을 쌓아가며 절친이 되어갔다. 그녀는 피땀 흘려 손수 가꾼 채소와 산나물을 아낌없이 내게 퍼 담아 주었고 나는 시장에 갈 적마다 그녀가 쓸 생필품이며 생선이나 고기 등을 사다 주었다.

일하는 사람들이 쉬는 날이면 그녀와 나는 읍내로 나갔다. 둘이 통닭도 먹고, 탕수육도 먹으면서 죽마고우처럼 서로의 가슴속 깊이 숨겨진 비밀의 문을 하나, 둘 열어 보여주며 공감도 하고 위로도 하고 연민을 보내기도 했다.

그녀가 중년이 지난 후부터 남편의 방황은 서서히 막을 내리기 시작했다. 그러나 남편이 있으므로 행복하기보다는 또 다른 위태로운 시련이 그녀를 기다리고 있었다. 자식의 죽음은 말 그대로 뼈를 깎는 아픔이었다. 자식을 앞산에 묻고 살아가는 그녀의 이야기를 들어보면 신이 정말 존재하는지 묻고 싶었다.

여러 명의 자식 중에서 둘째 딸은 머리가 명석해 서울 명문대를 졸업했다. 비록 여자였지만 산골 마을 자랑거리이자 그녀 삶의 버팀목이었다. 졸업하고 대기업에 취직한 후 좋은 집안으로 시집도 갔다. 그녀의 힘이 되어 주던 딸이 출산한 후 느닷없이 세상을 뜨고 말았다. 핏덩이를 끌어안고 몸부림쳤던 손녀가 지금은 초등학교에 다닌다고 했다. 명절 때마다 잊지 않고 찾아오는 사위와 손녀가 반가우면서도 딸의 부재는 차디찬 무저갱 속으로 그녀를 밀어 넣곤 했다.

운명의 신은 그녀의 삶을 질투한 것인지도 모른다. 내리 딸 다섯 낳고 천운으로 금쪽같은 아들을 낳았다. 그 아들이 돌을 못 넘기고 심장병으로 죽고 말았다. 도저히 맨정신으로는 살 수가 없어 매일 소주잔에 기대어 살다 보니 이제는 완전한 술꾼이 되었다고 했다.

형벌 같은 운명의 끈을 아직도 찾지 못했는지, 젊어 밖으로만 나돌던 남편은 폐암 말기 판정을 받았다고 했다. 남편을 살리기 위해 좋다는 약, 좋다는 음식을 만들어주기 위해 산과 들을 누비고 다녔다. 그녀의 갸륵한 정성에 하늘도 감읍했든지 걷지도 못하던 남편이 지금은 혼자서도 뒷산을 올라갈 만큼 건강이 호전되었다고 했다.

그녀 앞에서 내 혹독했던 가난과 암 투병의 고통은 엄살 같은 투정에 불과했다. 나만 불행하고, 나만 병들고, 나만 아프게 산 것 같아 원망을 쏟아내던 나 자신이 한없이 부끄러웠다. 그녀와 나는 지나온 삶을 후회하지 않는 것은 엄마라는 이름 때문이라며 동병상련의 쓰디쓴 아픔을 서로서로 다독여 주었다.

집으로 돌아와 채 궁둥이를 붙이기도 전인데 그녀가 한잔하자며 나를 부른다.

곰삭은 인연

언제부터인지 무청에 욕심이 생겼다. 오늘 아침도 지인에게 부탁한 무청을 한 포대 싣고 왔다. 그걸 커다란 고무통에 넣고 소금을 뿌려 두었다. 된장에 양념을 넣어 조물조물 묻혀 놓으면 남편과 딸들이 너무 좋아해 아껴 먹는다는 친구의 말이 귓전을 맴돈다. 올해도 그 친구에게 보낼 무청을 보내주고 싶어 정성껏 담아 놓았다.

내가 무척 힘들 때 나를 버티게 해준 친구, 그런 그녀에게 해줄 수 있는 것이라고는 가족이 즐겨 먹는다는 무청을 보내주는 일이다. 친구에게 받은 은혜를 생각하면 무청은 내 작은 선물일 뿐, 평생을 갚아도 모자랄 고마움이다.

"나 죽을 만큼 힘들어."

"어쩌니, 어쩌니, 너 지금 어디야."

먼 길도 마다하지 않고 한걸음에 쫓아와 준 친구다. 그녀와 친구가 된 지도 강산을 두 번이나 훌쩍 넘겼다. 음악을 사랑하는 사이트에서 만난 동갑내기다. 처음에는 서울깍쟁이처럼 쌀쌀하고 냉정해서 차갑게 느껴졌는데 이럭저럭 만나는 횟수가 늘어가다 보니 내가 못 가진 장점이 그녀에겐 많았다. 가끔 연하 남편의 넘치는 사랑이 귀찮다고 투덜대면 나의 장난기가 발동해서 그녀를 놀려대곤 했다.

"영계하고 사는 거 복에 겨운 줄 알아라."

힘든 그녀를 놀리는 것으로 치환시켜 깔깔거렸다. 우리는 바늘과 실처럼 집안 경조사나 문학 행사 등에도 빠지지 않고 참석해 알콩달콩 살가운 우정을 주고받는다.

부모의 사랑을 듬뿍 받고 자랐다는 친구의 어린 시절을 듣다 보면 마치 동화 속 공주님 얘기처럼 들렸다. 전쟁이 끝나고 너나없이 어려웠던 보릿고개 시절, 광주에서 고등학교를 졸업하고 대학 진학은 본인이 공부하기 싫어 포기했다는 말이 왜 그리도 부럽던지. 배움에 목말랐지만 집안 형편이 어려워 상급학교 진학을 포기해야 했던 내 처지와 비교되었다.

친구와 처음 만났을 때 흉금을 털어내자며 노래방에 갔다. 그녀가 애교 철철 넘치는 자태로 이미자 노래를 꾀꼬리처럼 불러 노래방을 흔들어 놓았다, 아담한 몸매로 나풀나풀 춤추는 모습을 마치 나비가 환생한 듯 취해서 넋을 놓고 바라보았다. 도시에서만 산 친구가 여전히 시골티를 벗지 못한 나 같은 사람과 어떻게 인연이 되었는지, 아직도 신기하다. 그녀의 톡톡 튀는 말투와 까칠한 성격이 누가 선뜻 다가설 수 없게 하는 면이 있는데 언제든 내 편이 되어 준다. 누가 나를 힘들게 하면 보호자를 자처하고 나서서 말다툼도 마다하지 않는 든든한 연인 같은 친구다.

젊었을 때는 함께 여행도 다니면서 날이 새는 줄 모르고 밤새 이야기꽃을 피웠다. 세상 누구에게도 털어놓을 수 없는 속 깊은 말까지 털어놓으면서도 부끄럼이 없는 사이다. 불혹의 나이에 만나 칠순을 바라보는데도 만나면 사춘기 시절로 되돌아간 듯 들뜬 목소리로 '얘, 쟤'도 모자라 반말과 농지거리를 주고받는다.

세월 앞에 장사가 없다고 하듯이 친구와 나는 몸도 마음도 저물어져 가고 있다. 나는 투병 생활로 고통스러운 나날을 보냈고, 친구는 어머니가 돌아가시자 그 충격으로 심한 우울증으로 시달렸다. 우울증을 겨우 벗어났는가 싶었는데 평생을 봉사 생활하던 팔순의 아버지에게 치매가 왔다. 서울과 광주를 오가며 아버지의 시중을 들면서도 치매 아버지의 실수담을 긍정적으로 받아들인다. 그녀의 지극한 효심에 나는 부모님 생전 불효만 일삼던 후회로 눈시울이 뜨거울 때가 많다.

자주 만날 수 없는 친구에게 오로지 나는 일 년에 한 번씩 무청을 염장해 놓았다가 보내주는 일이다. 친구는 내가 보낸 무청이 고향 음식이라며 입맛 잃은 나른한 봄날 누렇게 익은 무청 요리가 가족들에게 주는 최고의 밥상이라며 좋아한다. 하찮은 무청에 행복해 어쩔 줄 모르는 친구가 눈에 밟혀서 가을이면 나도 모르게 자꾸만 손길이 갔다. 시퍼런 무청을 넉넉히 담아 친구네 가족이 오래도록 먹게 하고 싶은 마음이 앞서 겨울철 저장용으로 엮어 달아맨 시래기는 아예 포기하고 이웃에서 얻어다 먹는다.

이제 종합병원이 되어버린 친구, 만나지는 못해도 목소리로나마 추억을 얘기하며 회춘을 만끽한다. 그 친구가 여전히 내 곁에 있으니, 내 노년의 삶이 알차고 행복하다. 변함없는 우정은 곰삭은 무청의 맛처럼 오래도록 내 곁을 지켜줄 것으로 믿는다.

(2021. 10.)

궁예를 닮은 사람

"궁예 왕을 닮았어요."

환하게 웃는 그의 얼굴에서 쓸쓸함이 배어났다. 그는 팔순을 바라보는 나이가 돼서야 깊은 상처가 아물었다고 했다. 평생을 흰 붕대가 아니면 검은 안경을 쓰고 다녔다. 눈이 아프냐고 묻는 소리와 실내에서는 안경 벗으라는 말이 그에게는 자존심을 흔드는 소리였다.

그의 안타까운 사연은 어린 시절로 거슬러 올라간다.

집안의 장손 겸 외아들로 평안북도 곽산에서 태어났다. 조부모와 부모의 기대를 한 몸에 받으며 자랐다. 한국전쟁이 터지자, 조부모는 그를 부모 등에 업혀 남쪽으로 피난을 내려보냈다. 언제든 전쟁이 끝나면 제일 먼저 고향으로 가리라는 꿈이 있었기에 바닷가 가까운 곳에다 피난 짐을 풀었다.

어려운 가정 형편에 초등학교를 거쳐 중학교에 들어갔다. 한창 꿈 많던 시절에 친구가 쏜 새총 탄에 그만 눈을 맞았다. 어려운 형편에도 인근 의원을 다니며 치료를 받았지만, 점점 사물이 희미해 보였다. 뒤늦게 도회지에 있는 대학 병원을 찾았지만 이미 때가 늦었다는 의사의 말에 그의 부모는 병원 바닥에 털썩 주저앉고 말았다.

자식의 눈이 실명된다는 충격에서 벗어날 수가 없었다. 그토록 애지중지하던 장손의 불행을 안다면 고향에 계신 부모님 뵐 낯이 없을 것 같았다. 그 죄책감으로 아버지는 나날을 술로 지냈다.

그는 날마다 새총을 쏜 친구 집을 찾아가 안 보이는 눈을 어쩔 거냐고 난리를 쳤다. 친구 부모는 가난한 살림에 보상해 줄 건 없고 자기 눈이라도 빼 주고 싶다며 눈물을 훔치는 걸 보고는 되레 가슴이 아파서 그 후 그 집에 발길을 끊었다.

그의 사춘기는 어두운 세상에 갇혀 지냈다. 수줍음이 많았던 그가 점점 난폭해졌다. 시각장애인 취급은 참을 수가 없었다. 불량배들과 어울려 마치 개선장군이라도 된 듯 이런저런 부도덕한 일에 가담하면서 폭력에 연루되어 여러 번 경찰서에 드나들었다. 그럴 때마다 부모님은 어찌하든 자식이 처벌을 받지 않게 하려고 동분서주 뛰어다녔다.

그는 눈에 대한 자격지심인지 직장을 들어가서도 적응 못 하고 뛰쳐나오곤 했다. 고향처럼 살던 곳을 떠나 아무도 모르는 곳에서 새 삶을 찾고 싶었다. 어느 날 그는 무작정 상경했다. 처음 손수레를 사서 끌었다. 그렇게 시작한 것이 노점 과일 장사였다. 비 오고 눈보라 치는 날은 공치기 일쑤였고 온종일 없는 손님을 기다리는 답답함은 더더욱 견디기 힘들었다. 야생마처럼 살았던 그도 더는 버틸 힘이 없었다.

이번에는 고물상을 시작했다. 처음에는 금방 부자가 될 듯 장사가 잘되었다. 단골 손수레가 줄을 서서 기다릴 만큼, 하지만 경험이 부족한 그는 장물아비에게 도둑 물건을 잘못 사들이는 바람에 경찰 조사를 받으러 다니게 되었고 결국 가게 문을 닫고 말았다.

인생은 한 방이라 했던가. 여러 번 굴러다니다 보니 우연한 기회에 플라스틱 원료를 재생하는 공장을 운영하게 되었다. 그때부터 물 만난 고기처럼 서울 시내를 휘젓고 다니며 장사를 했다. 그러나 불행은 늘 그의 옆에 따라붙었다. 또다시 그의 삶이 곤두박질쳤다.

아내와 제주도 여행하면서 나눈 이야기가 마음을 흔들었다. 복잡한 도회지에서 벗어나 한적한 곳에 살고 싶어졌다. 그는 하루아침에 공장을 넘기고 제주도에 땅을 샀다. 목장을 만들고 소와 염소를 키우는 목부가 되었다. 그런데 마음대로 안 되는 게 우리네 인생이었을까. 수입 소가 들어오고 비싼 사룟값에 더는 버틸 수가 없었다. 금값이었던 소를 헐값에 팔아넘기고 또다시 좌절의 늪으로 떨어졌다. 제주도에 가족을 남겨두고 서울로 상경했지만 인심은 냉랭한 시베리아였다.

직장을 구하려고 여기저기 기웃거려보지만, 받아 주는 곳은 아무 데도 없었다. 생각 끝에 젊어서 잠시 발 디뎠던 뒷골목이었다. 제주도에서 굶고 있을 가족을 생각하면 못할 게 없었다. 그는 노름꾼들 뒤를 봐주다 세력 다툼에 휘말렸다. 그때 물러서지 않는 강인함과 운동으로 다져진 날렵한 몸짓을 눈여겨 본 사람이 있었는데 부동산 업계의 큰손이었다. 항상 위험을 달고 살았던 부동산계 큰손이 자신의 신변 보호를 위해 그를 경호원으로 채용했다. 그는 큰손을 따라다니며 경매하는 법과 작은 물건들을 관리해 주면서 다시 일어날 기회를 엿보았다. 살기 위해 몸부림쳤어도 그는 마음이 모질지 못했다. 재산이 쌓이면 쌓일수록 마음 한편으로는 올바르게 벌지 않은 죄의식에 시달렸다. 어느 날 과감히 암흑세계에서 손을 씻고 중

국에 오가며 무역업을 시작했다. 경험의 부족함에서 오는 무식의 소치
랄까. 결국 오래가지 못하고 사업에 실패하고 말았다. 그나마 시골에
땅이 남아 있어 빚은 대충 청산할 수 있었다.

그는 다시 밑바닥부터 시작했다. 맑은 물이 흐르는 곳에 손수 펜션을
짓고 강산을 두 해 넘겼다. 그의 나이도 어느새 팔십 줄에 이르고 보니
몸 여기저기 안 아픈 데가 없었다. 만신창이가 된 듯 온몸에 골병이
들어 있었다. 그는 어쩔 수 없이 장사를 접었다.

마음의 여유가 생기자, 자신을 얽맸던 사슬에서 풀려나 자유의 몸이
되었다. 사계절 내내 검은 안경을 쓰고 다녔다.

"안경을 벗으면 밝은 세상이 보일 덴데."리고 조심스레 건넸는데
어느 날 그가 검은 안경을 과감히 벗었다. 대신 궁예처럼 사선으로
된 검은 띠를 눈에 둘렀다. 할 말을 잃고 쳐다보는 나에게 그는 머뭇
거리며 그동안 살아온 긴긴 사연을 털어놓았다.

인조 눈이 불편해 빼놓았다가 다시 끼었더니 자리 잡았던 곳이 좁아
져 사용할 수 없게 되었단다. 안과에서 위험이 따른다는 말에 수술을
포기하고 평생 쓰던 안경도 벗었다.

지금 그는 궁예를 닮은 사람이 되었다. 자신을 쳐다보는 시선이 다소
불편해도 관공서든 사람이 많이 모인 곳이든 당당하게 드나든다고 했
다. 누구와도 잘 어울리지 않던 그에게 새로운 변화였다. 이즈음 젊은
이들이 많은 낚시회에 가입했다며 자랑도 했다. 바다낚시 가면 싱싱한
생선을 아이스박스 한가득 채워 올 것이라며 큰소리까지 뻥뻥 쳤다.

늦었지만, 이제라도 세상 밖 빗장을 열어젖히고 긍정의 여생을 살아
갈 것이라며 해맑게 웃었다. (2023. 5.)

여보게, 그만큼 살다 갈 것을

꼭두새벽 전화벨이 요란스레 울렸다. 잠결에 비몽사몽 전화기를 들었는데 동생이 울부짖었다.

퍼뜩 불길한 예감이 머릿속을 스쳤다. 거실에서 자던 제부가 움직이지 않아서 119를 불렀다고 했다. 제부의 알코올 중독으로 동생 부부는 각방 생활한 지도 여러 해째이다. 위급한 소식에 가까이 사는 딸들이 쫓아오고 제부 형제들도 한달음에 달려왔다.

꿈인지 생시인지 분간을 못 하는 동생은 여전히 얼이 빠져 있었다. 이렇게 짧은 생을 마감하려고 반평생 동생 애를 태워 온 건지, 기막혀 한숨이 절로 나왔다. 죽음 앞에선 모든 게 용서된다고 했던가, 어려운 형편에도 삼 남매 잘 키우고도 본인 발등을 찍었던 제부, 죽음 앞에서 미움보다 안타까움이 앞섰다.

장례식장으로 향하는 차창 밖에서 느닷없이 소나기가 퍼부었다. 아마도 떨어지지 않는 제부의 발길이 이승에서 마지막 흘리는 눈물인 듯했다. 팔은 안으로 굽는다고, 세상 떠나간 제부보다는 혼자 남아 있을 동생이 더 염려되었다. 혈액암이 재발하여 뼈와 가죽만 남은 동생이 더 스트레스를 받으면 어쩌나 싶어 내 가슴으로 피가 쏟아져 내렸다.

썰렁할 줄 알았던 장례식장은 어린 아들 대신 성공한 큰딸과 사위가 상주 노릇을 하고 있었다. 제부의 남매들이 손발이 척척 맞아 넘쳐나는 조문객을 맞이했다.

눈물조차 메말랐는지 동생은 무덤덤해 보였다. 제부의 착한 심성을 두고 '법 없이도 살 사람'이라고 말하지만, 누군가의 부탁을 거절 못 해 일을 벌이거나, 걸핏하면 사람에게 사기를 당해 가족에게 엄청난 손해를 입혔다. 피를 나눈 형제에게 투자했다가 감당할 수 없는 빚으로 자신을 폐인으로 만들지언정 다른 사람을 해코지하거나 원망할 줄도 몰랐다. 의지가 굳은 사람들은 절망을 딛고 새롭게 시작하는데, 심성이 나약한 제부는 믿었던 형제에게 받은 상처를 술로 달래며 자신을 학대했다.

매일 술로 괴로움을 잊으려고 했지만, 언약한 몸은 견뎌내지 못했다. 곡기 대신 알코올로 위장을 채우더니 종당에는 병원 신세를 지고 말았다. 술을 끊어야 살 수 있다는 의사 말을 무시하고 날마다 취한 상태로 있다가 걸핏하면 입 퇴원을 반복했다. 넉넉지 못한 가정 형편에 딸들의 도움 없이는 살 수 없는 동생은 자식 볼 면목이 없다고 털어놓았다.

걱정 근심 벗어날 날이 없던 동생에게 혈액암이 재발하고 말았다. 알코올 중독으로 입원한 제부보다 동생이 더 큰 일이었다. 항암 받으면서 겪을 동생의 극심한 고통은 아랑곳하지 않은 채 제부는 간식거리를 보내 달라고 전화를 해대니, 아무리 좋게 봐주려 해도 그야말로 이해할 수 없는 처사가 기막혀 화가 나기도 했다.

제부는 마지막 순간까지도 동생의 한 가닥 남은 건강을 망가뜨려 놓고 떠났다. 반평생을 그토록 자신을 지긋지긋하게 애를 태웠던 남편이 건만 그렇듯 허망하게 죽은 것이 불쌍하다며 동생은 회한의 눈물을 흘렸다.

평소 제부를 만나고 싶어도 술에 취해 횡설수설하면 화를 내뿜는 동생 보기가 민망해 나는 여러 해 발길을 끊었다. 제부를 떠나보내면서 생각을 돌이키니 세상과 형제의 배신으로 외로웠을 그에게 따뜻한 말 한마디를 건네지 못한 게 마음에 걸렸다. 오로지 내 피붙이인 동생만 감싸 안아주었지, 제부의 허무한 가슴을 어루만져 주지 못한 내 옹졸함이 부끄러웠다.

잠자듯 누워있는 제부의 평온한 얼굴을 쓰다듬는 동생의 손등 위로 눈물이 떨어졌다. 부부의 연으로 만나 힘들었던 삶을 서로가 화해하고 있었다. 제부는 삶의 짓눌렸던 무거운 짐을 훌훌 벗어 던지고 고깔모자와 삼베적삼 입고 고운 수버선을 신고 사뿐거리며 저승길로 떠났다.

'제부, 부디 좋은 곳으로 잘 가세요.'

목젖을 타고 꿈틀대는 마지막 작별 인사에 뜨거운 눈물이 마구마구 쏟아져 내렸다. 동생도 조카들도 살았을 적 잘못에 용서를 빌 듯 한바탕 눈물바다를 이루었다.

하늘나라 시인

"카톡, 카톡!"

그 친구의 생일이라는 문자가 뜬다. 무심코 바라보다가 그가 이미 이 세상에 없다고 생각을 하니 숨이 덕 막히며 눈물이 핑 돈다. 카톡에서도 그는 아직 살아있는데, 내 마음속에서도 아직 보내지 못하고 있다. 그는 지상을 떠나 하늘로 올라갔으니 남아 있는 나는 그에 대한 미련과 아쉬움을 어쩌란 말이냐. 그의 생전에는 몰랐던 그의 생일, 시월 초이튿날, 바로 오늘이구나.

일개미처럼 살던 그를 만난 건 사십 대 후반쯤으로 이십여 년을 다정하게 지냈다. 처음 만난 곳은 신철원 J시인의 사무실에서이다. 늦은 저녁 시간에 그는 동송에서 왔고, 나는 김화에서 왔다. 서로 통성명하면서 동갑이란 걸 알았고, 동시대에 겪었던 가난과 마음고생을 공감하면서 가까워졌다.

가난 때문에 못 배운 그의 한과 불우한 가정환경에서 학업을 중단했던 나는 문학을 접하면서 조금씩 응어리를 풀어가고 있었다. 그는 시를 썼고 나는 수필을 썼다. 서로의 작품을 갖고 발표하는 날이면 나는 부끄러움에 얼굴이 홍당무가 되었다. 문장의 틀린 부분을 지적해 주면

쥐구멍이라도 숨고 싶었고, 그는 겸연쩍은 듯 얼굴을 붉게 물들기도 했다. 우리는 자정 무렵까지 공부하면서 야식도 먹고 노래방도 다니며 젊은 시절 못다 푼 한을 만끽하고 다녔다.

찌든 가난 속에서 어린 시절을 보낸 그는 누구보다 치열하게 살아온 듯했다. 다행히 알뜰한 부인을 만나 '오만 평'이나 되는 재산을 이루었다. 그 재산을 모으기까지 그의 삶은 눈물겨운 생채기로 가득했다. 가끔 농을 걸듯 이름 대신 '오만 평'이라고 별명을 부르면 그는 잇속을 환하게 드러내며 웃곤 했다. 그뿐만 아니라 아무리 짓궂은 말을 해도 넉넉한 인품으로 다 받아 주었다. 그는 자기가 나의 '남자 친구'라고 했고, 나도 그의 '여자 친구'라고 서로를 불렀다.

가난으로 학업을 중단한 그는 일찍이 객지로 떠돌아다녔다. 이성에 눈을 뜰 무렵, 다니던 공장의 사장 딸과 눈이 맞았다. 어느 날 사장 부인에게 들켜서 주제를 모른다며 깡통으로 머리를 사정없이 두들겨 맞고 쫓겨났다. 피 흘린 상처의 아픔보다 그를 바라보던 풋풋한 첫사랑의 눈빛이 더욱 안쓰러워 보였다고 했다. 가난 탓에 멸시당했던 기억을 뼛속까지 삼키며 그는 악착같이 돈을 모아 오만 평 재산을 이룰 수 있었다고 했다.

그는 자식들 이야기만 나오면 늘 미안하다고 했다. 남의 손을 빌리지 않고 일하려니 아기는 늘 등에 업힌 채 잠들 때가 많았다. 잠든 아기를 그늘진 밭둑에 눕혀 놓으면 뱀이나 벌레들이 슬금슬금 아기에게 다가가 간담이 서늘했던 적도 여러 번 있었다고 했다.

생활이 넉넉해지자 십여 년을 지역의 예술가라고 부르기도 했다. 농번기 빼고는 문학, 서예, 서각, 미술과 문인화까지 열정 넘치게 배우러 뛰어다니다 보니 주위 사람들로부터 존경의 대상이 되었다.

어느 날부터인가 그토록 좋아하던 취미생활에 흥미를 점점 잃어가는 듯했다. 순수하고 활기차던 눈빛도 사라지고 '건강'이란 단어에 집착하듯 입에 달았다. 나는 갑자기 변해 버린 그가 낯설기만 했는데 나중에 알고 보니 다단계에 빠져 있었다.

어느 날 시장 골목에서 우연히 마주친 그의 옷차림에 나는 깜짝 놀랐다. 외모에 무신경할 만큼 털털했던 그가 드라마에서 보던 제비족이 되어 있었다. 얼굴에서도 반질반질 광이 났고, 머리는 포마드를 발랐는지 기름기가 흘렀고 검은 양복에 나비넥타이까지, 멀리서도 눈이 확 꽂혔다. 무도회장에서나 볼 수 있는 백구두가 눈이 부시도록 반짝반짝하였다.

"어머머, 오랜만이야. 근데 어디 가는 길인데 이렇게 빼입었대?"

예전 같았으면 맛있는 순댓국이라도 먹자고 허름한 골목길 식당으로 끌고 갔을 텐데, 그는 엉뚱하게도 전혀 다른 곳을 가리켰다. 지하에 있는 성인 무도회장이었다.

이따금 들리던 그에 대한 소문은 거짓이 아닌 듯했다. 가깝게 지내던 이웃 사람을 다단계 사무실로 데려가 건강식품을 권하고 안마와 기 치료를 해주었다는 소문이…. 무도회장에서 그를 자주 보았다는 말을 듣긴 했지만, 그럴 리 없다는 나의 믿음이 바람이 잔뜩 들은 풍선처럼 한순간 날아가 버리는 순간이었다.

그런 일이 있고 나서 나는 십여 년 그를 잊고 지냈다. 어느 날 그가 전화했다. 대뜸 문학창작 수강에 관해 물었다. 집 나갔던 자식이 되돌아온 듯 반가웠다. 다시 문학 수업을 함께 받았다. 그는 우리 집 앞에 차를 대놓고 기다렸고 우리는 다시 어우러졌고 그동안 쌓인 이야기꽃을 피웠다.

우리가 그의 집과 가까운 곳으로 이사를 왔다. 그는 밭에서 갓 수확한 채소와 먹음직한 참외, 복수박 등을 우리 집 문 앞에 갖다 놓곤 했다. 어느 날 그의 집 앞으로 지나가는데 처마 밑 탐스러운 양파를 보고는 부인 몰래 가져다 달라며 농담을 했다. 정말 어느 날 우리 집 현관 앞에 커다란 양파가 여러 개 놓여 있었다.

강산을 넘는 시간 동안 쓰라린 인생 경험을 한 그는 다시 태어난 듯 철학 공부에도 흠뻑 빠지기 시작했다. 두꺼운 책을 넘기는 그에게 못다 배운 건 저세상에 가서 배우라고 일침을 놓기도 했다. 생각 없이 던진 말이었는데…. 마치도 그의 죽음을 예견한 듯 후회스러웠다. 농사지을 때가 제일 즐겁다던 진짜 농사꾼은 아끼고 자랑하던 그 오만 평을 어찌 두고 갔을까, 생각할수록 가슴이 아리다.

가끔 두꺼운 철학책을 옆구리에 끼고 강의실로 향하는 그를 떠올린다. 지칠 줄 모르는 뜨거운 학구열은 그에게는 삶의 힘이었는지도 모른다. 그는 하늘나라 어디에선가 멋진 시인으로 살고 있지 않을까.

내 잔소리가 보약

그는 맑은 계곡을 따라 천여 평 땅을 갖고 있었다. 그런데 계곡 옆으로 쭉 길게 붙어 있는 그 땅을 팔려고 내놓았단다. 원래 그에게는 수만 평이 있었는데 중국에서 사업하면서 다 날려버리고 그게 마지막 남은 밭이라고 했다.

친구와 그곳 계곡을 놀러 갔을 때다. 그가 자신의 땅을 보여준다며 우리를 안내했다.

"여름에 아이스크림 통만 갖다 놔도 먹고 살겠어요."

그때 땅이 팔리면 빚을 청산하고 이곳을 떠나겠다는 그에게 불쑥 내가 한 말이다.

내 눈에 비친 그의 땅은 일급수 계곡물이 철철 흐르는 자연적 풍광이 끝내주는 곳이 아닌가. 우거진 숲, 널찍한 바위가 마치 하늘에서 신선들이 놀다 간 자리처럼 보였다. 꾸불꾸불한 산길을 돌아가는 다소 먼 거리이긴 했지만, 태고의 신비가 느껴질 만큼 시원한 굴까지 뻥 뚫려 있다. 어느 도로로 오든 계곡을 따라와 우거진 숲속에서 흐르는 맑은 계곡물에 지친 심신을 담그고 싶은 충동이 이는 그런 천혜의 장소였다.

그는 한때 전국을 돌아다니며 채석하는 수석 애호가였다. 그때 이곳에 우연히 왔다가 아름다운 산세에 반해 눌러앉았다고 했다.

그렇지만 그는 그때 사업에 실패하고는 세상만사가 귀찮아졌다. 기쁨과 슬픔, 걱정과 안도, 희망과 좌절조차 느낄 수 없을 만큼 몸과 마음이 피폐해진 상태였다. 계곡의 기암괴석도 아늑한 풍경도 눈에 들어오지 않는다면서 하루빨리 정리하고 홀가분히 이곳을 떠나고 싶은 마음뿐이었다.

좌절해 있던 그에게 뜻밖에 바쁜 일이 생겼다. 여름철에 그곳으로 피서객들이 몰려오기 시작한 것이었다. 잡초만 무성했던 땅에 꽃이 만발하듯 울긋불긋 텐트가 쳐지고 그는 생각지도 않은 수입원이 생겼다. 처음엔 사용료를 받는 게 쑥스럽다며 망설였다.

"당당하게 받으세요. 아직 고생을 덜 했나 봐요."라며 어정쩡한 그를 향해 나는 매몰차게 쏘아붙였다. 그 후 나는 이따금 노모와 함께 먹을 밑반찬을 보내는 것으로 그에게 용기를 북돋아 주었다.

내 말이 씨앗이 되었을까. 그곳에 여러 채의 집을 짓고 이십여 년간 민박집을 운영했다. 아무리 입지 좋은 조건이라도 나이가 들면 늘어나는 일을 감당하기가 버거운 법이다. 그가 처음 땅을 내놓았을 때보다 몇 곱절의 금액을 받고 팔았다.

사람은 누구나 삶이 힘들 때면 마음의 갈등이 일어나기 마련이다. 이럴 때 진실한 마음으로 조언을 해주는 사람도 있고, 남의 사정이니 내 알 바 아니라며 허투루 흘리는 사람도 있다. 다행히 그는 내 충언을 들은 것도 있지만, 운도 따랐고 이십여 년을 손마디가 구부러지고 허리 다리가 만신창이가 되도록 피나는 노력을 한 결과이기도 했다. 삶에서 느낀 것이 많은지, 주변 사람들에게 은근히 나를 추켜세우며 세상 뜨기 전 은혜를 갚는 마음으로 내 큰아들 집을 지어주겠다고 자청했다. 아들은 땅 구매한 것도 벅찼는지 집 지을 생각은 엄두를 못 내고 있었다. 그는 자신의 펜션 판 돈을 선뜻 내주며 집 짓고 융자받아 갚으라고 하고는 자신이 오랫동안 거래했던 은행까지 소개해 주었다.

"죽기 전에 네 엄마에게 빚을 갚고 싶어 그런다."

밑바닥까지 갔던 삶에서 벗어날 수 있었던 것은 내 진심 어린 잔소리 때문에 비싼 값에 펜션을 팔았다며 무척이나 고마워했다.

봄부터 시작한 집 공사가 삼복더위를 지나 완공되었다. 집주변을 정리하면서 내 잔소리에 아들은 하나씩 집을 꾸리고 가꾸어 놓았다. 물론 내 생각과 주변 사람이 보는 시선은 약간의 차이가 있었다. 먼 미래를 내다보면 자식이 산속에서 무언가 일감이 있어야 사는 재미를 느낄 수 있을 것 같았다. 고사리를 심고 산양삼도 심으며 차츰차츰 묵정밭을 넓혀 갔다. 처음엔 내 잔소리를 귀찮게 여기던 아들이었다. 계절이 바뀔 때마다 감자, 고구마, 풋고추 등 다양한 채소를 수확하는 재미에 빠졌다. 내가 손수 가꾼 야채를 누군가에게 나누어 줄 수 있는 즐거움에 아들은 무척 뿌듯해했다. 농사를 짓느라 검게 그을린 얼굴과 흙에서 뒹군 내 손을 주물러 긁어주는 효자손으로 변했다.

그와 맺은 오랜 인연은 내 아들을 비롯해 친분 있는 사람들까지 선정을 베푸는 계기가 되었다. 먼 거리를 자주 올 수 없는 그들을 대신해 땅과 집 짓는 일을 도와주었다. 융자금 탈 때까지 공사비를 조건 없이 빌려주기도 했다.

"죽기 전에 빚을 갚을 수 있어서 마음이 홀가분해지는 것 같아 좋습니다."

“무슨 말씀을요. 이제 제가 할아버지께 빚을 갚아야 할 것 같습니다.”

내 잔소리 때문에 죽을 고비에서 새로운 삶을 시작했다는 그, 큰아들에게 빚을 다 받으려면 백수를 살아야 할 것 같다며 너털웃음을 지었다.

혼자 산다는 것은

1.

"감자 볶으세요?"

찌그러진 냄비에서 음식을 끓이고 있던 할머니가 고개를 절레절레 흔든다.

어제 처음으로 할머니 집을 재가센터장과 방문했다. 다니던 요양사가 사정이 생겨 출근을 못 한다며, 하루만 대타 도우미를 부탁했다.

오후가 지나 현관문을 열자 할머니는 낯선 요양사를 힐긋 쳐다본 후

"바닥이 냉골이라 실내 슬리퍼를 신어요."

후미진 곳에서 가져온 색이 바랜 슬리퍼를 내밀었다. 나는 가방에 준비해 간 조끼와 고무장갑과 앞치마로 단단하게 무장을 했다. 단열이 안 된 조립식 건물은 몹시 추웠다. 수도꼭지에서 한 방울씩 떨어지는 물에 손끝을 댔는데 차갑다 못해 아렸다.

할머니가 시키는 대로 쓸고 닦아내고 연탄재까지 말끔히 치웠다. 연탄불에 올려놓은 주전자 물로 끈적끈적한 주방 바닥까지 닦아냈다. 내가 일하는 광경을 물끄러미 바라보던 할머니는 그만 쉬라고 재촉했다. 그나마 집안에서 따뜻한 곳은 난로 앞 낡은 소파였다.

일을 마치고 나는 소파에 앉고 할머니는 삐거덕거리는 나무 의자를
난로 가까이 끌어당겼다. 그리고 할 말이 있는 듯 긴 한숨을 내쉰다.
"사실은 어제 센터장님하고 왔을 때 난로에 굽던 김, 먹을 수 없어서
버렸어."
묻지도 않는 말인데 양심을 고백하듯 털어놓았다. 주인집에서 쓰
레기장에 버린 김이 아까워서 주워 왔단다. 할머니는 김을 맛있게
먹으려고 아껴둔 들기름을 듬뿍 바르고 소금도 훌훌 뿌려서 연탄불
에 바싹바싹 구울 때만 해도 고소한 냄새가 코를 찔렀다. 늦은 아침
허기진 배를 채우려고 밥에 돌돌 말아 한 입 들어가는 순간 욕지거
리가 나와 뱉어 버렸다. 그 맛이 어떤지 상상이 갔다. 그보다 할머니
의 실망스러운 눈빛이 애잔해 보였다.

2.

김 이야기로 시작하면서 할머니는 어려운 집안 형편을 털어놓았다.
기름보일러를 연료비가 없어 얼지 않을 만큼만 돌린다고 했다. 보일러
온도를 확인해 보니 18도보다 훨씬 낮추어 놓았다. 그나마 올해는 센터
장과 요양사 도움으로 봉사단체에서 가져다준 연탄으로 추위를 이
겨내고 있다고 했다. 지난겨울에는 두꺼운 옷을 여러 겹 입고 지냈
는데 올해는 거실이라도 따뜻해서 살 것 같다며 세상을 다 얻은 듯
환하게 웃었다.
다행히 남향집이라 거실엔 햇살이 가득했다. 그런데 할머니가 잠
자는 안방 창문엔 여름 커튼이 달려 있고, 구석진 방이어서 음침했
다. 엎드려 걸레질하는데 온몸을 감싸는 냉기로 어깨가 시렸다.

할머니는 봉사단체에서 일주일에 두 번 주는 도시락을 여러 번 나누
어 끼니를 때우고 있었다. 작년에 넘어져 다리 수술한 할머니는 지팡이
에 의지하며 겨우 걸었다.

정오가 훨씬 넘는 시간인데 아침도 거른 채 난로에 냄비를 젓고 있었
다. 늘 떡국을 먹고 싶은 할머니는 냉동고에 얼려 둔 꿀떡을 고추장
풀어 김치 한 조각도 없이 먹는 모습에 가슴이 뭉클했다.

팔순을 바라보는 나이에 어떤 사연이 할머니를 이토록 힘들게 하는
지 궁금했다. 그렇다고 함부로 물어보면 할머니의 자존심을 건드리
는 일, 아픈 곳을 살살 만져 주자 차근차근 이야기보따리를 풀었다.

젊어서 이혼하고 삼 남매를 홀로 키우려고 작은 식당을 운영하였
다. 자식들 모두 결혼시키고 큰아들 집에 십 년 넘게 살았다. 며느리
와 불화로 도저히 함께 살 수 없어 잠시 머문 곳이 철원 사는 여동생
집이었다. 맨몸으로 나왔는데 그 여동생을 얼마 후 그의 아들이 데
려가고, 두고 간 살림을 가지고 생활하고 있었다. 주인집이 따로
있지만 월세를 읍에서 형편이 어려운 할머니를 대신 내주어 그나마
다행이었다.

매달 들어가는 생활비와 공과금은 노령연금과 젊어서 들어놓은 연금
이 이십만 원씩 나와 큰 보탬이 되고 있었다. 삼 남매 자식들은 살림이
넉넉지 못해 일 년에 연료비 명목으로 백만 원 주는데 그것도 둘째 아들
이 연락 두절이라고 했다.

3.

할머니는 며칠 전 당뇨 합병증으로 쓰러져 입원한 적 있었다. 병원비

가 백여만 원이나 나와 갚을 길이 막막하다고 했다. 자식도 넉넉하지 않은데, 수급자 혜택도 못 받는 차상위 계층이라고 했다. 노년이 되면 병원에 갖다주는 돈이 생활비의 반 이상을 차지하는데 형편이 어려운 노인들은 병원비로 더욱 생활고에 허덕이고 있다. 차상위 계층에게도 병원비 혜택이라도 주었으면 하는 게 노인의 바람이다. 부모가 형편이 어려워도 도움 주는 자식이 몇이나 되는지, 자식이 힘들면 부모는 전 재산을 아낌없이 탈탈 털어준다. 그러나 자식은 가정이 있기에 부모를 보살피는 일이 그리 쉽지 않다.

할머니 역시 자신이 처한 환경보다 소식 없는 아들 걱정, 혼자 된 딸 때문에 노심초사했다. 그래도 할머니에게는 인심 좋은 이웃들이 여름에는 채소를 나눠주고, 묵은쌀도 갖다줘 근근이 생활하고 있었다. 통장에 남은 잔액이 이만오천 원뿐, 먹고 싶은 게 있어도 쓸 수 없다고 했다.

지난주 큰아들이 왔었다. 돼지 껍데기가 먹고 싶다고 했더니, 정육점에 다녀온 아들은 없다며 빈손으로 덜렁덜렁 온 게 얼마나 서운했던지 두고두고 생각이 난다고 했다. 눈치 없는 할머니 아들, 돼지 껍데기가 없으면 비게 붙은 고기 한 근이라도 끊어오지, 답답한 행동에 한숨이 절로 나왔다.

"할머니, 제일 먹고 싶은 것 말하세요."

손가락으로 꼽으면 떡국, 돼지 껍데기… 소소하고 소박한 먹거리인데, 당장 남편에게 영상 통화를 했다. 냉장고 곳곳에 있는 음식을 찾게 했다. 떡국, 매생이, 비지 그리고 정육점에 가서 돼지 껍데기까지 구해 오라고 했다. 영상 통화를 곁에서 지켜보던 할머니 얼굴에 화색이 돌았다. 고맙다고 연신 말하는 할머니 손을 꼭 잡아 주었다.

"사는 날까지 건강하시고, 제가 다음에 할머니 집을 방문할 기회가 있으면 두꺼운 커튼으로 달아 드릴게요."

할머니는 비척대며 일어나 김치냉장고를 뒤적거렸다. 여름에 보관한 옥수수라도 한 봉 주겠다고 했다. 할머니의 진심이 묻어나는 선물을 거절할 수 없었다.

오늘 저녁 할머니는 연탄불에 떡국을 바글바글 끓여 허기진 배를 채울 것이다. 그 생각만 해도 뿌듯함으로 밀려온다.

(2024. 2.)

너를 다시 볼 수만 있다면

"얼마나 힘드니."

염치없이 그녀의 침대에 엎어졌다. 부드러운 손길이 살며시 다가와 팅팅 부은 내 다리를 살살 주물러주었다. 어떤 고급 안마기와도 비유할 수 없는 따뜻함이 묻어났다. 나는 뻣뻣해진 손을 그녀에게 슬며시 내밀었다. 손가락 마디마디를 풀어주듯 잡아당기자, 뼈에서 '뚝뚝' 소리가 났다. 메마른 내 팔다리를 매만지는 그녀의 애잔한 목소리가 자장가처럼 들려 그만 깜박 잠이 들었다.

눈 부신 햇살에 깜짝 놀라 잠에서 깨어났다. 활짝 열어 놓은 베란다에서 풍기는 꽃향기에 나도 모르게 벌떡 일어났다. 숲으로 둘러싸인 아파트 곳곳에 화려한 꽃들이 만발했다. 도심 속에 이런 곳이 있다니 감탄사가 절로 나왔다.

어젯밤 곁에서 잤던 그녀는 어느새 일어나 주방에서 달그락거렸다. 그녀는 과일을 곱게 갈아 왔다. 달콤한 천혜향이 상쾌한 아침을 열었다. 그녀가 머리맡 상자에서 '침향환'을 꺼냈다. 식사 후 먹으라며 밥상에 가지런히 놓았다.

그녀가 상차림으로 내놓는 육개장, 냉면 대접에 국수를 푸짐하게 말아왔다. 아침에 입안도 깔깔한데 정성껏 마련한 육개장의 유혹을 뿌리칠 수 없었다. 육개장은 생각보다 구수하고 담백했다.

희끗희끗한 내 머릿결을 이리저리 넘기던 그녀는 염색 도구를 챙겨왔다. 염색약을 듬뿍 바르며 혼잣말로 중얼거렸다. 그녀가 시키는 대로 나는 머리도 감고, 온몸을 따스한 물에 담그고 나니 찌든 피로까지 확 풀렸다.

따끈한 블랙커피를 준비해 놓고 목욕탕에서 나오기만 기다리는 그녀, 사실 그녀도 몸이 성치 않은 사람이다. 머리 수술과 시술을 세 번이나 받았다. 둘 다 건강이 예전만은 못하지만 살아있어 이렇게 만날 수 있는 것만도 대견스러웠다.

아침 식사를 마치고 산책하자며 공원으로 나를 이끌었다. 도심 속 산책로는 철쭉으로 수를 놓은 듯 환상적인 자태를 뽐내고 있었다. 지나간 어린 시절을 하나씩 곱씹어가며 그녀와 나는 천천히 걸었다. 십 대 때 교정에서 만나 칠순을 바라보는 나이가 되었다. 사춘기 시절 피부가 희고 눈이 맑은 그녀는 늘 말이 없는 소녀였다. 공부도 잘하고 재주도 좋아 학급 실장이 되었으나 병색의 그림자가 드리운 듯 얼굴빛은 창백했다. 건강을 이유로 자주 결석을 했다. 그때는 그녀가 어디가 아픈지 아무도 몰랐다. 반세기가 훌쩍 지나서야 그녀의 입을 통해 듣게 된 사연은 말로 표현되지 않은 눈물겨운 삶이었다.

그녀가 핏덩이 때 군대 간 아버지는 유골 상자에 담긴 채 집으로 돌아왔다. 그녀가 어린 시절 겪었던 모진 삶은 책으로 엮어도 수십 권도 모자란다고 했다.

우리는 학교를 졸업하고 전혀 소식을 모르고 지내다가 우연히 그녀와 재회한 건 오십 대 초반이었다. 나이를 먹을수록 이상하게 고향이 그리워지고 어릴 적 친구들이 생각났다. 하지만 나는 삶이 바쁘다는 핑계로 친구들과도 적당한 거리를 두고 있었다. 모임이 결성된 것도 그녀가 적극성을 띠면서 전국에 흩어져 사는 친구들이 하나둘 연락이 이어졌다. 어릴 적 수줍은 소녀의 모습만 기억에 담고 살았는데 백팔십 도 달라진 그녀의 모습에 웃음보가 터졌다.

그 뒤 정기적인 모임이 결성되면서 친구들 경조사 때 그녀를 만나곤 했다. 늘 앞장서서 친구들을 챙기던 그녀가 어느 날 쓰러졌다는 소식을 들었다. 병원 생활로 오래도록 지쳐있을 그녀에게 밑반찬을 챙겨서 문병을 갔다. 내가 만든 동치미로 그녀의 입맛이 돌아왔다는 소식을 듣고 또 찾아갔다. 위험한 뇌 수술로 하마터면 잃을 뻔한 친구를 살아서 볼 수 있다는 게 더없이 고마웠다.

"너를 한 번쯤은 맛있는 것 사주고 싶은데 뭘 먹고 싶은 거 있으면 말해봐. 돈가스, 샤부샤부…?"

집에서 간단하게 먹자는 내 말을 무시하고 그녀는 무작정 맛집 음식을 차례로 읊어대며 나를 끌고 갈 것처럼 채근했다. 따끈한 돌솥밥이 나오는 정갈한 한식집에 마주 앉았다. 입맛을 잃었던 나는 모처럼 배가 불룩하도록 먹었다.

오후가 훨씬 지나 그녀는 집 안 곳곳을 부산하게 돌아다녔다. 내가 평소에 즐겨 쓰던 챙이 짧은 모자와 손녀들 간식이라며 떡볶이를 싸주었다. 그녀는 도깨비방망이가 그려져 있는 상자의 먼지를 털어 가방 틈새를 벌려가며 억지로 쑤셔 넣었다. 사용했던 도깨비방망이가 망가져 다시 살까 했는데, 마치 내 마음속을 훔쳐본 듯 넣어 주었다. 어제부터 머리맡에 널브러진 '침향환'을 가방에 넣어 두라고 재촉했는데 부러 미루어두었더니 자꾸만 고개를 갸우뚱거렸다. 그녀가 '침향원'이 생각날 것 같아 얼른 현관문을 열었다.

전철역에서 헤어지자고 손을 내밀자, 초행길에 내가 헤맬까 봐 갈아타는 곳까지 친절하게 동행해 바래다주었다.

친구야, 너는 영원한 내 벗이야. 우리 오래도록 곁에 있도록 너도나도 건강하게 살자.

삶의 바퀴는 쉼 없이 굴러간다

'고모, 유 서방한테 감동 받았어요.'

어제 다녀간 조카딸의 카톡이다. 느닷없이 사위에게 감동하였다는 글에서 내 나름으로 짐작 가는 일이 있었다. 얼마 전 조카 부부는 심한 말다툼을 했었다. 그런 일로 사위에게 장미 한 다발을 받고 화해한 줄 알았다. 그런데 내 예상은 뜻밖에 빗나가고 말았다.

조카딸에겐 손위 오빠가 있다. 두 남매는 어린 시절 부모의 이혼으로 이 집 저 집 떠돌아다녔다. 조카는 부모에게 버림받았다는 이유로 화가 나면 분노 조절을 못 했다. 거기다 심한 우울증까지 있어 군대나 직장에서까지 적응하기 힘들어했다. 지금은 자기 어머니 집 가까운 곳에 살면서 네 살배기 아들과 둘이 살고 있다. 지금이라도 정신을 차리면 좋으련만 컴퓨터 오락 게임에 빠져 아이도 제대로 돌보지 않는다.

가까이 사는 조카딸이 그 아이를 이따금 돌봐주고 있다. 제대로 먹지 못해 아이는 성장 발달이 늦었다. 그 어린것을 볼 때마다 마음이 아픈 조카딸이 제 남편에게 우리가 키우면 어떻겠냐고 했단다. 아이 키우는 문제보다 처남에게 시달릴 걸 생각하면 끔찍하다며 매몰차게 거절했다. 조카가 아이를 제대로 돌보지 않아 몇 번 복지 시설에 빼앗긴 적도 있었다. 이번에 보내면 다시는 부모가 키울 수 없다고 했다.

우리 아버지의 증손자가 기막힌 일을 당하다니, 생존 때 그토록 자식들을 끔찍이 여겼건만, 하늘에서 이 모습을 아버지가 보신다면 무척 노여워하실 것만 같았다.

나도 네 살배기 조카 손자의 모습이 궁금했다. 조카딸은 핸드폰에 간직했던 영상과 사진을 보내주었다. 사진 속 아이는 또래에 비해 작았지만 해맑게 웃는 모습이 마치 천사 같았다. 아이를 보는 순간, 오래전 돌아가신 친정아버지의 환생인 듯 보였다. 몇 날을 머릿속에서 지워지지 않았다. 나이 먹어가는 나 자신이 서글프기까지 했다. 진심으로 데려다 키우고 싶은 마음이 간절하지만 그럴 형편이 못 되니 안타까울 따름이었다.

조카딸은 오늘 화해의 장미꽃보다 더 큰 선물을 남편에게 받았다고 자랑했다. 돌잡이 아들과 함께 오빠 자식도 키우라고 허락했다는 게 아닌가.

조카사위가 우리 집을 자주 오가면서 조카딸이 나를 친정엄마 만나는 것보다 더 즐거워하는 모습이 좋아 보였다고 했다.

"고모 딸 노릇하는 너처럼 조카자식도 이담에 크면 아들 노릇 톡톡히 할 거야."

조카딸이 어릴 때 우리 집에서도 살았는데 좋은 기억만 간직하고 있다고 했다. 공부가 뒤떨어졌을 때는 고모인 나에게 꾸중도 들었지만, 잘했을 때 초콜릿 선물을 받았단다. 이층 침대와 매주 받았던 용돈, 방학 때 사촌오빠들과 놀았던 것까지 상세히 기억하고 있었다. 그런 일은 내 기억 속에는 사라졌는데 조카딸이 그때를 떠올리며 즐거워하는 모습에 끝까지 같이 있어 주지 못한 게 마음에 걸렸다.

이곳저곳 떠돌며 천덕꾸러기로 살았는데도 나쁜 기억은 잊고 좋은 기억만 안고 사는 조카딸 마음이 기특했다.

조카딸이 잘 살아 준 것만도 어떤 값진 선물보다 눈물겨운 일인데, 딸 없는 내게 딸자식 노릇까지 하니 고마우면서도 염치가 없었다. 더구나 빼앗길 위기에 있는 아이를 손수 자식 삼아 키우겠다고 결심까지 했는데 이보다 더 벅찬 일이 어디 있겠는가. 큰 용단을 내린 조카 부부에게 "그 아이를 위해 내가 해줄 수 있는 것이 있다면 언제든 동참하겠다. 두 번 다시 대를 잇는 불행은 여기서 끝내자."라고 조카딸과 다짐했다.

부모의 이혼으로 갈 곳 없는 어린 조카들을 잠시나마 키운 삶의 굴레가 조카딸에게까지 대물림으로 이어지는 듯해서 더 안타까웠다.

여린 묘목이 비바람에 꺾이지 않도록 든든한 나무가 되어 주기로 조카딸과 약속하고 조카 손자가 잘 자랄 수 있도록 서로 돕고 살기로 굳은 다짐도 했다.

진주 목걸이

"언니, 진주 목걸이 있어?"

미처 대답 못 한 채 미적거리는데 성격 급한 그녀가 내 대답을 기다리지 못하고 구구절절 토해내고 있었다.

그녀에게는 이미 진주 목걸이가 두 개가 있는데 결혼한 딸에게 진주 목걸이를 주려고 했다. 거절하는 딸 대신 다시 생각해 낸 사람이 나라는 것이다. 나는 비싼 진주 목걸이를 선물하겠다는 그녀의 말에 극구 사양했지만 한 고집하는 그녀를 꺾을 수 없었다.

내 목 굵기를 눈대중으로 잰 듯 단골 종로의 보석상에서 전화했다. 내 목에 맞게 진주알을 추가로 넣어 기어이 곱게 싼 빨간 상자를 내밀었다. 영롱한 진주를 보자 살짝 욕심이 났다. 여름에 목에 걸고 다니면 시원하고, 목주름을 조금은 감출 듯했다.

나를 언니로 부르는 그녀가 전쟁고아인 우리 남편의 여동생이 된 사연이 있다. 낯선 곳으로 이사 온 남편은 같은 아파트에 사는 또래들과 다방에 놀러 다녔다. 그곳에서 다방 여주인과 어울려 고스톱을 치곤 하다가 오빠와 여동생 사이로 발전하였다. 남편은 몇 년을 수저 놓기 바쁘게 다방으로 달려갔고, 가족 모임이나 명절날도 슬그머니 내 눈치를 보다가 없어지곤 했다. 나는 그러는 남편과 여러 번 다퉜지만 남편에게는 언제나 '소귀에 경 읽기'였다.

내가 수술하고 항암을 맞고 있는데도 슬며시 나가서 그녀와 전화하고 있었다. 아픈 나를 무시하는 것 같아 서럽기도 했다. 한편으로 내가 떠난 후 빈자리를 채워 줄 사람인가 하는 생각도 들었다.

어느 날, 내가 밥을 못 먹는다는 소식에 그녀가 듬뿍 넣은 쇠고기미역국을 끓여 보냈다. 또 내가 부침개를 좋아한다는 걸 전해 듣고는 뜨끈뜨끈한 감자전을 쟁반째 보내기도 했다. 항암 중에 그녀가 보내주는 음식들이 토속적이어서 내 입맛에 맞았다.

나중에 알고 보니 그녀는 민물매운탕을 비롯해 남자들이 즐기는 요리에 달인이었다. 남달리 손이 큰 그녀는 다방을 찾는 단골에게 베풀고 있었다. 남편도 그중 한 사람이었다.

한 번도 본 적 없는 그녀에게 호기심이 생겼다. 어떤 여인이기에 남편이 수년간 다방 출입을 할까. 절세미인이거나 혀끝을 살살 녹이는 솜사탕 같은 여인으로 생각했다. 때마침 남편이 그녀의 생일이라고 알려 줘서 신세 갚겠다는 핑계를 대면서 "점심때 경양식 집으로 데려와요."라고 불러냈다.

경양식 테이블에 그녀 부부와 마주 앉았다. 식성까지 알고 있는 남편은 돼지고기 알레르기가 있다며 그녀에게 함박스테이크를 시켜줬다. 그녀 남편과 우리는 돈가스를 먹었다. 처음 마주한 그녀는 엷은 화장기에 립스틱만 살짝 발랐다. 나는 화려하고 야한 모습의 다방 마담 이미지만 상상했는데 오히려 그녀는 보통 주부보다 더 수수하고 거침없는 말솜씨가 야무졌다. 고운 손이 아닌 손 마디가 굵고 투박했다. 평생 밭일만 한 할머니 손으로 보였다.

"아파서 못 챙기는 애 아빠에게 놀이터를 마련해 주고 맛있는 음식까지, 감사합니다."라는 내 인사말에 살짝 굳어 있던 그녀 부부가 나의 진심이 느껴졌는지 환하게 웃었다. 순간 그녀에게 향했던 미움과 원망이 내 몸속에서 벌레처럼 슬금슬금 빠져나가는 듯했다.

그 후 그녀와 편안한 관계가 되면서 걱정할 일이 없었다. 남편이 늦게 들어오든 화투를 치든 그녀가 하루의 일과를 생방송 하는 아나운서처럼 나에게 전해줬다.

다방을 한다면 주변 사람들은 안 좋은 시선으로 바라본다. 나 역시 다방 마담에게 빠진 유부남이 재산을 몽땅 털렸다, 집안이 풍비박산되었다는 소문도 많이 들었기에 다방 마담에 대한 편견이 있었다.

그런데 그녀와 가까워질수록 인정 많고 특히 혼자 사는 노인들에게 밑반찬은 물론, 김장철만 되면 자신의 몫보다 노인들부터 챙기는 그녀임을 알게 되었다. 외로운 사람들은 말벗이 되어 주었는데 그녀의 말솜씨에 빠져 밥때를 놓치기 일쑤였다. 눈치 빠른 그녀는 된장찌개를 끓이고 이것저것 곁들인 반찬으로 끼니를 해결해주는 만인의 여동생이었다.

그렇다고 인간인데 단점이 없겠는가. 불같은 성격에 목소리는 악센트까지 강해 조선족으로 오해받는 일이 많단다. 그때마다 성격이 유순한 남편이 피붙이 다루듯 토닥여 주면 순한 아이처럼 다소곳해지는 그녀다. 젊은 날 첫 남편과 사별하고 홀로 딸을 키우며 험난하게 살다가 지금의 안정을 찾고 든든한 손자까지 있는 그에게 봄날이 찾아온 것이었다.

요즈음 그녀는 다방을 그만 접고 신앙생활에 열중이다. 일요일 예쁜 옷으로 차려입고 교회로 향한다. 그녀의 새로운 삶에 힘찬 박수를 보낸다.

그녀에게 새로운 취미생활을 더 추천하고 있다. 노년에 문학을 하면 손자에게 존경받는 할머니가 된다고, 또한 자신의 삶을 되돌아보면서 글 쓰다 보면 한 편의 자서전으로 태어날 거라고 설득하고 있다.

남편의 여동생이 된 지 십여 년이 훌쩍 넘었다. 그녀의 두 여동생도 우리 남편을 오빠라 부른다. 갑자기 사 남매로 복 터진 남편, 덕분에 큰 시누이한테서 진주 목걸이를 선물 받았다. 둘째는 서울에서 오빠 건강을 위해 건강식품을 보내오고, 셋째는 두툼한 점퍼로 겨울나기를 해줬다. 돌아가면서 챙기는 시누이 덕분에 우리 부부는 호강하고 있다.

값진 선물보다 영롱한 진주처럼 변치 않는 남매가 되길 바라고 있다.

(2025. 2.)

어머니에게

방정철 | 저자의 3남

'어머니'를 한마디로 이야기하면 항상 바쁜 사람입니다. 제가 기억을 떠올려보면 어머니는 집에서 차 한 잔 마시면서 아무것도 안 하고 계신 것을 본 적이 없는 것 같습니다. 항상 손에 무언가를 들고 움직이고 계신 모습이 떠오릅니다.

아주 유쾌한 웃음을 웃고 장난치는 것도 좋아하십니다. 웃기도 잘하시고 거친 말씀도 가끔 하십니다. 제가 어린 시절을 떠올려보면 가정 형편이 그리 좋지 않았던 것 같습니다. 제가 유치원이나 1학년쯤으로 기억하는데 제가 다니는 학교에서 건설 노동 일도 하셨습니다. 그러면 항상 간식으로 나온 빵을 저에게 주곤 하셨습니다.

제가 중학교 때 질풍노도의 시절을 보낼 때도 어머니께 혼난 기억이 별로 없습니다. 많이 이해해 주고 참아 주셨던 것 같습니다. 제가 하고 싶은 건 거의 다 했습니다. 아마도 제가 지금 자식을 키우며 화가 날 때는 어머니도 그랬으리라고 생각됩니다. 제가 중학교 3학년 때 진로 상담을 위해 어머니가 학교에 오셔서 상담하셨는데 그때도 아주 속상하셨을 것 같은데 저를 믿어 주셨습니다. 항상 친구 같은 엄마로 기억

됩니다.

우리 어머니는 외할머니한테 항상 화를 많이 냈습니다. 어려서는 저에게 잘해주시는 외할머니에게 화를 내는 어머니가 이해가 안 되었습니다. 어떨 때는 어머니가 할머니에게 일방적으로 쏟아붓듯 말씀하셨는데 내용은 기억나지 않지만 가끔씩 그러셨던 것 같습니다. 외할머니가 돌아가시던 날 어머니는 할머니 숨이 끊어진 후 바로 도착하셔서 원망을 한참 동안 쏟아내셨던 것 같습니다. 그런데 그 원망이 후회와 그리움으로 변하는 것 같았습니다.

제가 들은 어머니가 기억하는 외할머니는 어머니에게 가혹하리만큼 힘들게 하셨던 것 같고, 제가 들은 외할머니의 삶은 전쟁으로 인해 끝없는 그리움 속에 삶을 사신 것 같습니다. 이제는 제가 어느 정도 나이가 되어 두 분의 인생에 많은 걸 깨닫곤 합니다.

어머니가 어느 날 글쓰기 공부를 시작하셨습니다. 세 아들을 거의 다 키워놓았으니 어려서 하고 싶었으나 못다 한 공부를 시작한다고 하셨습니다. 어머니가 하신다고 이야기를 해도 저와 형들, 아버지는 "응!" 이게 다입니다. 성의 없는 대답이 아니라 긍정의 대답인 것입니다. 그 후로도 인터넷 음악 방송도 하면서 즐거워하시는 모습을 뵙고 저도 긍정의 에너지를 많이 받았습니다. 어느 날 수필집을 내시겠다고 하셔서 "응! 내가 내줄게." 그랬습니다. 그리고 지금까지도 글을 쓰고 또다시 책을 내고 있습니다.

제 나이 이제 50을 바라보고 있는 나이가 되어 어머니를 생각하면 큰형은 굉장히 힘드셨고 어려웠던 그런 어머니로 기억하는 것 같은데 저는 그렇지 않습니다. 물론 평탄치 않은 삶을 살아오신 어머니의 삶에 대해서 안타깝고 감동적인 것을 함께 느끼는 것은 마찬가지지만, 저는 '어머니가 여자로서의 삶은 아주 좋다.'라고 말하고 싶습니다. 한 남자를 만나서 지금까지 변치 않은 사랑으로 사시는 모습은 누가 봐도 부러울 것입니다.

또 엄마로서의 삶은 대성공은 아니어도 성공적이지 않나 생각합니다. 세 명의 아들을 낳고 그 아들들이 무탈하고 건강하게 잘살고 있고 항상 어머님께 대한 마음이 한결같이 존경과 사랑의 마음이라면 엄마로서의 삶도 멋지지 않으신가 하는 생각을 합니다.

끝으로 어머니의 '바쁘게'는 '극복' '열정'의 의미입니다. 아프셨을 때는 아픈 것도 바쁘게 움직여 극복하셨고, 글의 소재도 바쁘게 움직이면서 찾으십니다.

이런 어머니의 아들로 태어나 지금까지 살면서 항상 감사드리고 존경합니다. 제가 힘들 때 옆에서 자리를 지켜주고 저를 보듬어주신 어머니, 사랑합니다!

어머니를 존경하는 막내아들 올림

일상의 자갈밭에서 캐낸 영혼의 보석, 삶이 문장이 되었을 때

— 임민자 수필집《나는 여전히 할 일이 많다》

최원현

수필가 · 문학평론가
한국수필창작문예원장
한국수필가협회 7대 이사장
국립세계문자박물관 이사

임민자 수필가의 세 번째 수필집 제목은 ≪나는 여전히 할 일이 많다≫
이다. 어쩌면 삶의 고비 고비를 넘어선 산마루에서 지나온 길, 넘어온
고개들을 내려다보며 이제는 긴 숨을 내쉬며 쉬고 싶을만도 하다. 그리
고 이만큼 소망하던 것들도 이루어 내었으니 여유롭게 즐기며 살고 싶지
않을까. 한데 이번 수필집 제목은 ≪나는 여전히 할 일이 많다≫라며
그다운 포부를 밝히며 앞으로도 계속 더 큰 꿈을 이루어 가겠다는 다짐
이고 각오이다. 다시 말하자면 임민자에게는 언제나 삶은 마침표가 아
니라 쉼표라는 말이다.

첫 번째 수필집과 두 번째 수필집의 내용을 알고 있는 입장에서 그의
아픔 슬픔 절망과 소망도 너무나 잘 알기 때문에 그런 그가 어찌 보면
안타까워 보이기도 하지만 그는 이쯤에서 '나는 꿈을 이루었다'며 스스
로 해주는 칭찬과 위로를 발판으로 또 한 번의 도약과 도전을 해보고
싶은 것이다. 그 역시 임민자답다.

1. '꿈'이라는 이름의 인내, 그 찬란한 결실

임민자의 수필은 삶의 승리를 노래하지 않는다. 대신 삶이 끝내 자신
을 포기하지 않았다는 사실을 조용히 증언한다. 그의 수필 〈인생 문장
과 책〉에서 "대학 졸업장을 받는 순간에 '나는 꿈을 이루었다.'도 외칠
것 같습니다."는 고백조차도 화려한 성취의 선언이라기보다 오랜 시간
스스로에게 건넨 작은 확인에 가깝다. 나는 아직 살아 있고, 아직 쓰고

있으며, 아직 할 일이 남아 있다는 확인 말이다.

그래서일까. 그는 ≪나는 여전히 할 일이 많다≫란 제목으로 세 번째 수필집을 엮고 있는 것이다. 이 수필집의 중심에는 '꿈'이라는 단어가 놓여 있으나 그것은 우리가 흔히 말하는 성공의 다른 이름이 아니다. 임민자에게 꿈이란 버텨온 시간 끝에서 다시 시작할 수 있다는 믿음, 그리고 배움과 글쓰기를 통해 자기 삶의 주도권을 되찾는 일이다. 두 차례의 암 수술과 항암, 방사선 치료, 우울증이라는 깊은 어둠 속에서도 임민자는 삶을 포기하지 않는 방식으로 공부를 선택했고, 글쓰기를 택했다. 이 선택은 비장하지 않으며, 영웅적이지도 않다. 오히려 그래서 더 설득력이 있다. 수필 〈인생 문장과 책〉에서 '나는 꿈을 이루었다'는 말을 개인적 성취에 대한 선언이 아니기 때문이다. 여기서 말하는 '꿈'은 화려한 명성이나 세속적인 성공이 아니라 삶의 파고 속에서도 끝내 잃지 않았던 '자기 자신'에 대한 발견이자, 그 발견을 문장으로 옮겨낸 문학적 승리를 의미하기 때문이다.

임민자는 인생의 수많은 갈림길에서 자신을 내어주며 살아야 했던 세대의 숙명을 지고 왔다. 아내로서, 어머니로서, 그리고 사회의 일원으로서 분주하게 살아가는 동안 마음 한구석에 묻어두었던 문학에 대한 열망은 시간이 흘러 퇴색되는 것이 아니라 오히려 발효되어 깊은 향기를 내뿜었다. 그래서 이 수필집은 그 오랜 기다림과 인내가 결코 헛되지 않았음을 증명하는 삶의 보고서다.

2. 진솔함의 미학, 숨김없이 드러낸 삶의 무늬

임민자 수필의 가장 큰 미덕은 '정직함'이다. 수필은 허구의 막 뒤에 숨을 수 없는 장르이기에 작가의 인품과 삶의 태도가 그대로 투영된다.

작가는 자신의 결핍이나 아픔, 혹은 지나온 세월의 회한을 미화하려 하지 않는다. 대신 그 상처들을 따뜻한 시선으로 보듬으며 독자들에게 건넨다.

임민자의 수필은 언제나 삶의 가장 낮은 자리에서 시작된다. 병실, 부엌, 아이 곁, 학교 책상, 새벽의 컴퓨터 앞. 이 책에 실린 글들 역시 특별한 사건보다 견뎌온 시간의 무게를 정직하게 기록한 문장들이다. 그래서 그의 수필은 꾸밈이 없고, 감정을 과장하지 않으며, 독자를 설득하려 들지도 않는다. 다만 한 사람의 삶이 어떻게 끝내 무너지지 않고 자기 자리를 만들어 가는가를 조용히 증명할 뿐이다.

작가의 글 속에선 일상의 사소한 사물과 사건들이 특별한 의미로 재탄생된다. 텃밭의 채소 하나, 스쳐 지나가는 바람 한 자락에서도 삶의 진리를 길어 올리는 관찰력은 그가 얼마나 세상을 애정 어린 시선으로 바라보고 있는지를 잘 보여준다. 이러한 진솔함은 독자로 하여금 '이것은 작가만의 이야기가 아니라 바로 나의 이야기'라는 깊은 공감을 불러일으킨다.

3. 고난을 건너는 지혜, 해학과 긍정의 서사

임민자 수필가의 문장 곳곳에는 고난을 대하는 작가만의 독특한 태도가 배어있다. 삶의 무게가 어깨를 짓누를 때, 그는 절망에 빠지기보다 그 상황을 객관화하고 때로는 해학적으로 풀어내는 여유를 보여준다. 이는 오랜 세월 삶의 풍파를 겪어낸 사람만이 가질 수 있는 '연륜의 미학'이다.

작품 속에서 그려지는 가족에 대한 사랑과 헌신, 그리고 인간관계에서 오는 갈등과 화해의 과정은 현대인들에게 잊혀져 가는 '관계의 가치'

를 일깨워 준다. 특히 서툴렀던 과거의 자신을 용서하고 현재의 소박한 행복에 감사하는 작가의 목소리는 독자들에게 커다란 정서적 위로를 안겨준다.

4. 문학적 성취, 단단한 문장과 사유의 깊이

이번 수필집에서 돋보이는 또 다른 점은 문장의 단단함이다. 수필가로서 오랜 시간 문장을 갈고 닦아온 흔적이 역력하다. 군더더기 없는 담백한 문체는 읽는 이로 하여금 거부감 없이 글 속으로 빠져들게 하며, 문장과 문장 사이에 배치된 사유의 깊이는 책장을 덮은 후에도 긴 여운으로 남는다.

'나는 여전히 할 일이 많다'라는 문장은 이 책 전체를 관통하는 정신이다. 그것은 노년의 다짐이자 삶에 대한 태도이며, 문학을 대하는 저자의 윤리이기도 하다. 임민자의 글에는 자신의 고통을 과시하거나 감정을 증폭시키는 장치가 없다. 대신 병실의 냄새, 항암의 메스꺼움, 도시락을 싸 들고 가는 학교길, 손주들의 재롱 같은 구체적인 삶의 장면들이 차분하게 놓여 있다. 그 장면들은 설명보다 먼저 독자의 마음에 닿는다.

이 수필집에서 또 하나 주목할 점은 자신의 삶을 끊임없이 객관화하려는 태도다. 가족에 대한 애정도, 자식과 손주를 위해 내어준 시간도 미담으로 봉합되지 않는다. 오히려 그 안에서 생겨나는 갈등과 망설임, 포기하고 싶은 마음까지도 솔직하게 드러낸다. 그래서 이 책의 정서는 감동이기보다 신뢰에 가깝다. 독자는 이 삶 앞에서 고개를 끄덕이지 않을 수 없다.

문학적으로 볼 때, 임민자의 수필은 기교보다 체험의 밀도가 돋보인다. '마르지 않는 샘물'에서 밝히듯, 그의 글은 책상 위에서 만들어진 것이 아니라 현장에서 길어 올린 언어다. 농사일, 요양사 생활, 간병의 시간, 배움의 현장은 곧 글의 원천이 된다. 삶을 겪지 않고서는 쓸 수 없는 문장들이 이 책의 곳곳에서 살아 숨 쉰다. 그래서 그의 수필은 삶과 문학 사이에서 흔들리지 않는다. 삶이 먼저이고, 문학은 그 삶을 견디게 한 방식이었음을 이 책은 분명히 보여준다.

작가는 단순히 과거를 추억하는 데 그치지 않고, '지금 여기'에서의 삶을 어떻게 의미 있게 채워 나갈 것인가에 대해 끊임없이 질문한다. 이러한 구도자적 태도는 그의 수필을 단순한 에세이의 차원을 넘어 한 권의 인생 철학서로 격상시킨다. 이렇듯 그는 문학을 통해 자신의 삶을 완성해 가고 있다.

5. 잊히지 않는 향기로 남을 문장들

임민자 수필가의 글은 화려한 수사로 치장된 조화(造花)가 아니라 대지에 뿌리를 박고 비바람을 견디며 피어난 생명력의 들꽃과 같다. 그래서 그 향기는 자극적이지 않지만 오래도록 가슴에 남는다.

그는 《나는 여전히 할 일이 많다》에서 이렇게 말한다. 꿈은 이루는 것이 아니라 살아내는 것이며, 문학은 잘 쓰는 기술이 아니라 다시 일어나는 힘이라고. 이 책을 덮고 나면 독자는 묻게 될 것이다. 나는 지금 내 삶을 얼마나 진지하게 살아내고 있는가, 그리고 나는 아직 무엇을 포기하지 않았는가를. 그래서 그의 수필은 삶과 문학 사이에서 흔들리지 않는다.

수필 속 가족 이야기는 애틋하지만 과잉되지 않다. 특히 배움의 서사는 이 책의 중요한 축이다. 방송통신중 · 고등학교, 그리고 대학에 이르기까지 이어지는 저자의 학업 여정은 단순한 개인사라기보다, 뒤늦게라도 자기 삶의 주인이 되려는 한 인간의 존엄한 선택으로 읽힌다. "나는야, 대학생이다"라는 자기암시는 웃음을 자아내면서도 깊은 울림을 남긴다. 이 책은 나이가 들었다는 이유로 꿈을 접으려는 이들에게도 조용하지만 강한 반론을 제시한다. 또한 이 책에는 손주, 자식, 이웃, 친구, 문우들로 이어지는 관계의 온기가 살아 있다. 여덟 명의 손주를 향한 시선은 애틋하지만 소유적이지 않고, 가족을 위해 자신의 시간을 내어놓는 선택 역시 희생의 미담으로 포장되지 않는다. 오히려 그 안에서 흔들리고 갈등하는 마음까지 솔직하게 드러낸다. 그래서 독자는 이 글들 앞에서 감동하기보다 먼저 신뢰하게 된다. 이 사람이 겪은 삶이라면, 이 문장을 믿어도 되겠다고.

이번 세 번째 수필집 발간은 작가 개인에게는 오랜 꿈의 성취이겠지만 독자들에게는 메마른 일상을 적셔줄 단비와 같은 선물이다. 작가가 일상의 자갈밭에서 정성스럽게 캐낸 영혼의 보석들이 많은 이들의 마음속에서 빛나기를 원한다. 이 조용하고 단단한 수필집을 삶의 속도가 느려진 자리에서 다시 자신을 발견하고 싶은 모든 이들에게 기쁜 마음으로 권한다.

'나는 꿈을 이루었다'고 큰 목소리가 아닌 자신에게 들려주는 은밀한 외침과 '나는 여전히 할 일이 많다'고 큰소리로 외치는 그의 문학 여정이 더욱 활짝 열리고 문운이 창성하길 기원한다.

세 번째 수필집 발간을 진심으로 축하한다. 그러면서도 아직도 나는 여전히 할 일이 많다고 외치는 임민자 수필가의 전도에 특별한 신의 가호를 빌어본다.

임민자 수필집

나는 여전히 할 일이 많다